PETER FLOWER

EGY ÜGYNÖK ÉLETE

KALANDOK A BIZTOSÍTÓ VILÁGÁBAN

novum pro

© 2021 novum publishing

ISBN 978-3-99107-254-6
Lektor: Sósné Karácsonyi Mária
Borítóképek:
ArtyuStock, Addict | Dreamstime.com
Borító, tördelés & nyomda:
novum publishing

www.novumpublishing.hu

ELŐSZÓ

Szeretném legmélyebb hálámat kifejezni a legnagyobb segítőmnek, aki elviselte a kifakadásaimat és kijavította az összes helyesírási hibámat, logikai bukfencemet és stilisztikai hibámat. Mint valódi múzsa, hajtott, inspirált, biztatott, ha fáradt voltam, ha nem volt kedvem írni. Nem tudok elég hálás lenni neki. Az a szó, hogy „köszönöm", nem fejezi ki, mit is érzek iránta.

Nélküle ön, kedves olvasó, nem tarthatná kezében ezt a könyvet. Szereplőim azonban nem valós személyek, őket én alkottam meg több személyiség összegyúrásával. Így természetesen a helyszínek sem igaziak, mint ahogy a történet is egy mese. Önt most, kedves olvasó, egy kalandra csábítom. Egy olyan mesevilágba, amit az átlagember kevésbé ismer, s amely teli van kalanddal, szerelemmel, csábítással, csalódással, és még sok minden mással. Mese felnőtteknek, ami azzal a szándékkal készült, hogy ebből a rohanó világból egy kicsit ki tudjanak lépni, és egy pár órára feledjék el a gondjaikat, adják át magukat egy mese varázsának.

Nagyon remélem, hogy a történetem el fogja varázsolni az olvasóját; ehhez kívánok nagyon jó szórakozást és kellemes olvasást.

Szeretnék innen is köszönetet mondani első mesteremnek, Jánosnak, aki megmutatott nekem egy furcsa világot, és megtanította nekem annak értelmezését. Lépjünk be tehát ebbe a világba, ahol csak a pénz számít!

Budaörs, 2020. 04. 12.

Peter Flower

TARTALOM

1. FEJEZET

„Csak az *itt* és a *most* létezik. Bárhová is mész, mindig itt leszel."

Egy augusztus végi nyári reggel Péter arra ébredt, hogy rohadtul fáj a feje. Belülről mintha valami óriási présgép nyomná, feszítené iszonyú erővel a belső koponyafal minden négyzetcentiméterét egyenlő erővel kifelé. Kibotorkált a konyhába, bevett egy fájdalomcsillapítót, és a tegnap estére gondolva mosolyra húzódott a szája.

Felesége 35. születésnapját ünnepelték. Anita gyönyörű aszszony volt: 165 centiméter magas, teltkarcsú, hosszú fekete hajú, telt keblű, életvidám teremtés, aki rajongásig szerette a férjét.

A bulin a közeli barátok vettek részt, illetve Anita munkatársai jöttek el. Jó hangulat uralkodott, Péter remekül érezte magát, bár talán a kelleténél több whisky-kólát fogyasztott. Emlékezett, hogy a kora este folyamán egy ötvenes, jól szituált férfi szólította meg.

Szóba elegyedtek. Először Anitát dicsérte, majd a következő kérdést tette fel:

– Mivel foglalkozol? – kérdezte.

– Mármint én? – kérdezett vissza Péter.

– Igen. Te – szólt a másik.

– Ne haragudj, de te a feleségem munkatársa vagy? – kérdezte Péter.

– Nos, nem igazán – válaszolta a férfi. – Én a feleséged munkatársának vagyok a... hmm, a barátja. Igen, azt hiszem ez a jó szó, a barátja.

– Perpillanat szabadúszó vagyok – válaszolta Péter.

Magában egy kissé dühös volt a másikra, mert a kérdés emlékeztette arra a helyzetre, amiben éppen most volt, és ami miatt nem érezte jól magát. Ugyanis munka nélkül volt. Már egy hónapja, amióta a vállalkozás, ahol dolgozott, csődbe ment. A válság a céget is elérte, ahol különféle projektek előkészítéséért és szervezéséért felelt. Az építőipar volt az első a gazdasági ágazatok közül, amelyet a válság megcsapott. Péter cége az elsők között ment tönkre. Elbocsájtották.

Amióta az eszét tudta, dolgozott, de most már egy hónapja csak a lehetőségek után futkosott, eddig nem sok sikerrel. A tartalékaiból még futotta, de tökéletesen tisztában volt vele, hogy még két hónapig bírja anyagilag, és ha sürgősen nem talál valami megfelelő megoldást, akkor el fog süllyedni. Erre gondolni sem mert. Belekortyolt az italába, és tekintetét a kérdező férfira vettette.

Mi a büdös francot akar ez tőlem?, gondolta.

– Volna kedved jó pénzt keresni? – kérdezte a férfi.

– Már megbocsáss, de ezt hogy érted? – kérdezett vissza Péter.

– Óh! Elnézésedet kérem, roppant udvariatlan vagyok, még be sem mutatkoztam. Keresztessy Zoltán vagyok – folytatta a férfi –, és munkatársakat keresek pénzügyi területre.

– Szia! Szőllőssy Péter – mutatkozott be. – Mit jelent ez? Pénzügyi terület?

– Tudod – kezdte Zoltán –, manapság mindenki a banki szférára gondol, hogy ott van a nagy pénz. Persze ez igaz, de a biztosítók, apukám, na, ott lehet szépen keresni.

– Hahaha! – nevetett fel Péter. – Sajnálom, ez az ügynökösködés nem igazán érdekel. Köszönöm a lehetőséget, de én erre a munkára nem vagyok alkalmas. Nem akarok senkit semmibe beszervezni, vagy rátukmálni valamit valakire, amire nincs is szüksége.

Zoltán belefúrta a tekintetét Péter szemébe, és vizsgálódva nézett rá. Majd kissé összehúzva a szemöldökét megkérdezte:

– Miből gondolod, hogy erről lenne szó? Csináltál már valami ehhez hasonlót, vagy mondjuk pontosan ilyet? – kérdezte.

Péter zavarban volt a fürkésző tekintettől, majd kibökte:

– Nem, nem csináltam még ilyet.

– Akkor ne ítélkezz! – jelentette ki Zoltán.

– Van most valami halaszthatatlan elfoglaltságod a közeli jövőben? – kérdezte. – Mert ha nincs, akkor beugorhatnál hozzám az irodámba, és beszélnénk erről a munkáról.

– Köszönöm, öregem – válaszolt Péter –, de én egyáltalán nem értek a pénzhez.

Ja, el is buktam nem keveset. A fenébe is!, gondolta magában.

– Nem probléma, legalább nem vagy megfertőzve mindenféle előítélettel – mondta Zoltán.

Péter magába révedt, átfutott az agyán, hogy perpillanat nem csinál semmit, és amennyiben ebből tényleg lehet kivenni pénzt, az már előrelépés. Így hát rábólintott a meghívásra.

– Rendben – mondta Péter –, hétfő reggel kilenc megfelelő lesz?

– Pompás! – örvendezett Zoltán. – Itt a névjegykártyám, csörögj rám, az iroda címét a kártyán megtalálod.

– Rendben! Viszlát! – szólt Péter.

– Viszlát, hétfőn – köszönt el Zoltán.

Vasárnap volt. Péter arcára kiült az elégedettségnek és a büszkeségnek valami különös keveréke, ahogy a szoba ajtajából nézte, amint Anita a nagy franciaágyon aludt, összegömbölyödve, mint egy kiscica. Félig hason feküdt, a paplan a derekán keresztben. A fekete csipkebugyi és Anita formás fenekének látványa újra felélesztette benne a soha ki nem hunyó vágyat felesége iránt. Tudta, soha nem lesz olyan nő az életében, mint Anita. Kiegészítették egymást a mindennapokban, harmonikusan éltek, és egyformán szenvedélyesek voltak az ágyban. Péter volt az álmodozó, a merész, Anita a racionális, megfontolt. Már bánta, hogy a vállalkozásával kapcsolatban nem kérte ki felesége véleményét. Bár ő egy egyetemen dolgozott a rektor titkárnőjeként, mindig jó megérzései és meglátásai voltak.

Arra az elhatározásra jutott, hogy a délután folyamán megbeszéli Anitával ezt a pénzügyi munkát. Csak még azt nem tudta, hogy fogjon hozzá. Gondolataiból kizökkentette, hogy felesége megfordult az ágyban, derekáról a paplan lecsúszott, formás mellén a bimbó meredezve ágaskodott a hálószoba plafonja felé. A látvány, amit Anita nyújtott, izgalomba hozta Pétert. Óvatosan mellébújt, és finom, érzéki kis csókokkal illette felesége mellét. Fel a nyakához, orrát belefúrva szívta be Anita testének bódító illatát. Ez csak olaj volt a tűzre!

Szájával haladt lefelé, bekalandozva hegyeket, völgyeket, kis bimbózó részeket. De a völgyben megállapodva hallotta a finom sóhajokat, látta és érezte a has lassan emelkedő és süly-lyedő dombját, kényeztette a kedvesét. Nem kellett soká várnia: Anita belemarkolt a hajába, és egészen addig húzta fejét felfelé, míg a szájuk össze nem ért, hogy ajkai beszippanthas-sák a nyelvét. Érezte a forró vulkánt, amely szinte az egész testét körülölelte, olyan érzelmi hullámok kíséretében, hogy teljesen elvesztette minden kapcsolatát a külvilággal és csak azt érezte, hogyan forrnak ketten egy testté. Az érzelem és a testi kapcsolat eme kettősének tökéletes szinkronjában már olyan állapotba jut az ember, ami maga a Nirvána. Az elme tiszta, nincs benne semmi gondolat, csak a kedves él benne, az érzés pedig leírhatatlan.

Hétfő reggel fél 9-kor Péter a budai várnegyed oldalában lévő impozáns irodaház előtt keresett parkolóhelyet. Miután SMS-ben rendezte a díjat, szemlélődve nézett körül. Üvegtorony, nyüzsgő emberek, férfiak öltönyben, a nők kosztümben, szóval ahogy mondják, mindenki „üzleti öltözetben" közlekedett. Péter szeretett öltözködni. Nem volt piperkőc, de azért adott magára. Első látásra tetszett neki a miliő. Belépett az irodaházba, és a recepcióslánynál érdeklődött a névjegykártyán szereplő társaság és Keresztessy Zoltán után.

– Második emelet.

Nem használta a liftet, a lépcsőn ruganyosan mozgott, gyorsan ért fel. Mosolyogva értékelte, hogy még mindig remek fizikai kondícióban van, bár már negyven éves elmúlt. Belépett az ajtón, az előtérben egy dekoratív külsejű titkárnő fogadta.

– Jó reggelt! Miben segíthetek? – kérdezte.

– Jó reggelt! Szőllősy Péter vagyok, és Keresztessy Zoltán-nal van megbeszélésem 9 órakor.

– Azonnal szólok neki – mondta, majd elsiettet a belső irodák felé.

– Áh, Péter, jó reggelt! – jött ki az irodából széles mosollyal az arcán Zoltán.

– Gyere, fáradj be az irodába! – invitálta Pétert.

A szoba nem volt túlreprezentálva, de ízlésesen volt berendezve. Sugallta a cég nagyságát, a bútorzat és a berendezés pedig Zoltán egyéniségét tükrözte vissza.

– Foglalj helyet! Örülök, hogy eljöttél – mondta Zoltán. – Ezek szerint mégis érdekel lehetőség?

A fenébe! Most meg mit túráztatja magát? Biztosan élvezi, ha fölébe tud kerekedni másoknak.

– Meghallgatok mindent, megbeszélem a feleségemmel és döntök – válaszolta Péter.

– Oké, nem kell úgy mellre szívni! Vágjunk is a közepébe! Tudod, én ezt az irodát vezetem, mint ahogy már mondtam is neked. Harmincöt kolléga dolgozik közvetlenül az én irányításom alatt. Folyamatosan keresem a megfelelő embereket, és úgy ítéltem meg, hogy te is azok közé tartozol.

– Kik közé?

– Akik megfelelnek.

– Miből gondolod, hogy én is megfelelek?

– Nézd, én ezt a szakmát húsz éve művelem. Van szemem hozzá, hogy lássam, kik azok, akik könnyen tudnak kapcsolatot teremteni az emberekkel, és bizalmat ébreszteni önmaguk iránt nagyon rövid idő alatt. Ez a mi munkánk első és legfontosabb eleme!

Rövid hatásszünetet tartva folytatta.

– Nézd, amit fel tudok ajánlani… kezdetben egy kisebb öszszegű támogatás, amíg beletanulsz a szakmába, plusz a szerződések után jutalék – kezdett bele Zoltán.

– Ha már szóba hoztad a pénzt, mennyit lehet itt keresni? – kérdezte Péter.

Zoltán hosszasan nézett Péter szemébe, mielőtt megszólalt:

– Egy-két milliót.

– Na, az nem túl sok egy évben!

– Egy hónapban! Egy-két millió egy hónapban! Attól függ, mennyire kell a pénz, és mennyit vagy hajlandó érte dolgozni. Kis barátom, a lóvét nem adják ingyen. Érdekel a lehetőség?

Péter gondolkodóba esett. Ha csak 800 ezret meg tud keresni egy hónap alatt, már rendbe jön, kifizeti a maradék adósságát, Anitát is el tudja vinni egy szép nyaralásra, idővel a régi kocsit is le tudja cserélni, szóval elég ígéretesnek tűnt ez a lehetőség.

Mindketten hallgattak. Zoltán figyelte Pétert és tudta, hogy most jár az agya, neki pedig hagynia kell, hadd eméssze a hallottakat.

Péternek kavarogtak a gondolatok a fejében.

– Rendben van. Megbeszélem a feleségemmel, és egy pár nap múlva visszahívlak, ha ez neked is megfelel.

Ebben maradtak. Péter fejében egész nap csak ez az ajánlat járt, ami számos kérdést vetett fel benne. Hogyan fogja tudni ezt a munkát végezni? Képes lesz-e megkeresni a több százezer forintot, vagy akár az egy- vagy kétmillió forintot? Egyáltalán, hogyan működik ez, és kivel, kikkel fog majd egyáltalán szerződést kötni?

Mivel nem volt előtte más lehetőség, s a bankszámlán lévő összeg jobb esetben, szigorú beosztással is csak két hónapra elegendő, úgy döntött, belevág. De még hátravolt egy beszélgetés Anitával. Kellett a támogatása, nélküle nem fog menni. Remélte, hogy felesége meg fogja érteni.

Este mikor hazament, beszámolt Anitának az egész dologról, hogy belevágna egy új vállalkozásba. Elmesélte, amit megtudott, és kikérte a felesége véleményét.

Anita érdeklődéssel nézte férje szemében azt a gyermeki csillogást, miközben az új munkájáról beszélt. Ismerte már Pétert, hiszen tizenöt éve voltak házasok, és jól tudta, hogy mennyire el tudja ragadni a lelkesedés a férjét, aki néha még mindig úgy tud viselkedni, mint egy kamasz. De ezt szerette benne; hogy nem megalkuvó, hogy mindig mer valami nagyot álmodni, és mindig fel tud állni a padlóról.

(Sajnos voltak már ott, így volt tapasztalata benne).

Remélte, hogy Péter megtalálja ebben azt, amit keres. Eldöntötte, hogy maximálisan támogatni fogja őt ebben. Ezt meg is mondta Péternek.

Másnap a férfi telefonon felhívta Zoltánt és közölte vele, benne van a dologban. Belevágott.

Be kellett szereznie egy csomó papírt: bizonyítványmásolatokat, erkölcsit. Zoltántól kapott egy kódsort, amit a megfelelő internetes oldalon helyesen beírva egy elektronikus oktatási felületen találta magát. Olvasott, tanult, teszteket oldott meg, egyszóval kezdett elmerülni a biztosító titokzatos világában. Itt tanulta meg, mi az a *meg nem szolgált díj*, vagy a *respiró*, vagy a speratív. Hogyan működnek a bankok, de főleg hogyan működnek a biztosítók, mi az a pénzmosás? Hogyan épül fel egy szerződés, mi az az ÁSZF (Általános Szerződési Feltételek), de ennél is fontosabb a KSZF (Különös Szerződési Feltételek), és hogy mi az az *értékesítési tölcsér*, vagy hogyan kell telefonálni. Hogyan kell tárgyalni, és mit kell mondani az ügyfélnek.

Zoltán elvitte magával a saját ügyféltalálkozóira. Az ő ügyfelei a felső tízezer világából kerültek ki: nagymenő vállalkozók, befektetők. Zoltán előző életének árnyai. Figyelte, ahogyan Zoltán beszél velük: hízeleg, magasztalja őket, hogy milyen okosak és széles látókörűek, miközben pedig fogalmuk sem volt arról, amit hallottak.

A bizalom nagyon nagy volt Zoltán felé, így nagy üzleteket kötött. Sztár volt a maga területén. Péter pedig eldöntötte, hogy ő is ilyen nagymenő akar lenni.

Ahogy haladt előre az anyaggal, úgy kezdett egyre világosabbá válni az egész tevékenység. Zoltán sokat segített neki. Napjában több alkalommal megnézte, hogyan halad, leült mellé, kérdezte, beszélgettek, és nagyon sok dolgot nagyon egyszerűen magyarázott el. Péter úgy érezte, mikor beszélgettek, hogy ez nem nagy dolog, ezt ő is meg tudja csinálni, annyira egyszerűnek tűnt a tevékenység, amikor Zoltánt hallgatta.

A megfelelő ismeretek elsajátítását követően vizsgát kellett tennie, hogy dolgozni tudjon. A felügyeleti engedély megszerzése után teljes jogú pénzügyi tanácsadóvá vált. Ez egy kis büszkeséggel töltötte el Pétert – mint mindig, amikor sikerrel oldott meg egy feladatot.

Eljött a nagy nap. Másnap reggel az értekezletet követően Zoltánnal félrevonultak egy üres tárgyalóba.

– Eljött a nap – mondta Zoltán.

– Hogy érted? – kérdezte Péter.

– Kezdődik az éles bevetésed. Itt van egy lista, van rajta 100 név, kezdd el hívogatni őket úgy, ahogy azt megtanultad. Én itt leszek, hallgatom, hogy mit mondasz és segítenek neked.

Péter kezdte kissé kényelmetlenül éreznie magát. Tudta, hogy egyszer eljön ez a pillanat is, de valahogy ez most olyan kényelmetlen érzést váltott ki belőle.

– Na mi van? Csak nem éget a telefon? – kacagott fel Zoltán. – Minden kezdő ezt érzi, ne aggódj, nem lesz semmi baj!

Péter elrendezte az asztalon a listát, a naptárát, a tollát, vett egy mély levegőt, és tárcsázta az első névhez tartozó telefonszámot.

– Halló!

– Halló! – szólt a válasz.

– Ö... Szőllősy Péter vagyok, a biztosító munkatársa.

– Mit akar?

– Csak ö... azért keresem, mert ö... van nálunk egy biztosítása, és annak lennék a tanácsadója, illetve nem a biztosításnak, hanem önnek. Szóval mikor tudnánk találkozni, kedden vagy pénteken?

– Nézze, kedves uram, a biztosításomat rendesen fizetem, ha neki akar adni tanácsot, tegye, velem pedig nem tud találkozni. Viszhall! – A vonal megszakadt.

Péter nagyon hülyén érezte magát. Dadogott, hablatyolt a telefonban, ráadásul mindezt Zoltán is hallotta, amiért külön mérges volt magára.

– No problem! – mondta Zoltán. – Nem volt ez olyan vészes! – nyugtatta Pétert.

– Az a fontos, hogy te mindig tudd, mit akarsz! Lehet, hogy az ügyfeled nem tud semmit, de ez téged ne érdekeljen! Figyelsz?

– Igen, figyelek – válaszolta Péter.

– Egy profi tanácsadó mindig tudja, hogy mikor mit fog kötni, és azt is, hogy kivel! Lehet, hogy az ügyfeled még nem tudja, de te igen, hogy mit fogsz kötni! Ezt fogom neked megtanítani a következő hetekben, ez a sikere titka. Érted? Itt nem az ügyfél irányít, apukám, hanem te. De neked úgy kell tenned, mintha ő akarná ezt a szerződést, és ő akarja megkötni! Meg akarod ezt tanulni vagy sem?

– Igen – válaszolta megilletődötten Péter.

Új volt neki ez a világ a maga nyüzsgésével, a pénzről alkotott fogalmaival, az emberekkel, akik ezen a területen dolgoztak, az ügyfelekkel, akikkel találkozott, a megbeszélésekkel, időpontegyeztetésekkel, és az értékesítési technikák sokaságával.

A hosszas telefonálgatás meghozta az első gyümölcsét. Zoltán mindig emlékeztette arra, hogy a biztosítási, értékesítési tevékenység a nagy számok törvényéről szól; minél többet telefonálsz, előbb-utóbb valaki igent fog mondani. Minél több emberrel beszélsz, előbb-utóbb valaki szerződést fog veled kötni.

Sikerült az első időpontot leegyeztetnie egy japán multinacionális vállalat magyarországi kereskedelmi igazgatójával. Zoltán segítségét kérte az első tárgyalás lebonyolításához, hiszen még nem érezte magában azt az erőt és tudást, amivel sikert arathatna. No és nem utolsósorban ez lesz az első „éles" bevetése.

Egy keddi napon délután négyre volt kitűzve a találkozó, a belváros egyik elegáns irodaházába, ahol a cég magyarországi székhelye volt. Megérkezésüket követően egy hostess kísérte fel őket a kereskedelmi igazgató irodájába. A kölcsönös formális bemutatkozáson túlesve Péter kezdte el a tárgyalást a szokásos sablonszöveggel. Kissé feszült volt, hiszen volt ez az első ilyen témájú tárgyalása.

A tárgyalópartnere egy harmincas évei elején járó fiatal cégvezető volt, az aktuális divat szerinti kék csíkos ingben, fekete zakóban, fekete nadrágban, elegánsan öltözve.

Látszott rajta, hogy tisztában van a cégnél betöltött pozíciójával, és azzal is, hogy mint kereskedelmi vezetőtől, mit akarnak tőle. Komoly volt és figyelmes. Miután Péter végére ért a felvezetőjének, azonnal feltett három kérdést.

Zoltán itt beavatkozott. Átvette a tárgyalás irányítását, látva a kérdésekből az ügyfél széleskörű gazdasági ismeretét és tájékozottságát. Azonnal egy globális pénzügyi tájékoztatásba fogott, majd szűkített az európai helyzetre, és a végén a magyarországi pénzügyi-gazdasági folyamatokról tartott elemzést, időközben megerősítésként vissza-visszakérdezett, ezáltal is megerősíttetve az általa elmondottakat a partnerrel.

Szóba kerültek a forint és deviza alapú megtakarítások, hozamok, grafikonok, portfólió stb. Péter csak kapkodta a fejét. Azt hitte, nem járatlan ezekben a dolgokban, de őszintén szólva hozzá sem tudott szólni mindahhoz, ami elhangzott.

Az idő ezalatt gyorsan haladt. A kereskedelmi igazgató szabadkozva elnézést kért, hogy neki 19 órakor egy nagyon fontos megbeszélése van. Zoltán itt kapta el a pillanatot és kérdezte meg, hogy mi a véleménye arról, amit hallott?

A férfi nagyon fontosnak tartotta a személyes gondoskodást, a megtakarítást, a több lábon állást, sőt az a konstrukció, amit Zoltán fölvázolt, a rugalmasságán túl a hozamaival nagyon elnyerte a tetszését, de sajnos lassan mennie kellett. Zoltán hanyag eleganciával elkérte az igazolványát, sokatmondóan Péterre nézett, aki gyorsan előkészítette a szerződéseket. Zoltán olyan bizalmi hidat tudott az ügyféllel kiépíteni, hogy zokszó nélkül aláírt négy szerződést és kérte, hogy az ügyfélpéldányokat majd juttassák el hozzá másnap. Végeztek is. Lefelé haladva a liftben Zoltánnak fülig ért a szája, Péternek viszont kótyagos volt a feje a sok információtól, a sodró lendületű tárgyalástól, és a befejezés egyediségétől.

Zoltán csak a kocsiban szólalt meg:

– Gratulálok! Most kerestél éppen 400 ezer forintot.

– Mennyit? – kérdezett vissza Péter tágra nyílt szemmel.

– Jól hallottad, kicsi huszár! 400 ezret! Így csinálják a profik! Neked is ezt fogom megtanítani. Holnap reggel azzal kezdünk, hogy a mai napi tárgyalást elemezzük. Remélem, figyeltél. Gondolkozz el ezen este, de előtte töltsd ki a szerződéseket a szabályoknak megfelelően, és ellenőrizd le őket!

Este nyolc is elmúlt már, de Péter még aznap átnézte a szerződéseket, hogy minden a legnagyobb rendben legyen, a szabályzatnak megfelelően kitöltve, hogy másnap időben le tudja adni. Örült a szerződéseknek, az általuk jelentett összegnek, amit keresett, de öröme nem volt teljes, mert tisztában volt azzal a ténnyel, hogy ezt a pénzt Zoltán kereste meg neki. De most nem szeretett volna ezen lelkizni, hanem arra gondolt, hogy még három ilyen szerződés, és túl van az első egymillión! Hihetetlen volt számára, hogy ennyi pénzt lehet megkeresni ilyen módon. Gyorsan összepakolt az irodában, sietett haza, hogy minél előbb elújságolja Anitának a sikerét.

A kocsiból hívta őt és jelezte, hogy húsz perc múlva otthon lesz, egy nagy újsággal egyetemben. Fél tíz is elmúlt, mikorra hazaért. Le sem vetkőzött, csak a cipőjét vetette le, úgy ment a nappaliba elbeszélni ez első tárgyalás sikerét Anitának, aki mosolyogva és érdeklődve figyelte férjét, amint az – egyre jobban beleélve újra magát a helyzetbe – elmeséli a történéséket.

Nézte a szenvedélyt, ami mindig kiült Péter arcára, és látta a lelkesedést a szemében. Boldog volt, mert a férfi olyan dolgot csinált, olyannal foglalkozott, ami boldoggá tette. Anita számára csak ez volt fontos: a férje boldogsága. Nem volt gyermekük, ez így alakult.

Beszéltek néha az örökbefogadásról, de egyikük sem tartotta teljesen jó ötletnek, így lekerült a napirendről ez a téma. Mivel pedig ketten voltak, így a szeretetük teljes egészében a másik félre fordítódott és úgy érezték, nincs náluk boldogabb házaspár széles e világon.

Mikor Péter a történet végére ért, akkor vette csak észre, hogy Anitán mindössze egy kis lila köntös van, aminek az öve kezdett szétbomlani, így látni engedte az alatta levő, selyemből készült fehérneműt. Anita a bőrkanapén ült és finoman kezdte szétnyitni a lábát, egyre nagyobb betekintést engedve férjének, aki kezdte felfogni a látványt. Anita tudta, hogy Péter szereti, ha néha egy kicsit „kurvás" a figura (na, nem közönséges!), tehát kibújt a köntösből, és ott volt a kanapén egy szál alsóban, gyönyörű látványt nyújtva.

Otthon nem viselt melltartót, sőt sokszor a munkahelyén sem, nem volt rá ugyanis szüksége. Sok húszéves megirigyelhette a mellét (irigyelték is), olyan feszesek voltak, és a mellbimbók felfelé ágaskodtak, mint két felkiáltójel egy felszólító mondat végén.

Péternek mindig elakadt a szava, amikor így látta Anitát. Érezte, ahogy elkezdődik a remegés az alhasában, felfut a gerincén végig, a vágy forralja a vérét és lüktetve áramlik szét testében. Térdre ereszkedett Anita lábai között, aki előretolta a csípőjét, hogy Péter mindent elérjen, amit csak szeretne. Finoman puszilni kezdte a szeméremajkakat, majd lágyan befúrta a nyelvét a nagyajkak közé. Érezte Anita forró és nedves testét, a vágyat, amit most ő fog kielégíteni.

Kereste nyelvével csiklóját, ami meg volt duzzadva. Egyszerűen, mint egy cukorkát, ajkai közé vette és beszopta. Anita kéjesen nyögött fel.

Péter finoman végigsimított nyelvével minden részt, és belefúrta nyelvét a forró hüvelybe. Anita két kézzel fogta fejét, mire folyamatosan egyre gyorsabb mozgásba kezdett a nyelvével. Péter ösztönösen érezte Anita testének minden rezdülését, és mikor a teste íjként meghajolt, akkor volt szájában csiklója, és nagyot szívott bele. Érezte a remegést, amely felesége testén keresztülfutott. Fejét ott tartotta, nyelvével lassan folytatta tovább a kalandozást, de most már simogatóan, nyugtatóan. Anita magához húzta, megcsókolta, nyelvét a szájába csúsztatta. A forróság szinte sütötte Péter arcát.

Anita kigombolta Péter ingét, minden gomb után egy csókot hintett el a mellén. A nadrágot levéve finoman kezébe vette Péter égre meredő férfiasságát, és előrehajolva forró szájába vette. Péter újra és újra érezte, ahogy Anita nyelve kalandozik a testén, olyan érzelmi hullámokat kiváltva, hogy gerincében érezte az a feszültséget, amit a felesége generált testében. A nyelve körbejárt, majd megszívta többször, majd egyszer, majd többször és felváltva, és egyre gyorsabban, míg Péter érezte, hogy nem bírja tovább, és mint egy óriási vulkán, úgy tört elő belőle is az élet forrása.

Anita nyugtatta és simogatta. Péter felemelte felesége fejét, a szemébe nézett, és finoman szájába csúsztatta a nyelvét, miközben tenyerébe vette Anita mellét. Anita feltérdelt a kanapén, Péter mögé állt, és hátulról hatolt belé, miközben a látvány (feleségének formás feneke) még tovább fokozta az élvezetét. Egyre ütemesebb mozgásba kezdve együtt gyorsultak fel, és együtt is értek a csúcsra, de már nem pihentek. Péter hátára fordította

Anitát, lábait feltette a vállára, s így hatolt be a mennyei birodalom kellős közepébe.

Anitának a kéjtől, amit érzett, apró sikolyok hagyták el ajkait, ez Pétert még jobban felcsigázta, és még vadabb tempóra sarkalta. Ez egy őrült tánc volt már, amit együtt jártak. Testük öszszefonódott, az izzadságtól és a szerelemtől nedvesen csillogott, s egy pillanatra mintha megállt volna az idő: mindketten megmerevedtek. Péter mint íj feszült meg, Anita mintha elájult volna. Mementói voltak a szeretkezés pillanatának. Úgy érezték, megállt az idő, és ők ketten összeforrtak a szeretkezésükben, egy testté válnak, és a lelkük magasabb szinten összekapcsolódott. Ezáltal egy földöntúli érzés résztvevőivé váltak mindketten, ugyanabban a pillanatban.

Péter ráborult felesége testére. Szerette érezni, ahogy piheg, és újra csókolgatni kezdte a megjelent izzadságcseppeket. Finoman lenyalogatta őket, s közben érezte, ahogy visszatér az erő belé. Anita mindig ilyen hatással volt rá. Folytatta tehát. A kezével finoman végigsimította a szeméremdombot és ujja belesiklott a szerelemtől nedves szeméremajkak közé, ahol, a duzzadt csiklóval kezdett el finoman játszadozni. Majd lesiklott a forró hüvelybe, majd újra a csiklóhoz. Érezte Anita egyre gyorsuló levegővételén, hogy jó úton jár, így fokozta a tempót. Közben Anita keze lenyúlt és elérte Péter péniszét, s finoman játszani kezdett vele. Mindketten egyre gyorsabb mozdulatokat végeztek, s Péter mindig megvárta, hogy Anita legyen az, aki kezdeményez. Most is ez történt. Anita gyorsan Péter felé tolta csípőjét, kezével igazította be Péter lüktető péniszét forró hüvelyébe, lábával átkulcsolta a derekát és őrült ritmust kezdett el járni a csípője. Péter már kívül volt a fizikai érzékelésen, csak a feleségét, annak testét és lelkét érezte. Mikor már nem bírta tovább, mint egy gyűrű, úgy szorította férfiasságát felesége hüvelye, mintha soha többé nem akarná elengedni, együtt összeforrtak a gyönyör pillanatában.

Kisvártatva Péter finoman karjaiba vette feleségét és kimentek a fürdőszobába, ahol együtt tusoltak le. A hálószobában egymás karjaiba fonódva, a szerelemtől kellemesen elfáradva, mint két ártatlan gyermek aludtak el.

2. FEJEZET

ÚT A CSÚCSRA

„Minden nap egy új élet. Néha csak annyit tehetsz, hogy figyelsz, és megteszed, ami tőled telik"
(Dan Millman)

Reggel mindketten frissen, kipihenten ébredtek, tele tenni akarással. Péter imádta az ilyen szeretkezés utáni reggeleket, ilyenkor érezte magát igazán férfinak. A hegyet is elhordta volna a tengerbe, és vissza, ha imádott nője erre kéri. Mert egy férfi annyira férfi, amennyire egy nő azzá teszi. De ez természetesen fordítva is igaz. Kávét főzött, ágyba vitte Anitának, majd gyors tus, öltözés, irány az üzleti világ.

A reggeli értekezleten Péteren volt a sor, hogy beszámoljon a csoport előtt a tegnapi tárgyalásról, annak eredményéről. Minden reggel együtt elemezték az előző napi tárgyalásokat: igyekeztek a hibákból tanulni, a sikereket megvizsgálták, hogy mi vezetett oda, és ez a megbeszélés egyben inspirálta is aznapra a tanácsadókat.

Péter lelkesen, de kissé visszafogottan számolt be a tárgyalásról és annak eredményéről – nem kívánta Zoltánt még jobban fényezni a többiek előtt.

A megbeszélést követően be kellett mennie Zoltánhoz.

– Figyelj most jól – szólt Zoltán –, adok neked meglévő ügyfélállományt.

– Mit látsz a kezemben? – kérdezte.

– Papírokat? – kérdezte Péter.

– Nem, kis barátom. Pénzt, nagyon sok pénzt. Tanuld meg, hogy a meglévő állomány nagyon sok pénzt jelent egy profi tanácsadónak. Ezt most neked adom, és el is mondom, mit kell vele tenned.

Zoltán elmagyarázta, hogy mi a teendő a meglévő állománynyal, és miért fontos ez, illetve Péter hogyan fogjon hozzá. Az elkövetkező napokat azzal töltötte, hogy telefonált, időpontokat egyeztetett, és szervezte a tárgyalásait. Elkezdte sorban látogatni az ügyfeleit, bemutatkozott, hogy a társaság őt jelölte ki a tanácsadójuknak, és szeretné őket tájékoztatni a szerződésük állásáról, illetve amennyiben van felmerülő kérdés, és amennyiben meg tudja válaszolni, akkor nagyon szívesen meg is teszi. Így egy héten belül általában 15-17 ügyféltalálkozót bonyolított le. Egyre jobban belejött a tárgyalási technikák alkalmazásába. Nagyon figyelt arra, hogy a napot úgy kezdje, hogy tájékozódjon az aktuális gazdasági helyzetről, egyszóval Péter kezdett nagyon képben lenni, ahogy mondani szokás.

Így teltek el a napok és a hetek. Telefonált, időpontot egyeztetett, tárgyalt, referált Zoltánnak, megbeszélték a következő tárgyalás taktikáját. Szerződéseket kötött. Nem nagyokat, de kötött. Gyakorolta a papírmunkát, és keresett egy kis pénzt is.

Az egyik hétfő reggel az irodában pezsgő társasági élet fogadta, mikor belépett: éppen a negyedéves verseny eredménye jött meg a központból elektronikus úton, és azt a belvárosi iroda nyerte. A díj egy hétvége volt egy vidéki wellness hotelben. A cég mindent fizetett a csapatnak, csak le kell utaznia. Mondanom sem kell, nagyon jó hangulatban telt el a reggeli értekezlet, és mindenki nagy tenni akarással vetette bele magát a munkába. Mielőtt az értekezlet véget ért, Zoltán megkérte Pétert, hogy fáradjon be az irodájába.

– Nos, egészen jól teljesítesz, meg vagyok veled és a munkáddal elégedve – dicsérte meg a belépést követően Zoltán Pétert.

– Ö… igen, nem mennek rosszul a dolgok – válaszolta Péter. Zavarban volt, nem volt hozzászokva, hogy szembedicsérjék. – De, gondolom, nem ezért hívtál – válaszolta.

– Fontosnak tartottam, hogy tudd, mit gondolok az eddig elvégzett munkádról, és szerettem volna visszajelzést adni neked, hogy jó az irány – válaszolta Zoltán. – De most szeretnék adni neked egy olyan állományt, amit a telefonos lányok nem érnek el, és fel kell dolgozni. Vállalod az ezzel járó plusz kilométereket, a rohangálást, vagy adjam oda másnak? – kérdezte Zoltán.

– Nem kell, megcsinálom én – mondta Péter.

– Rendben, nézd át az anyagot és este hívj fel, hogy megbeszéljük, mi legyen a velük kapcsolatos stratégia – zárta le a beszélgetést Zoltán.

Péter elvonult az íróasztalához, és hozzáfogott áttanulmányozni a napirendjét. Különös módon egy ügyfél járt a fejében, akit a listából ért el, és akivel egyszer már találkozott. Abban maradtak, hogy a héten újra találkoznak. Egy kávézóban futottak össze. Az ügyfél folyamatosan kérdezett a világban zajló folyamatokról, a Magyarországon zajló folyamatokról, arról, Péter mibe fektetné a pénzét, azt hogyan kezelné stb. Péternek volt egy olyan érzése, mintha az ügyfél vizsgáztatná. De mivel nem volt még sok információja róla és ez volt az első találkozás, úgy döntött, hogy óvatos lesz.

A következő találkozóra az ügyféllel egy a város szélén lévő bevásárlócentrum parkolóban került sor. Vettek kávét papírpohárban, majd a közeli padon foglaltak helyet.

– Nos, most a meglévő szerződéseinek állapotáról fogom tájékoztatni – kezdte a beszélgetést Péter.

– Hallgatom – válaszolta az ügyfél.

Miközben beszélt, Péter feszülten figyelte az előtte ülő férfi arcát. Egy 40 körüli, ápolt magabiztos fickó nézett vissza rá. Ruházata átlagosnak volt mondható első pillantásra, de aki jobban szemügyre vette, láthatta, hogy minőségi és drága, amit a férfi viselt. Karján csak egy óra volt, semmi ékszer, semmi hivalkodás. Az ügyfél időnként belekortyolt a kávéjába, és Péterre figyelt.

Miután az ügynök befejezte a tájékoztatást, megkérdezte, hogy van-e kérdése.

– Igen, van – hangott a válasz.

– Mi a helyzet manapság, mibe érdemes egy kis pénzt fektetni? Arany, részvény, valuta?

Péter, miközben gondolkodott, az ügyfele arcába nézett. Fürkészte, ki akarta olvasni a gondolatait. Nagy levegőt vett, majd feltette a kérdéseit.

– Milyen hozamot szeretne elérni a befektetéssel? Milyen időtávon? Mekkora kockázattal? Szeretne esetleg adóoptimalizálás céljából befektetni? Céges szerződést kötni?

– Csak forgatni egy kis pénzt – válaszolta az ügyfél.

– Értem. Mennyi az a „kis pénz"?

– Még nem döntöttem el, a trendekre lennék kíváncsi.

Péter ekkor úgy érezte magát, mint egy vadászkutya, aki szimatot fogott. De egyben nagyon óvatossá is vált. Taktikát váltott. Adott az ügyfélnek egy naprakész kitekintést a világgazdaság jelenlegi folyamataira, majd az európai folyamtokra, és bemutatta, hogy ez Magyarországra ma milyen hatással van. Látta a feszült figyelmet ügyfelén, aki nem kérdezett, csak időnként bólogatott. Miután befejezte, ránézett az órájára.

– Elnézést, de most mennem kell, vár egy ügyfelem – mondta Péter.

– Nagyon szépen köszönöm a kielégítő tájékoztatást – kezdte az ügyfél. – Mikor tudunk legközelebb találkozni? – kérdezte.

– Miért kellene találkoznunk? – kérdezte Péter, holott már teljesen biztos volt benne, hogy szerződés lesz a dologból, a másik már csak kéreti magát.

– Nos, a következő találkozóra készítsen javaslatokat számomra egy általános, kiegyensúlyozott, középtávú befektetésre – kezdte az ügyfél –, illetve mivel cégeim vannak, arra is kíváncsi vagyok, hogy milyen megoldási javaslatai vannak adócsökkentés tárgyban. Természetesen elküldöm a cégek nevét is.

Péter érezte, hogy ez nem egy egyszerű ügyfél, így még feszültebben figyelt.

– Rendben, akkor most egyeztessünk időpontot – kérte. Miután megegyeztek a napban és az órában, már csak a helyszínt kellett pontosítani.

– Akkor itt találkozunk? – kérdezte Péter.

– Nos, nem – válaszolta az ügyfél. – Ki tud jönni a telkemre? Van egy kis tanyám a város szélén, ott nyugodt körülmények között tudunk beszélgetni. A címet át fogom küldeni elektronikus levélben.

Ebben maradtak, majd mindketten mentek a dolgukra.

Péternek még volt egy találkozója este hatkor, addig még volt egy kis ideje, elment hát egy közeli parkba. Miután leparkolt a kocsival, sétálni indult, hogy kiszellőztesse a fejét a következő találkozó előtt, illetve átgondolja, mit is hallott, és mire is kell felkészülnie. Úgy döntött, hogy az egész dolgot átbeszéli Zoltánnal, mert az ösztöne azt súgta, hogy egy nagypályás ügyféllel hozta össze a sors, és nem akarta elszúrni.

A kora esti ügyfelet csak egy szimpla tájékoztatás ügyében kellett megkeresnie, nem tervezett vele semmit. Megígérte Anitának, hogy siet haza vacsorára.

Az esti ügyfél a kertvárosban lakott, a háza előtt sikerült is leparkolni. A csengetést követően egy ötvenes férfi nyitott ajtót, arcán már kora este borvirágok bontogatták szirmaikat.

– Jó estét kívánok – köszönt Péter –, a biztosítótársaságtól jöttem, ahogy megbeszéltük.

– Már nagyon vártam – kezdte az ügyfél –, fáradjon beljebb!

Miután hellyel, üdítővel kínálták, Péter szeretett volna rátérni a mondandójára, de ügyfele belekortyolva vörösboros poharába a szavába vágva elkezdte a sajátját.

– Mert maguk olyanok, mint a porszívóügynökök. Ilyenkor, este zavarják az embert az otthonukban. Különben is, ez a biztosítás, amim van, nem jó semmire, csak a pénzt szedik be, de nem csinálnak semmit – folytatta.

Egyszóval belekezdett egy 15 perces, „most megmondom a magamét a biztosítóról" című magánszámba. Péter elmélyülten nézte, miközben az ügyfél hevesen beszélt. Látta, hogy mozog a szája, de nem hallotta, mit mond, mert gondolatai már otthon jártak. Anitára gondolt, a vacsorára, és a rá váró kellemes estére. Csak nem fogja engedni, hogy ez a förtelmes alak elrontsa az estéjét? Miután az ügyfél befejezte a mondandóját, az arcán a megelégedettség látszott, és a „na, jól beolvastam most neki".

Péter nagy levegőt vett, szája mosolyra húzódott, és halkan, lágy tónussal kezdett bele a mondanivalójába.

– Nézze, uram, én csak azért jöttem, mert azzal a feladattal bíztak meg, hogy tájékoztassam önt szerződésének indexálásáról, azaz értékkövető emeléséről. Csak ennyi. Ha ön ezt elfogadja, akkor nincs semmi tennivalója, ha nem fogadja el, kérem, erre az értesítő levélre írja le, hogy nem fogadja el. Dátum, aláírás, és rendben vagyunk. Én megértem önt, hogy mivel nem találkozott a társaságunk képviselőjével, így az az érzése támadt – hangsúlyozom, joggal –, hogy magára hagytunk. Nos, engem azért küldtek, hogy a jövőben ne érezze ilyen elhagyatottnak magát, és amennyiben szüksége van bármilyen szolgáltatásunkra, vagy csak kérdése van, ne a gép hangját hallgassa, hanem legyen egy olyan személy, akihez ön bármikor bizalommal fordulhat. Szóval még egyszer elnézés kérek a társaságunk nevében. Nem porszívóügynökök vagyunk, hanem tanácsadók; akkor keressük fel ügyfeleinket, amikor az nekik megfelel, és emlékeztetni szeretném arra a tényre, hogy az időpontot és a lakását, mint helyszínt is ön javasolta. Csak tájékoztatásul, ön a hatodik ügyfelem a mai napon, és ahogyan ön is, úgy a többi ügyfél is felkészültséget, szakszerű tájékoztatást és megoldási javaslatokat vár el tőlünk. Azt gondolom, ebben egyetérthetünk. Ebből adódóan a munkánk is felelősségteljes, hiszen ügyfeleink élethelyzeteit érinti. Ez egy kicsivel több, mint egy porszívóügynök munkája. Nem lebecsülve természetesen a porszívóügynökök nagyon nehéz munkáját – fejezte be mondandóját Péter.

Az ügyfél arca már a találkozás elején piros volt az évek alatt elfogyasztott bor következményeként, de most mintha lángolt volna a két pofacsontja, olyan piros volt.

– Elnézést kérek a kirohanásomért – kezdte. – Tudja, építési vállalkozóként harminc embernek adok munkát, és estére már feszült vagyok én is. Nem önön akartam ezt levezetni – szabadkozott az ügyfél.

– Fátylat rá! – mondta Péter. – Akkor már csak az a kérdés, elfogadja-e az indexálást vagy sem?

– Igen, persze, elfogadom – válaszolta a másik.

Miután végeztek a papírmunkával, Péter igyekezett gyorsan elköszönni, és máris indulni akart haza.

– És mi a helyzet a befektetésekkel – kérdezte az ügyfél.

Péter agyában megszólalt a csengő: *kötés, kötés*.

– Milyen befektetésekkel? – kérdezte.

– Amit a társaságuknál lehet eszközölni. Van pénzem – monda szinte kihívóan az ügyfél.

Óvatosan, kis barátom, óvatosan, gondolta Péter.

– Nézze, uram, most csak az indexálás ügyében jöttem, így nem készültem fel semmilyen személyes befektetési ajánlattal.

– De azért csak tud mondani nekem valamit – erősködött az ügyfél.

Péter gyorsan végiggondolta a helyzetét: már késő este van, az ügyfél alkoholt fogyasztott, kissé fölényeskedő is, hmm… pár pillanat múlva megvolt a megoldás.

– Nézze, uram, nekem nagyon sok ügyfelem van, akikkel együtt dolgozom. Már késő este van, és nekem is haza kell érnem. Amennyiben telefonál a társaságunk irodájába, küldenek önnek egy tanácsadót, aki segít kidolgozni önnek egy befektetési ajánlatot. Én sajnos nagyon elfoglalt vagyok. Ezt a levelet is csak azért én hoztam el, mert ma útba esett nekem hazafelé menet – adta meg a kegyelemdöfést Péter.

Figyelte az ügyfél arcát, miközben beszélt. A férfi alig tudott uralkodni magám, hogy őt, a vállalkozót, akinek ráadásul pénze is van, visszautasítják. Péter mindeközben már az ajtó kilincsét fogva, jó éjszakát köszönve sétált ki a házból. A pasas kikísérte a kertkapuig, ahol halkan megkérdezte:

– Mégis mikor tudna visszajönni, hogy megbeszéljük a dolgot? Kérem!

Péter itt érezte, hogy megvan a fickó. Rezignált arccal elővette a naptárát, fellapozta, és három nappal későbbi időpontot adott meg az ügyfélnek. Az pedig olyan boldogan köszönte meg, mint a gyermek a karácsonyi ajándékát.

A kocsiban kavarogtak Péter gondolatai. Azt sejtette, hogy a „tanyás" pasi nem lesz egyszerű. Ez a vállalkozó nem gond, de a másikra nagyon kell készülni. Bár azt megtanulta, hogy minden tárgyalásra nagyon fel kell készülni, mert akkor nem érheti meglepetés… Azt sejtette, hogy a két férfival való kapcsolatból a hónap üzletét csinálhatja meg, ha felkészülten és okosan áll hozzá. A telefon után nyúlt és tárcsázta Zoltánt.

– Helló, Zoltán.

– Üdv, Péter, milyen napod volt? – kérdezte Zoltán.

Péter töviről hegyire beszámolt a két ügyféllel való találkozásról. Zoltán egyre feszültebben figyelt, majd a beszámoló végén a hangján lehetett érezni az elégedettséget.

– Azt ugye sejted, hogy beletenyereltél? – kérdezte Pétert.

– Igen, én is úgy érzem, de a „tanyás" pasas valahogy nem egyértelmű. Úgy gondolom, több annál, mint amit mutat magából.

– Igen, az elmondásod alapján nekem is úgy tűnik, de ne aggódj, le fogjuk nyűgözni. Viszlát holnap.

– Oké, holnap – köszönt el Péter a telefonban.

Lassan haza is ért, mire a beszélgetésnek vége lett. Beállt a garázsba és felment a házba. Anita már a terített asztalnál várta.

– Milyen napod volt, kedvesem? – kérdezte Anitától.

Majd miután kezet mosott és átöltözött, a vacsora közben hallgatta felesége elbeszélését a napi történésekről. Szerette ezeket a pillanatokat. Kettesben voltak és ő csak a feleségére figyelt, aki egy angyal bájával mesélte el, mi is történt vele aznap. Péter ilyenkor egy kicsit még jobban beleszerelmesedett Anitába.

A vacsorát egy pohár fehérborral öblítették le, majd a kanapéra kuporodva megnéztek egy filmet, amit Anita szeretett volna látni. Szerettek együtt filmet nézni. Ilyenkor Péter ült a kanapén, Anita féloldalt fekve fejét Péter ölébe hajtotta. Péter átfogta Anitát, aki úgy viselkedett, mint egy álmos kiscica, csoda, hogy el nem aludt. Meghitt pillanatok voltak ezek az életükben, vigyáztak is rá. Valami szerelmes film volt, de Péter fejében csak a délutáni ügyfél járt, kavarogtak a gondolatok, nem igazán tudott figyelni a filmre.

– Ugye milyen szép volt? – kérdezte Anita.

– Óh, igen, drágám, nagyon.

– Te nem is figyeltél – mondta kissé durcásan Anita.

– Dehogynem, csak téged figyellek – válaszolta Péter.

Majd gyöngéden az ölébe fogva felemelte feleségét, és elindult vele a hálószoba irányába. Finoman az ágyra tette, de már menet közben apró csókokat lehelt Anita nyakába. Tudta, hol vannak az érzékeny pontjai, kezdte a kedvese vágyát felkelteni.

Az ágyon lassan, nagyon lassan vette le felesége selyemköntösét, miközben folyamatosan csókkal borította el nyakát. Ahogy kiszabadult teste a ruhából, Péter ajkai is úgy kalandoztak egyre lejjebb és lejjebb, míg nem el nem érték az áhított gyümölcsöt. Itt egy nagyon finom, mondhatni leheletnyi játék kezdett kibontakozni, aminek hevességéről Anita egyre gyorsuló légzése árulkodott. Apró sikolyokkal jelezte, hogy Péter kis nyelvleckéje sikeres volt. Anita hasra fordult, Péter hátulról hatolt belé. Érezte a forróságot, ami körülölelte, és ami szinte magába szívta. Nem tartott soká, mert a vágy oly heves volt, hogy ezt nem bírták elviselni, és hamar a végére értek. Ám mindez csak a vágy felkeltésére szolgált. Anita féloldalt fordította a fejét és megkérdezte:

– Megtennél nekem egy szívességet? – kérdezte, majd kezében lévő síkosítót átadta a férjének, miközben pajkosan rákacsintott.

Péter megmerevedett, mint a katona a díszszemlén, a gerincében érezte a borzongást. Tudta, hogy felesége időnkét szereti ezt a kis perverziót, amit persze Péter is imádott, így hát a tubusból kinyomott kellő mennyiség segítségével nagyon finoman elkezdte a behatolást. Anita is tolta a fenekét, így szinte észrevétlenül, de Péter bejutott. Persze az „észrevétlen" az túlzás, mert Anita egy hangos sikollyal nyugtázta az eredményt. Ezt követően valami eszeveszett, fergeteges tombolás kezdődött. Itt már mindenki megfeledkezett magáról, csak az érzelmek és az érzések számítottak.

Péter érezte, hogy valami hatalmas örvénylő extázisba kezd belehullani, hallotta felesége egyre hangosabb és gyorsuló sikolyait, ami a végén egy nagy kiáltásba torkollt. Megmerevedtek mindketten, mint egy fotó az exponálás pillanatában.

Ez az a pillanat, amikor az idő is megáll, nincs semmi, csak az érzés és a kedves van. Ez a pillanat csak az övék. Kettőjüké. Ezt együtt élik át mindig, minden egyes alkalommal. Leírhatatlan érzés, ami szerelmüket minden egyes alkalommal csak még jobban elmélyíti.

Lassan, nagyon lassan fordultak egymással szembe, átkarolták egymást, egymás szemébe nézve, a kielégüléstől kisimult tekintettel hálásan csak ennyit mondtak: *szeretlek*. Talán elcsépelt szó, de ők tudták, mit jelent nekik.

Anita egy alkalommal elmesélte Péternek, hogy míg a hagyományos szeretkezés során képes az orgazmusát irányítani, addig egy anális aktus közben erre képtelen, és ilyenkor már az érzések irányítják őt és semmilyen hatással nincs rájuk, csak élvezi őket. Péter pedig bármit megtett a felesége kedvéért, csak boldognak lássa. No, nem mintha ellenére lett volna a dolog.

Zuhanyozást követően Anita befészkelte magát Péter ölébe, aki átkarolta feleségét, érezte meleg fenekét az ölénél és hallgatta ütemes szuszogását, ahogy álomba merült. Péter rajongott érte. Kapcsolatuk kezdetén néha verseket írt hozzá; Anita meg is jegyezte, hogy galamblelke van. Ez a galamb fehér volt, gyengéd, tiszta, békés és ártatlan, mint egy gyermek lelke, és ez csak Anitáé volt. Péter szerelmét jelképezte felesége iránt. Nőt olyan mély érzelemmel, olyan tiszta szerelemmel még nem szerettek, mint ahogy Péter szerette a feleségét. Nem tudta elképzelni az életét nélküle. Anita okos asszony volt. Egyszerű nőként jellemezte magát, ha társaságban erre terelődött a szó, de Péter nagyon büszke volt rá. Éleslátón, jó érzékkel adott tanácsot Péternek, mindig segítette és támogatta. Gondoskodása a férfi iránt nem anyáskodó volt, hanem figyelmes. Péter ezt nagyon nagyra értékelte, mint ahogy a többi tulajdonságát is. Nagyon büszke volt rá. Az ÉLETE volt Anita. Így, csupa nagybetűvel.

A levegő, ami éltetett; a vér, ami életben tart – szinte a teste egy részének érezte. Anita nélkül nem tudta elképzelni az életét, és bele sem mert gondolni, hogy mi lenne vele nélküle.

A reggel gyorsan jött. Mindenki indult a dolgára. Péter az irodába érkezve egy kávéval a kezében Zoltán irodája felé indult.

– Jó reggelt – köszönt.

– Jó reggelt, kezdjük is el – mondta Zoltán.

Miután átbeszélték a tegnapi találkozót töviről hegyire, Zoltán kérdéseket tett fel Péternek, aki jegyzeteket készített a további teendők végett. A megbeszélés több mint két órán keresztül tartott. Ezt követően Péter egy kis környezettanulmányt folytatott: beírta a cégkeresőbe a „tanyasi" ügyfél nevét. Nem csodálkozott, mikor három cégben is tulajdonosnak tüntette fel a cégtár. Ezek megegyeztek az ügyfél által megadott cégnevekkel. De megdöbbent, mikor a cégkivonatokat megnézte: egyenként is milliárdos árbevételű cégek voltak, az ügyfél pedig egyedüli tulajdonos. Az építési vállalkozót is ellenőrizte; ott is több száz milliós tétel szerepelt a legutóbbi kivonaton. Az eredménnyel azonnal Zoltán irodájában sietett.

– Ezt látnod kell! – kezdte, majd odaadta a kivonatokat. Először az építési vállalkozóét.

– Na, ez nagyszerű! – örvendezett Zoltán. – Itt aztán sok minden lehet.

– De nem láttál még mindent – válaszolta Péter nevetve, majd átadta a másik anyagot.

Zoltán csendben végigfutotta. Péter észrevett egy rándulást az arcán – ebből tudta, hogy itt más lesz a nóta. Zoltán felnézett a papírból, majd Péter arcát fürkészte.

– Honnan a fenéből szedted össze ezt az ügyfelet? – kérdezte, közben a szája a füléig kezdett érni.

– A címlistából, amit adtál – válaszolta.

– Ez nagypálya, barátom, de még milyen! Mondtam ugye, hogy az nem lista, hanem pénz?

– Na, de ne okozzunk csalódást, készüljünk fel méltó módon, hogy elkápráztassuk a kedves ügyfelet, hogy mi sem vagyunk azért kezdők a szakmában.

A nap hátralévő részében elemzéseket tanulmányoztak, trendeket vizsgáltak, mindeközben Zoltán folyamatosan tanította Péter. Na, nem volt ez olyan kisiskolás módszer, inkább ahogyan és amiről beszéltek, az volt a módszer. A befektetésekről, a tőzsdékről, a befektetési alapok és az eszközalapok különbözőségéről, befektetői kosárról, kezdeti és felhalmozási egységekről, japán gyertyákról, a trendekről, hogyan hat Ázsia Amerikára, vagy Amerika Európára, és az egész hogyan hat Magyarországra.

Mit jelent mindez a befektetőkre nézve, és az alapkezelők hogyan reagálnak, mit tesznek, hogyan csökkentenek kockázatot? Mi stop-loss, mi a menekülési pálya, mikor kell menekülni és hová, és hogyan, valamint mit is jelent a t+72.

Nem ez volt az első ilyen összeülésük, gyakran csináltak ilyet. Péter néha azt érezte, hogy Zoltán a kérdéseivel vizsgáztatja őt. Zoltán helyezkedett az ügyfél szerepébe, és kérdezgette Pétert. Keményen, belemenősen, és ha Péternek volt egy pillanatnyi megingása, arra Zoltán könyörtelenül lecsapott. Az első időkben Péter ilyenkor nagyon kellemetlenül érezte magát, mint egy kisdiák, aki nem tanulta meg a leckét, és a tanító bácsi egyest ad. De idővel, ahogy képezte magát, ahogy Zoltán tanította és kijavította, a sok önképzés és tanfolyamok által (nagyon sok pénzbe került) egyre magabiztosabbá vált, és egyre kevesebbet hibázott. A beszélgetések belementek a stratégia meghatározásába, a tárgyalási technikák és módszerek alkalmazásába. Zoltán nem bízott a véletlenre semmit. Itt is tesztelte Péter tudását.

Ez egy nagyon jó iskola volt Péter számára, hiszen Zoltánt a szakmában egy nagyon nagy tudású befektetési és biztosítási szakembernek tartották, nem véletlenül tartott ott, ahol. A felkészítés vagy kiképzés nem pusztán szimpátia volt Zoltán részéről, hanem jól felfogott üzleti érdek is. Hiszen Péter Zoltán alatt dolgozott, és a megszerzett üzletből százalékos arányban Zoltán is részesült, szóval nem véletlenül fektette bele a sok időt.

Egész nap gyűrték egymást. Kora este Zoltán elégedetten állt fel.

– Most amit megbeszéltünk, tedd papírra – mondta. – Készítsd el az elemzéseket, a megfelelő anyagot, hogy be tudd mutatni, és le tudd nyűgözni mindkét ügyfelet. Az anyagot kösd be egy dekoratív mappába, hogy lássa, mi sem vagyunk akárkik.

Mindenki ment a dolgára, Péter meg elkészítette az anyagot. Megadva a módját: céges borítólap, színes grafikonok – nem túl sok, éppen csak hogy mutassanak benne a számok, adatok.

Érezték mindketten, hogy a milliárdos ügyfél komplexebb, neki kellenek a számok, a folyamatok, a magyarázat, hogy mi miért történik; mi van akkor, ha esik, szóval ott nem lehet mellébeszélni.

No, nem mintha az építési vállalkozó kevésbé fontos ügyfél lett volna, de őt inkább csak a haszon érdekelte, az oda vezető út kevésbé. Ettől függetlenül számára is komplett szakmai anyag készült.

Eljött a nagy nap. A találkozó a „tanyasi" ügyféllel délután 15 órára volt kitűzve. Péter csak 10-re ment be az irodába, előtte úszott egyet.

Az írásos anyagot fejből tudta, az irodában az aktualitáshoz igazította. Térképen megnézte a helyet, hogy hová kell mennie, de a térkép az útvonalon kívül nem árult el semmit.

Zoltánnal ebédelt, s közben újra átvettek mindent töviről hegyire. Mindketten úgy érezték, a lehető legjobban felkészültek.

Péter kocsiba ült és elindult. Elhagyta a város forgatagát, a főúton haladt tovább, jó pár kilométer múlva lassított; a GPS szerint jobbra kellett fordulnia. Meglátta a bekötőutat, bekanyarodott. Aszfaltozott út volt, az akácfák között futott tova. Az út végén, mintegy 200 méterre, egy kovácsoltvas kapu állta útját. Megállt, hogy kiszálljon, de a kapu önműködő módon kinyílt. Akkor vette észre a kamerákat. Áthaladt a kapun, s a behajtást követően tárult fel csak igazán a területen fekvő ház szépsége, a park kialakítása. A hátul lévő tó víztükrén megcsillant a délutáni nap sugara, kutyák ugatása hallatszott.

Felhajtó vitt a térkővel kirakott pakolóhoz a bejárat elé, ahol fehér jelek mutatták a gépkocsik helyét. Leparkolt.

Időközben a házigazda eléje sietett, és joviális arccal, széttárt karral üdvözölte.

– Isten hozta szerény hajlékomban – kezdte. – Könnyen idetalált? – kérdezte.

– Köszön szépen, igen, nem volt nehéz – válaszolt Péter.

– Talán fáradjon be – invitálta. – Egy frissítő?

– Igen, az jólesne.

– Nagyon szép ez a „tanya" – nyomta meg Péter a *tanya* szót, miközben szája mosolyra húzódott.

– Áh, csak egy kis hétvégi házikó, nem túl nagy, de köszönöm. Olyan 30 hektár – válaszolta az ügyfél kissé nevetve.

Bementek a házba, és annak központi helyén, a hallban, egy hatalmas fekete bőr ülőgarnitúra foteljeiben helyet foglaltak.

Péter körbenézett. A falon vadásztrófeákat látott, közöttük nem egy egzotikus állatét is, főleg Afrikából.

– Látom, vadászik – mondta.

– Igen, szeretek vadászni, ez az egyik hobbim – válaszolta az ügyfél.

– De tudja, mit? – kezdte a beszélgetést. – Ha nem bánná, közel egyidősek vagyunk, tegeződjünk. Oké, tudom, hogy az ügyféllel nem lehet, meg minden, de én így szoktam üzletelni. A nevem Sándor.

Péternek végigfutott az agyán, hogy ügyfél, meg hogyan kezelje ezt ezután, de az üzlet az üzlet, különben is a másik ajánlotta fel.

– Megtisztelsz, Péter. Szervusz.

– Sándor, még egyszer. Szervusz.

– Most, hogy így sikeresen túljutottunk a bemutatkozáson, gyere, körbevezetlek – szólt Sándor.

Kimentek a házból és beszálltak egy elektromos golfautóba, és elindultak az óramutató járásával ellentétes irányba. Sándor megmutatta a lovait és a lovardát, ahol az istállófiúk gondozták az állatokat, majd a lovaspályát, ahol a lánya szokott gyakorolni. Továbbhaladva a megnézték kennelt, ahol a versenyagarai voltak, ugyanis Sándor agarakat versenyeztetett. Majd folytatva az utat, az éppen épülő golfpálya mellett suhantak el. Továbbgurulva elérkeztek a japánkerthez, ahol tó, híd, koi halak alkottak egységet. Péter nagyon szerette a japán kultúrát, így a kert nagy benyomást tett rá.

– Nos, hogy tetszett? – kérdezte Sándor.

– Igazán lenyűgöző – válaszolta Péter. – A japánkert a kedvencem.

– Igen, az nekem is nagyon tetszik – nevette el magát Sándor. – Menjünk vissza a házba! – mondta, majd a golfautót visszakormányozta a házhoz. A nap már lemenőben volt, kellemes melegséggel szórta a sugarait.

– Üljünk ki a teraszra – javasolta Sándor.

A teraszon diófából készült ülőgarnitúra fogadta a kiülni szándékozókat, hatalmas árnyékoló tette elviselhetővé a napsütéses órákat. Kellemes nyári szellő lengedezett.

Miután elhelyezkedtek, Péter belefogott a mondandójába. Lassan, tagoltan beszélt, folyamatosan tartotta a szemkontaktust Sándorral, és feszülten figyelte annak összes nonverbális reakcióját.

Sándor először figyelmesen hallgatta a tájékoztatást az aktualitásokról, a trendekről, csak időnként engedett meg egy-egy kérdést.

Mikor végeztek az általános beszélgetéssel, Sándor megkérdezte:

– És hoztál nekem valami ajánlatot?

– Igen, természetesen hoztam – válaszolta Péter.

Ekkor érezte meg újra azt a remegést a gyomrában, ami nála nem a félelem jele volt, hanem az adrenaliné, és tudta, most jött el a pillanat, amire várt. Nosza, rajta!

– Tudod, megvizsgáltam a cégeid árbevételét, és arra a következtetésre jutottam, hogy több százmillió forintot tudok neked megspórolni adó-oldalon – kezdte Péter.

Mikor elhangzott, hogy „megvizsgáltam a cégeidet", mintha Sándor arcára fagyott volna a mosoly. Az addigi vendéglátói kedvesség tovaillant, és ott volt egy üzleti cápa. *Mit vizsgált ez meg? Hol, hogyan nézett, és minek utána?* Körülbelül ez volt az arcára írva.

Péter ezt jól olvasta, és tudta, ha most nem siet, nyert ügye van. Márpedig nem fog sietni.

Ezt követően bemutatta Sándornak azt az anyagot, ami személyre szabottan az ő cégeinek az árbevételét figyelembe véve, illetve a Sándor által előzetesen megemlített családi, magánéleti információk alapján készült el. Ebben kiemelt hangsúlyt kapott az a több százmilliós adómegtakarítás, aminek hallatán Sándornak egy pillanatra megrándult a szemöldöke. De csak egy pillanatra. Péter ezt észrevette, és tudta: megvan.

Sándor célirányos kérdéseket tett fel: konkrétakat, jogszabályokra vonatkozókat. Nem hiába vették át Zoltánnal, Péter tagoltan, érthetően, higgadtan, nagyon felkészült tanácsadó benyomását keltve válaszolt.

Ez így ment vagy három órán keresztül.

– Tartsunk egy kávészünetet – javasolta Sándor.

– Rendben, tartsunk.

– Azt tudtad, hogy Afrikában is van két cégem? – kérdezte.

– Nem, nem tudtam – válaszolta Péter –, magyar adatbázisból dolgoztam.

– Igen, azt látom, de jól is dolgozol – dicsérte meg Pétert.

– Köszönöm szépen – válaszolt Péter szerényen.

– Nem, de most komolyan – kezdte Sándor. – Annyi ilyen ügynök jön-megy, hintik itt a nagy hozamról szóló meséket, és amikor felteszek két kérdést, egyet sem tudnak megválaszolni. Mikor neked feltettem a két kérdést, s megválaszoltad, akkor tudtam, hogy más vagy, mint ezek a kóklerek – folytatta. – Most pedig bebizonyítottad, hogy nem tévedtem. Korrekt, pontos és részletes elemzést kaptam, kérdéseimre kimerítő válaszokat tudtál adni, elmagyaráztad, amit nem értettem, szóval megvettél, megvettelek. Most pedig elmondom mit is szeretnék – mondta.

Újra leültek és Sándor elmondta, hogy mi lenne a fő cél a pénzével, és mekkora összeget fektetne be. 10 millió forint, és 50 ezer euró.

Péteren az összeg hallatán végigfutott egy kívülről nem látható remegés. Óriási önuralommal, rezignált arccal kérdezte meg:

– Mikor tudod utalni?

– Természetesen most – válaszolta kissé ingerülten Sándor, mint akiről azt feltételezik, hogy nincs annyi mobil tőkéje.

– Rendben, akkor kérem az igazolványaidat, kitöltöm a szerződéseket, de ez el fog tartani egy ideig, úgyhogy türelmet kérek – mondta Péter.

Hozzá is látott a szerződések kitöltéséhez, nagy figyelemmel, nehogy már elrontsa, és újra kelljen kezdeni. Milyen ciki is lenne. A nagy befektető.

Miután végzett a papírmunkával, megkérte Sándort, hogy olvassa el figyelmesen a kontraktusokat, és amennyiben azt tartalmazza, amit megbeszéltek, írja is alá a megfelelő módon.

Majd hátradőlt a fotelben és hagyta, hogy Sándor nyugodtan olvasson. Miután az végzett, aláírta a szerződéseket.

– Van még egy kis elintéznivaló – fogott bele Péter.

– Igen, és mi az? – kérdezte Sándor.

– Át kell utalnod az összeget, hogy a szerződés érvénybe léphessen.

– Óh, hát persze, máris utalom – mondta Sándor.

– Mivel a giro már lezárt, ezért kérlek, hogy az utalásról szóló visszaigazolást nyomtasd ki nekem, hogy reggel a szerződéssel le tudjam adni – kérte Péter. – Köszönöm.

Miután a szerződések teljesen rendben lettek az előírásoknak megfelelően, Sándor így szólt:

– Most pedig igyunk az sikeres üzletre!

– Kocsival vagyok, ne haragudj – szabadkozott Péter.

– Tudom, de majd a sofőröm hazavisz, téged is meg a kocsidat is.

– Nem fogadhatom el ezt tőled – szabadkozott Péter.

– Ne marháskodj, dehogynem! – vágta rá Sándor. – Whisky vagy konyak?

– Whisky.

– Telefonálnom kell – mondta Péter.

– Csak nyugodtan, addig töltök. Jeget kérsz?

– Persze, kérek.

Kisétált a ház elé, onnan hívta Anitát, hogy ne várja meg, hanem feküdjön le nyugodtan. Itt van az ügyfélnél, és még legalább két órát itt kell maradnia, éjfélnél előbb nem ér haza. Majd egy gyors telefon Zoltánnak, hogy később hívni fogja.

Az ital mellé már csak a szokásos beszélgetés maradt. Sándor mesélt Afrikáról, Péter pedig úgy tett, mintha más nem is érdekelné. Kisvártatva elnézést kért, jelezte, hogy indulnia kell. Sándor szólt a sofőrjének, aki Pétert a kocsijával együtt hazafuvarozta.

Belépve a házba Anitát már a hálóban találta, úgy aludt, mint egy csecsemő: édesen, igazan. Kiment a konyhába, töltött egyet kedvenc ír whiskyjéből, és felhívta Zoltánt az éjszaka kellős közepén.

– Szia, zavarok? – kérdezte.

– Dehogy zavarsz, már vártam, hogy hívj. Na mesélj, hogy ment? – kérlelte Zoltán.

Péter részletesen elmesélte, merre járt mit látott, és mit beszélt Sándorral. Mesélt a házról, a lovakról, az agarakról, a japánkertről. Rátért a tárgyalásra, a közben tapasztalt jelekre, mikor mit tapasztalt. Ez Zoltánnak hasznos információ volt: a későbbi mentoráltak képzéséhez fel tudja használni.

– Rendben, értem, de üzlet született? – kérdezte kissé sürgető hangnemben Zoltán.

– Igen.

– Na, most már ne húzzál fel! Mennyit fektetett be?

– Nem túl nagy összeget – húzta az időt Péter.

– Mégis mekkora az a nem túl nagy összeg? – kérdezte egyre türelmetlenebbül Zoltán.

– 10 millió forint, és 50 ezer euró.

A vonal túlsó végén egy pár másodpercig csak Zoltán levegővételét lehetett hallani.

– Itt vagy még? – kérdezte Péter.

– Igen, itt, és egy nagy gratula. Tudod te, mennyit kerestél a tegnapi nap folyamán?

– Igen, tudom – válaszolta Péter. – 6 millió forintot pontosan.

– Úgy van, öreg. Hat millát. Az már nem kispálya – kiáltott fel Zoltán magáról megfeledkezve. Ezt meg kell ünnepelnünk. De mielőtt megünnepeljük, mikor fog utalni?

– Már utalt – válaszolta Péter. – Nálam vannak a bizonylatok. Reggel banki nyitáskor elmegy az utalás, három nap, és a cég számláján van.

– Ez nagyszerű, még egyszer gratulálok. Reggel jöhetsz 11-re. Most aludd ki magad.

– Jó pihenést.

– Jó pihenést.

Péter kiitta a maradék italát. Ült a nappaliban és arra gondolt, hogy hol volt még egy féléve, hogy állt még egy féléve, és hol tart most. De a kisördög ott bujkált agyának hátsó traktusában, és nem bírta elűzni: egyre csak azt hajtogatta, hogy ez nem lesz mindig így. *Á, rémeket látok.* Letusolt, majd felesége mellé bújva gyorsan álomba merült.

Másnap a reggeli értekezleten természetesen Péter nagy üzlete volt a téma. Részletesen be kellett számolnia az előkészí-

tésről (mit is ér egy meglévő állomány, miért is aranybánya?).
Hogyan került kapcsolatba az ügyféllel; hogyan készült fel a tárgyalásra; és hogyan zárta le az egész folyamatot. Zoltán ezeket a megbeszéléseket azzal a céllal tartotta, hogy a munkatársak inspirációt, ötleteket merítsenek a saját munkájukhoz illetve lássák, hogy igenis a nagy pénz közelébe lehet férkőzni. Persze melós a dolog, de könyörgöm, semmit nem adnak ingyen. Szóval, Péter volt a nap hőse. Éppen hogy befejezték az értekezletet, amikor csörgött Péter telefonja. A számot kijelezte, de nem volt ismerős. Felvette.

– Halló, tessék, itt Szőllősy Péter beszél – szólt bele a telefonba.

– Jó reggelt. Itt pedig Kovács Mihály beszél. Gratulálok, Péter. Zoltán tájékoztatott a nagyszerű eredményeiről – hallatszott a vonal túlsó végén a biztosítótársaság elnök-vezérigazgatójának hangja.

– Ö... Köszönöm szépen, elnök úr. Megtisztel, hogy felhívott – udvariaskodott Péter.

– Ne viccelj, ez csak természetes, és ne hívj engem elnök úrnak, Mihály a nevem. Elvégre kollégák vagyunk, és a kollégák tegeződnek – mondta.

– Megtisztelsz, Mihály – válaszolta megilletődötten Péter.

– Arra gondoltam, hogy ma ebédelhetnénk együtt. Gyertek el Zoltánnal 13 órára, ő már tudja a címet, szoktunk ott ebédelni. Remélem, ráérsz – jegyezte meg némi szarkazmussal a hangjában.

– Persze, természetesen, és köszönöm – válaszolta.

– Akkor ott találkozunk. Szervusz – majd bontotta a vonalat.

– Szervusz – mondta a telefonba Péter.

– Ki hívott? – kérdezte kaján vigyorral az arcán Zoltán.

– Az elnök. Meghívott ebédelni mindkettőnket, azt mondta, te tudod, hová kell mennünk.

– Persze, hogy tudom. 13 órára?

– Igen, 13 órára. Te tudtál erről?

– Persze, hogy tudtam. Tudod, ahogy te beszélsz velem a nap végén, úgy én is beszámolok az elnöknek a nap végén arról, hogy hogyan állunk. Ez egy gyár, kispajtás, itt termelés van, profitot kell termelnünk. Itt nincs mese. Ez kőkemény üzlet, kisapám.

Ma te vagy a sztár. Élvezd ki, mert holnap már csak azt kérdezi mindenki, ma mit kötöttél? Hogy mi volt, az senkit sem érdekel. Szóval élvezd ki a mai napot az elnökkel, de ne felejtsd el azt, amit most mondtam. Te is csak egy csavar vagy ebben a pénzgyárban. Csak addig vagy fontos, amíg termelsz. Kifacsarnak, mint egy citromot, és ha már nem jön belőled több lé, kidobnak. Ezt vésd jól a fejedbe. De ez még a te napod.

Soha nem beszélt még így vele Zoltán. Elsőre örült, hogy az elnök, a nagy ember hívja ebédelni, de ezeknek az információknak a tükrében, amitket Zoltántól hallott, kezdte magát úgy érezni, mintha egy ragadozóval kellene leülni egy asztalhoz, ahol, ha nem figyel, könnyen ő is felkerül az étlapra.

Úgy döntött, hogy majd igyekszik jó benyomást tenni az elnökre, de nagyon fog figyelni, és vigyázni arra, hogy mit is mondjon. *Majd meglátjuk.*

Az étterem a belvárosban, egy csendes, félreeső helyen volt. Látszott, hogy az elnök törzsvendég lehet, mert egy kisebb teremben terítettek, ahol maximum hat fő fért el.

– Á, üdvözöllek, Péter – tárta szét karját az elnök, arcán széles mosollyal, mint egy politikus a választási kampányban.

– Üdvözlöm, elnök úr – válaszolta Péter.

– Misi, mondtam már, hiszen kollégák vagyunk – vágott a szavába az elnök.

– Misi, üdv – mondta Péter, és kezdte magát kissé feszélyezve érezni.

– Zoltán.

– Főnök.

Miért szólítja Zoltán az elnököt főnöknek? Péter szemügyre vette az elnököt. A hatvanas éveinek elejét taposhatta – erre mondják, jó karban lévő férfi. (Látszott rajta, hogy nem sok fizikai munkát végzett). Őszes, félrefésült haj, borotvált arc, divatos, drága öltöny, hozzá illő cipő, csuklóján arany Patek Philip. Péter látott már sok ilyen pasast, nem tett rá mély benyomást a külső.

– Látom, csodálkozol, hogy miért szólít Zoltán főnöknek – mondta az elnök.

– Igen, meglepett – vallotta be Péter, de közben bosszús volt magára, hogy az érzelmeit le tudták olvasni róla. *Jobban oda kell figyelnem*, gondolta.

– Nos, valamikor, vagy húsz évvel ezelőtt, Zoltán is hasonlóan kezdte, mint te, és én abban az időben valami hasonlót csináltam, mint Zoltán – válaszolta az elnök. – Én vettem fel, én tanítottam, csakúgy, ahogy most Zoltán téged, és ennek idestova van már vagy húsz éve, vagy talán több is – mondta, és Zoltánnal összenézve nevetésbe kezdtek.

– Időközben én elnök lettem, Zoltán pedig egy igencsak jól menő belvárosi ügynökséget üzemeltet az én társaságom égisze alatt – folytatta. – Lehet ez neked is egy pályakép.

– Isztok valamit? – kérdezte.

Megköszönték az invitálást, de mivel egyrészt kocsival voltak, másrészt még tárgyalás is várt rájuk, csak ásványvizet fogyasztottak. A rendelést követően az elnök érdeklődéssel fordult Péter felé, és kérte, hogy meséljen magáról. Mit csinált eddig, mik a tervei?

Péter mesélt magáról, de igyekezett nem mindent kiadni; inkább – mondhatni – nagy vonalakban tájékoztatott, talán ez a jó szó. Azt gondolta, emlékezve Zoltán szavaira, hogy az elnök sem barátkozni hívta, és különben is, ha többet akar tudni, majd kérdez. Nem akart.

– Te, Zoli, említetted már neki az MDRT-tagságot – kérdezte az elnök.

– Nem, főnök, még nem – válaszolta Zoltán.

– Nos, Péter – fordult az elnök feléje, és komoly arccal beszélni kezdett –, hallottál már az MDRT-ről? Nem? Akkor elmondom, hogy mi is ez. Az Egymillió Dolláros Kerekasztal (The Million Dollar Round Table – MDRT) a pénzügyi szakértők első független és nemzetközi szervezete a világon. Több mint 31 500 tagja van, amely egy százaléka az összesen 80 nemzet 464 pénzügyi és biztosítási társaságánál dolgozóknak. Az MDRT-tagok kivételes szakmai tudásukról, szigorú etikai normáikról, és kimagasló ügyfélkapcsolatukról tesznek tanúbizonyságot. Nemzetközileg elismertek, az értékesítés kiválóságai az életbiztosítási és a pénzügyi üzletágban. 1927-ben 32 kivételes képességű életbiztosítási tanácsadó, akik összesen 1 millió dollár értékben értékesítettek életbiztosításokat, megálmodták, hogy idejük egy részét annak szentelik, hogy fórumokon fogják elősegíteni a kiváló minőségű és professzionális életbiztosítási értékesítést és szolgáltatást. Az alapítók hitték, hogy az értékesítési ötletek cseréje szolgálhat a növekedés alapjául, és ennek függvényében a koncepciójuk a következő volt: „Ha másoknak adsz ötleteket, akkor abból neked is lesz személyes nyereséged."

Ez az álom ihlette az Egymillió Dolláros Kerekasztalt, mint független és nemzetközi szervezetet, hogy képviselje a világ legjobb életbiztosítási értékesítőinek és pénzügyi szolgáltatóinak az érdekeit. Az MDRT pozitív hatású az életbiztosítási és pénzügyi szektorra. Gazdag tradíciói, tagjainak tudása fejlesztik az ügyfélkapcsolatok kialakítását mind a szolgáltatók, mind pedig a társaságok vonatkozásában.

Az Egymillió Dolláros Kerekasztalnak három szintje van: az alaptagság (Membership), a középső szint (Court of the Table), és a legfelső szint (Top Of the Table). A Court of The Table tagoknak háromszorosan, a Top of the Table tagoknak hatszorosan kell teljesíteniük az alaptagság szintjét. A Top of the Table szint mindösszesen a regisztrált tagok 5 százalékát foglalja magába, 750 tanácsadó illetve pénzügyi tanácsadó társaság képviselteti magát ezen a szinten.

Az Egymillió Dolláros Kerekasztal évről évre Észak-Amerika egy-egy nagyvárosában rendezi az éves konferenciáit. A rendezvényen általában 7 000 tanácsadó képviselteti magát a világ minden pontjáról. A konferencián négy napon át különböző értékesítési, marketing és vállalkozásszervezési előadások hangzanak el, amely közül a résztvevők kedvük és igényük szerint választhatnak. Lehet, hogy egy kissé sok volt az információ, de Zoltánnal majd úgyis átbeszélitek – folytatta az elnök.

– Figyelembe véve az eddigi teljesítményedet, annak alapján bekerülsz az MDRT tagjainak a sorába. Év végén lesz az összesítő értékelés, így még nem tudjuk megmondani, hogy milyen szintet érsz el. De ez most nem is fontos. Csak dolgozz így, és a siker nem marad el – majd elbúcsúzott:

– Örülök, hogy megismertelek. Zoltán, este beszélünk – folytatta, majd a rá várakozó sofőrrel eltávozott az étteremből.

Péter feje zúgott a sok információtól. MDRT meg konferencia, nem is igazán értette elsőre, hogy most mi is történik vele.

– Na, mi az, kispajtás – kérdezte Zoltán –, hogy érzed magad?

– Kavarognak a gondolatok a fejemben, és nem is igazán értem ezt az MDRT-t sem – válaszolta Péter.

– Ne foglalkozz most ezzel – nyugtatta Zoltán –, ráérünk még ezt átbeszélni. Most koncentráljunk a fontos dolgokra. Mikor mész az építési vállalkozóhoz? – kérdezte.

– Ma, kora este – válaszolta Péter.

– Az anyag rendben van? Aktualizáltad? – érdeklődött Zoltán.

– Igen, minden egyben van, és fel is készültem.

– Rendben. Akkor most menjünk vissza az irodába, és folytassuk a munkát – bontott asztalt Zoltán.

Péter a kocsiban a gondolataival volt elfoglalva, illetve az ebédnél hallottakkal. Zoltán autójával jöttek, így volt ideje gondolkodni. Az esti tárgyalás nem hozta lázba, fel volt készülve, a kérdés csak az volt, hogy mennyi lesz a szerződések száma; kettő vagy négy? Ez volt a terv.

Az irodába visszaérve Péter felhívta Anitát és elmondta neki, hogy kora este a kertvárosban fog tárgyalni, így ne készüljön semmivel, mert nem tudja megmondani, hogy mikor fog végezni, de igyekezni fog haza.

Újra átnézte az esti tárgyalásra előkészített anyagokat, nem talált benne hibát. A fejében még mindig ott kavarogtak az ebédnél hallottak, de mint egy kisördög, ott motoszkált az agya hátsó részében mindaz, amit Zoltántól hallott. Az valamiért idegesítette, de nem tudta megmondani, miért.

Fogta a zakóját, szólt a recepciós kislánynak, hogy ha valaki keresi, egy óra múlva itt lesz. Telefont sem vitt magával, hogy ne zavarják, gyalog elindult a közeli park felé sétálni; ki kellett szellőztetni a fejét.

A parkban nézte a kismamákat, ahogy a gyerekkocsit tolva megtárgyalták az éjszaka történteket, tanácsokat osztogatva egymásnak. Hallotta a padon sakkozó nyugdíjasok méltóságteljes elemzését a partiról. Két idős hölgy éppen a házukban lakó ifjú leány erkölcsét ecsetelte éppen. Kikapcsolta ez a hétköznapi kavalkád. Leült egy padra, hátát nekivetve szemét lesütötte, arcát a nap felé fordította, és a közeli fán lévő madár énekében gyönyörködött. Istenem, milyen meghitt, csodás pillanat! Olyan, nincs, hogy semmi sem történik. Ebben a boldog, katatón állapotban tartotta magát, míg úgy nem érezte, hogy már nem gondol semmire, üres az elméje, „kivitte a szemetet". Szedelőzködött, és visszaindult az irodába.

A tárgyalásig volt még vagy két órája, úgy döntött, hogy egy órát telefonálni fog, találkozókat egyeztet. Mivel elméje üres volt, a telefonálás és egyeztetés gyorsan ment. Meg volt elégedve a teljesítményével: sikerült megint teleírni a naptárát találkozókkal.

Idő volt. Fogta a táskáját, elköszönt. Kocsiba ült és elindult a kertvárosba, az építési vállalkozó ügyféléhez. Az autóban egy olyan zenei csatornát hallgatott, ahol általában klasszikus zenét sugároztak, de most valami más szólt. Betette kedvenc CD-jét – olasz operák, olasz nyelven. Nem értett olaszul, de bolondult értük, megnyugtatta a zene. Kissé felhangosította a lejátszót és így haladt a városban.

Megérkezett. Látta az udvaron az ügyfél hatalmas X5-ösét, szája szegletében elnyomott egy mosolyt.

Már majdnem megnyomta a csengőt, amikor nyílt a bejárati ajtó, és az ügyfél széles mosollyal az arcán üdvözölte.

– Jó napot, Péter, örülök, hogy itt van – szólt.

– Jó napot – köszönt röviden.

Persze hogy itt vagyok, hiszen megbeszéltük, gondolta magában. De inkább az ügyfél arcát fürkészte, hogy a bor milyen szerepet játszik nála a mai napon. Nem látta, hogy befolyásolná, s ezt jó jelnek vette.

– Fáradjon beljebb! – invitálta a házigazda.

Belépve a házba egy ízlésesen berendezett étkezőbe vezetett az útjuk, ahol a ház asszonya várta.

– Kezét csókolom, Szőllősy Péter vagyok – mutatkozott be.

– Kovács Lászlóné. Üdvözlöm – válaszolta. – Megkínálhatom valamivel? Tea? Kávé? Egy kis sütemény? Ásványvíz? – tette fel a kérdéseit.

– Egy kis kávét és egy kis ásványvizet kérek, ha nem okoz gondot – válaszolta Péter.

– Ne vicceljen, máris kap egy friss kávét.

– Köszönöm.

Péter egy kis bemelegítő beszélgetésbe kezdett, míg a kávéra várt. Dicsérte a ház berendezését, a stílust, azt a fajta ízlésességet, ami az igényességgel alkot párost. És természetesen ezzel együtt a ház asszonyát is dicsérte, így szerezve meg az asszony jóindulatát és támogatását a tárgyalás megkezdése előtt.

– Nagyon köszönöm – mondta az asszony. – Látom, ön tudja értékelni a stílust.

– Ó, a feleségem tanított meg erre, ő nagyon ért hozzá – válaszolta Péter.

– Nagyszerű asszony lehet – bókolt a házigazda.

– Igen, az – válaszolta Péter, és újra elfogta a büszkeség érzése, ahányszor csak szóba kerül a felesége.

– No, de itt is a kávé. Parancsoljon – szólt a nő.

– Köszönöm, akkor vágjunk is bele – kezdte Péter.

Belefogott. Lágy tónussal, kevés szakmai szót használva, de határozottan beszélt. Beszélgettek élethelyzetről, a nyugdíjas évekről, a megtakarítás szükségességéről, váratlan kiadásokról. Mindig visszakérdezett, amikor látta, hogy az ügyfél kezdi elveszíteni a fonalat. A férfit a befektetések érdekelték, a nőt a megtakarítások. A férfi kockáztatott volna, a nő nem. Tipikus felállás, nincs is ezzel baj. Péter egy kicsit tesztelte kérdésekkel a férfit, hogy mennyire van képben a befektetések világában, de azt látta, hogy igazából mint egy átlagember, tehát úgy kell majd beszélni a továbbiakban erről, hogy az ügyfél megértse. Szóba került az euró-alapon történő megtakarítás is. Mivel dolgozott vele, Péter egy kis szemléltetés gyanánt elővette az általa öszszeállított anyagot és átadta, hogy tanulmányozzák, és amennyiben van kérdésük, nagyon szívesen válaszol rá.

Míg ők olvastak, addig gondolkodott. Fejében már összeállt a kép. Négy szerződést fog kötni. Kettőt a férfival, és kettőt a nővel. A férfival forint- és euró-alapon befektetést, a nővel forint- és euró-alapon megtakarítást. Csak ne siesse el. Mivel délután kellőképpen kiszellőztette az elméjét, így mentálisan nagyon a topon volt. Ezt érezte is. Minden rezdülésüket érzékelte.

Miután végeztek, azt válaszolták, hogy nincs kérdésük. Illetve azt tudakolták, hogyan tovább. Ez volt az a pillanat, amikor Péter összefoglalta az addig elhangzottakat, és kimondta azt, amit gondolt.

– Ezek alapján önnek, asszonyom, javaslom a már bemutatott megtakarítási formát forint-, a biztosítási és megtakarítási formát euró-alapon. Önnek, uram, pedig a befektetésből, amit kiválasztott, forint- és euró-alapút.

Elhallgatott és nézte őket.

Szótlan maradt, mert tudta: az veszít, aki először szólal meg. Ő pedig ma győzni jött ide. Ráadásul a fickó még ellenszenves is volt, így fölébe akart kerekedni azáltal, hogy megköti vele a szerződéseket.

Először a férfi szólalt meg, majd egy pillanattal később a felesége is.

– Rendben, mit kell tennünk? – kérdezték.

– Most kitöltöm a szerződéseket, és azok átolvasása után, ha minden adat megfelelő, aláírni – kezdte mondandóját Péter. – A legfontosabb részlet, uram – fordult a férfihoz –, hogy mekkora összegről beszélünk – kérdezte, majd mélyen a férfi szemébe nézett.

Na, most légy nagyfiú, hapsikám, gondolta. *Most kell virítani a pénzt.*

A férfi ránézett a feleségére, mint aki azt akarja demonstrálni, hogy „figyelj csak, anyukám, most megmutatom".

– Szerződésenként egymillió, az eurósokba pedig ötezer euró – válaszolta a férfi.

Péter arcán nem tükröződött semmilyen reakció, de magában megemelte a kalapját. *Az igen!*

Kisvártatva elkészült a szerződésekkel és átadta nekik. Aláírás után még a férfihoz fordult:

– Most már csak az utalás maradt hátra – kezdett bele.

– Nem probléma – válaszolta a férfi –, a feleségem most utalja, csak mondja meg, hogy milyen számlaszámra.

Miután ezen is túljutottak, Péter elbúcsúzott, és nagyon jó kedvvel ült be a kocsiba. Gondolatban már kiszámolta, most megint keresett úgy másfél milliót. Ez nagyon jó érzéssel töltötte el. A telefon után nyúlt és tárcsázta Zoltánt.

– Helló, főnök – szólt bele.

– Szevasz. Mi a helyzet? – kérdezte Zoltán, meg sem lepődve a megszólításon.

– Most végeztem. Két darab egymilliós és két darab ötezer eurós szerződés, pénz utalva – referált röviden Péter.

– Az igen. Gratula. Ez megint egy nagyon komoly teljesítmény volt, tudod-e? – szólt Zoltán.

– Sejtem – válaszolt szerényen Péter.

– Holnap reggel találkozunk – búcsúzott Zoltán.

– Szevasz, főnök – szólt Péter.

Nem volt kedve tovább ömlengeni Zoltánnal, hiányzott neki Anita. Bár minden este találkoztak és hétvégeken sok programot is közösen csináltak, természetesen Anitának is megvoltak a maga egyéni elfoglaltságai. Rendszeresen járt heti két alkalommal reggel aerobikra, időnként a barátnőjével tartottak egy csajos szombatot, vagy a kedvenc kollégájával elment egy koncertre. Mindenkinek kell egy kis saját privát szféra. Péternek ezzel nem volt semmi baja. Nem akarta, úgymond, megfojtani szerelmével a feleségét. Persze ha ránézett vagy -gondolt, néha az ő elméjén is átsuhant a féltékenység, de úgy bízott Anitában, mint önnön magában. Anita ezt pontosan tudta. És így volt ezzel Anita is. Tudta, hogy a férje egy jó pasi (azt, hogy az ágyban is fantasztikus, azt csak ő tudta), néha neki is voltak fura gondolatai, az árnyék nála is átsuhant, de biztos volt benne, érezte, és tudta, hogy a férje számára nem létezik más nő, csak ő. Lássuk be, ez elég nagy elégedettséggel töltötte el.

Hazaért, ruganyos léptekkel lépett be a lakásba. Anita már várta.

– Megjöttem, drágám – csókolta meg feleségét.

– Egy könnyű vacsora? – kérdezte.

– Jöhet. Mi lesz?

– Meglepetés.

Anita egy sajttálat szervírozott, hozzáillő pohár fehérborral. Falatozták a sajtot, kortyolták a bort, és szinte elvesztek egymás szemében. Miután végeztek a vacsorával, Péter elmosogatott (szeretett a feleségének segíteni).

– Megnézünk egy filmet? – kérdezte Péter, mivel látta, hogy felesége a kanapéra vonult.

– Nem, drágám, csak gyere ide – szólt a kérés.

– Itt vagyok – ült mellé Péter.

Anita nekidőlt Péternek, fejét a vállára hajtotta. Péter átkarolta, érezte, ahogy ütemesen veszi a levegőt.

– Kérlek, kapcsold le a villanyt – kérte a férjét.

Péter, miután a távirányítóval lekapcsolta az összes világítást, újra elhelyezkedett, hogy felesége kényelmesen dőlhessen a vállára.

– Most mit csinálunk? – kérdezte Anitát halkan.

– Csak ülünk, és érezzük egymást – volt a válasz.

Meghitten, csendben ültek a kanapén a sötétben. Nem szóltak egy szót sem, mégis mintha végigbeszélték volna az estét, pedig egy hang nem sok, annyi sem hagyta el szájukat. Nem törődtek az idővel, csak ültek ott, fogták egymás kezét. Boldogok voltak. Anita hallotta, hogy férje egyre egyenletesebben veszi a levegőt.

– Gyerünk az ágyba! – adta ki a parancsot.

Lefeküdtek, átölelték egymást. Közös volt a takarójuk, így szerették, mert ez többet jelentett egy takarónál. Ezzel is kifejezték az összetartozásukat és azt a közösséget, amit együtt vállaltak egymásért, emlékeztette őket minden este a szerelmükre, és nem utolsósorban ébren tartotta a vágyat. Bár arra nem volt szükség, mert az mindig ébren volt közöttük.

A napok tárgyalásokkal, kisebb üzletkötésekkel, és folyamatos továbbképzésekkel teltek. Egy hétfői napon Péter átnézte azokat a szerződéseket, amelyek már nem voltak tanácsadóhoz kötve, mert vagy kiléptek, vagy már senki nem foglalkozott velük. Zoltán megtanította neki, hogy ez egy aranybánya. Úgy is kell vele foglalkozni; bányászni kell. Szóval miközben már két órája olvasgatta, böngészte a szerződéseket, egyszer csak egy ismerős névre bukkant. Nem tudta, hogy hová tegye, de tudta jól, hogy ismeri a pasast, és a tarkója bizsegésbe kezdett. Ez minden esetben annak a jele volt , hogy valami érdekes dologra bukkant.

Oda se neki, gondolta. Telefont ragadott és tárcsázott. Egy hölgy szólt bele a vonal másik végén. Péter bemutatkozott, elmondta, hogy honnan van, és a lakásbiztosítás szerződőjével szeretne beszélni. A hölgy elmondta, hogy az úr titkárnője, és nem hiszi, hogy a főnökének van ideje ilyesmikre.

– Megvan a szerződés, ha gond van, fizet a biztosító – felelte.

Péter megkérte, hogy adja át az üzenetét a főnökének, miszerint ha szeretné, hogy egy káresemény után a nagy értékű ingóságainak az árát megtérítse a biztosító, akkor keresse meg. Ha ez nem fontos neki, akkor ne keresse, majd megadta a telefonszámát. Kíváncsi izgalommal várta, hogy mi fog történni. A nap hátralévő részében végezte a dolgát, és meglepő módon emberi időben, már 17 órakor otthon volt. Anita még dolgozott, de üzent, hogy 18 órára otthon lesz. Péter nekiállt a vacsora elkészítésének.

Kiválasztott egy könnyű fehérbort, megterített, és úgy várta a feleségét. Anita megérkezett, ledobta a táskáját, majd heves csacsogásba kezdett, hogy mi is történt vele aznap. Péter elragadtatással nézte feleségét, a szavak csak tompán jutottak el tudatáig, fel sem fogta igazán, mit is mond a felesége, csak nézte, mint ahogy egy szerelmes férfi nézi szerelmét.

– Figyelsz te rám egyáltalán? – emelte fel kissé hangját Anita.

– Persze, drágám – válaszolta Péter, majd felemelkedett a székről, átkarolta feleségét, és egy forró csókot nyomott a nyakába. Anita hátravetette a fejét, kacéran urára mosolygott, majd megjegyezte:

– Farkaséhes vagyok.

Felnevettek, majd leültek enni. A vacsorát követen kinyitották a bort, finom kortyokban leöblítették a vacsorát, miközben elkezdtek nézni egy filmet a televízióban. A kanapén ültek, Anita Péter ölébe hajtotta fejét, aki finom mozdulatokkal időnkét hol a haját, hol a hátát, hol a fenekét simogatta meg. Kisvártatva Péter arra figyelt fel, hogy az öle felől egyenletes szuszogás hallatszik. Lepillantott és látta, hogy Anita lehunyt szemmel, szája sarkában egy kis mosollyal békésen elaludt. Péter várt egy kicsit, már nem sok volt hátra a filmből, megvárta a befejezést. Miután vége lett, karjába vette feleségét, bevitte a hálószobába, lefektette az ágyba, majd betakarta.

Kiment a konyhába, elpakolta a vacsora maradványait, elmosogatott, rendet rakott. A kávéfőzőbe bekészítette a kávét, hogy reggel csak be kelljen kapcsolni. Régóta így tettek, nekik így volt kényelmes. Letusolt és bebújt felesége mellé, aki azonnal odafurakodott hozzá. Átkarolta Anitát, és békésen eltette magát másnapra.

Reggel óra nélkül kelt. Mindig anélkül ébredt, soha nem volt rá szüksége. Bekapcsolta a kávéfőzőt, majd odatette a teavizet forrni. Kenyeret rakott a kenyérpirítóba. Lefőtt a kávé, elkészítette, ahogy a felesége szerette, majd bevitte a hálóba. Finom csókokkal ébresztette az asszonyt, majd átadta a kávét neki. Anita hálás pillantást vetett a férjére, és kortyolni kezdte a kávét.

– Kész a reggeli, drágám.

Míg Anita tusolt, Péter elkészítette a reggeli. Reggeli után Péteré volt a fürdőszoba, fürdés, borotválkozás, majd még egy kávé. Míg Péter fürdött, Anita kivasalt az ingét. A reggeli indulás szinte rituálészámba ment már náluk, de Péter ezt nagyon szerette, és nem volt hajlandó lemondani ezekről a pillanatokról, mert ezek jelentették neki a boldogságot és a harmóniát.

Az irodába beérkezve a szokásos nyüzsgés fogadta. Bement Zoltánhoz, váltottak pár szót, de a banki ügyfél járt a fejében. Zoltán észre is vette és megkérdezte: – Figyelsz te rám? Mi a probléma?

– Tudod, a tegnapi listán volt egy ügyfél, és csak a titkárnőig jutottam el, de nem hagy nyugton, mert már tudom, hogy ki az.

– Elárulod nekem is? – kérdezte Zoltán.

Péter megmondta a nevét.

Zoltánnak tátva maradt a szája.

– Na ne szórakozz, öregem! – válaszolta. – Ez nem vicces.

– Ez nem vicc, főnök, hanem nagyon is komoly. – Itt a lista, nézd meg te is, illetve a háttéranyagot, amit készítettem.

Zoltán figyelmesen elolvasta az anyagot, majd széles mosolyra húzódott a szája.

Péter már tudta olvasni ezt az arckifejezést. Egy ragadozó tekintete volt.

– Nagypálya, Péter, nagyon nagypálya – szólt Zoltán.

– Tudom – válaszolta Péter, miközben szája széles vigyorba húzódott. – Csak azt nem tudom, vissza fog-e hívni. Na, mindegy, is megyek a dolgomra.

A nap további része a szokásos papírmunkával, telefonálással és időpontegyeztetéssel telt el. Ebédidőben kiment sétálni a közeli parkba. Szeretett ott lenni, mert kiszellőztette a fejét. Miközben lehunyt szemmel hallgatta a madarak énekét, rezegni kezdett a telefonja. Nem akart vele foglalkozni – ne zavarják most –, de a hívó kitartó volt. Ránézett a készülékre. A számot kijelezte, de nem volt ismerős.

– Halló, itt Szőllősy, tessék – szólt bele a telefonba.

– Jó napot kívánok. Én Kiss Gabriella vagyok, a Kereskedelmi és Hitelbank elnökének a titkárnője – válaszolta egy női hang a vonal túlsó felén.

Péter mint akit kígyó mart meg, úgy ugrott talpra.

– Parancsoljon. Mit tehetek önért?

– Amennyiben önnek is megfelelő, az elnök úr holnap után 11-kor az irodájában várja a biztosítási szerződés aktualizálásával kapcsolatosan – válaszolta a titkárnő.

– Mondja meg az elnök úrnak, hogy ott leszek – válaszolta Péter.

Miután bontotta a vonalat, majd' kiugrott a bőréből. Bejutott a „nagy emberhez”. Ő, az egyszerű biztosítási ügynök. Ja, nem. Már nem egyszerű ügynök, hanem talán egy kicsit menő ügynök? Ezen jót nevetett magában, majd a lépéseit szaporázva visszasietett az irodába, hogy elújságolja a jó hírt Zoltánnak.

Zoltán éppen a kávézóban volt, a többi kollégával viccelődött. Amikor meglátta Pétert, kedélyesen megszólította.

– Te nem csatlakozol hozzánk? Vagy amióta ilyen sztár lettél, már kerülsz minket? – szólt oda évelődve.

Péter ránézett, majd halkan csak annyit mondott:

– A nagy ember holnap után 11-kor vár az irodájában.

Zoltánnak az arcára fagyott a mosoly, de azonnal elhagyta a száját egy hatalmas kiáltás:

– Basszus, Péter! Tényleg nagymenő vagy. Nem viccelsz? Ez komoly? – kérdezte hitetlenkedve.

– Nem, nem viccelek – válaszolta Péter –, most hívott a titkárnője egy félórája.

A többiek az irodában nem tudták, miről is van szó, de Zoltán reakciójából arra következtettek, hogy valami nagyon nagy üzlet van készülőben, amit Péter hozott össze.

– Gyere az irodámba! – mondta Zoltán.

Miután Péter összeszedte az elnök biztosítási anyagait, bement Zoltán irodájába. Nekifogtak közösen átnézni a portfoliót, és kialakítani a megfelelő tárgyalási stratégiát. Köztudomású volt, hogy egy banki vezető sem tartja a pénzét a saját bankjában, hiszen senki sem szeretné, hogy az alkalmazottai lássák, mekkora készpénzvagyonnal rendelkezik. Ezért más bankokban, biztosításokban tartják a megtakarításaikat. Erre utazott Péter is. Átnéztek Zoltánnal mindent, az elnök összes fellelhető, interneten hozzáférhető összes megjelenését, mindent, amit csak tudni lehetett róla. Szeret golfozni, imádja a nagy teljesítményű autókat. Házas, van két lánya, akik külföldön tanulnak. Buda egyik impozáns negyedében lakik, magántestőrök védik a házát és őt is a nap huszonnégy órájában.

Zoltán Péter előtt hívta az irodából a biztosítótársaság elnökét, közölve vele a nagy hírt. Ekkora ügyfél ritkán akad horogra, na meg némi személyes infó is jól jött volna, hiszen ismerték egymást a pénzvilágból.

– Ott van Péter? – kérdezte Mihály.

– Igen, itt van – válaszolta Zoltán –, kihangosítom.

– Gratulálok, Péter – kezdte a mondanivalóját az elnök –, ez nem sikerül mindenkinek. Hogyan csináltad? Oké, a titkaidat tartsd meg, csak vicceltem. Adok egy pár információt, hogy én milyennek ismertem meg. Hátha hasznodra lesz a megbeszélés során.

Ezután Péter Zoltánnal együtt feszülten figyelt, ahogy a társaság elnöke megosztotta velük személyes élményét a bankelnökről.

– Figyeltél? – kérdezte egy félóra múlva.

– Igen, és köszönöm szépen az infókat – válaszolta Péter.

– Na, csak ügyesen! Szevasztok – búcsúzott az elnök.

Ketten maradva az irodában hallgatásba burkolóztak, és emésztették mindazt, amit hallottak.

Péter törte meg először a csendet.

– Megyek és felkészülök a találkozóra.

– Rendben, de előtte egyeztessünk – kérte Zoltán.

Péter leült az íróasztalához, hátradőlt a székében és arra gondolt, hogy kemény munkával bejutott oda, ahová másnak még nem sikerült. Érezte, hogy ez a megbeszélés nem marad következmények nélkül a biztosítótársaságnál. Ha nem hoz ki belőle semmit, nem fogják bántani, de leírják, hogy nem lesz nagymenő. Ha kihozza belőle, amit lehet, tele lesz irigyekkel és már tartani is fognak tőle, mert nagymenő lett. Ez az igazi „huszonkettes csapdája”.

Akkor marad a pénz és a hírnév, gondolta Péter, és elmosolyodott magában. *Az irigyekkel majd ráérek foglalkozni később.*

A legnagyobb figyelemmel végigolvasta a szerződést, milyen értéktárgyakra, műkincsekre vonatkozott a biztosítás. Leellenőrizte a kiadott becsüsi nyilatkozatokat. Mikor mindezzel elkészült, újra lement a parkba.

Leült kedvenc padjára, és már a befektetési lehetőségeket vette számba, illetve a stratégiát, ami alapján végigvezeti az elnököt az úton. Nagyon, de nagyon óvatosnak kell lennie, mert az elnök is a pénz világában él. Igen ám, de nem a biztosító világában, mert az teljesen más, és Péter már nagyon otthonosnak érezte ezt a világot. Nagyon a magáénak – mondhatni, hazai pálya volt neki. Sokáig ült ott, észre sem vette, hogy eltelt az idő, de amikor felállt a padról, már felkészültnek érezte magát a megbeszélésre. Ez nagyon jó érzéssel töltötte el.

Emberi időben hazajutott, Anita vacsorával várta. Végigbeszélték Anita napját, a barátnőjének az új pasiját. Péter nézte a feleségét, bólogatott is, de fejben már a bankban volt.

Korán ágyba is bújtak.

Péter frissen, kipihenten, és már a komplett tárgyalási stratégiával a fejében ment be az irodába. Aznapra lemondott minden megbeszélést: zavaró körülmények nélkül akart felkészülni a megbeszélésre.

Zoltán már várta.

– Na, jutottál valamire? – kérdezte kissé aggódó hangsúllyal.

– No para, minden itt van a fejemben. A mai napon papírra is vetem, ne aggódj.

A délelőtt eltelt a régi biztosításról szóló jelentés összeállításával, illetve készített egy tárgyalási vázlatot, amit szeretett volna Zoltánnal átbeszélni.

– Ebéd után ráérsz? – kérdezte Zoltántól.

– Kettőre jönnek hozzám, gyere háromra, addig végzek – válaszolta Zoltán.

Péter sétálni ment. Újra átvette magában a megbeszélés főbb pontjait. Tudta, hogy a vagyonbiztosítással nem lesz sok gond, bevonja a saját vagyonbiztosítási szakértőjét. (Majd fizet neki zsebből. Szerettek Péterrel dolgozni, mert munka után azonnal kifizette őket kp-ban.)

Az ügyfél benyújtja a galériák, illetve a megfelelő jogosítvánnyal rendelkező becsüsök igazolásait, szóval emiatt nem aggódott, ez rutin meló. Viszont a befektetés, az már más pálya – de az már az ő pályája volt. Már egy ideje ott érezte magát otthon: a tárgyalások alatt a feszültség, a játékos szellemi párbaj az ügyféllel, mind-mind nagyon lázba tudták hozni. Élvezte, amit csinált, és ez meg is látszott a munkáján, na meg a bankszámláján.

Nem is olyan régen jutott az eszébe, hogy egy éve még azt sem tudta, hogy mi lesz vele, velük, most pedig már elég jól megy a szekér. A régi kocsi is megérett a cserére. Az egyik este vacsoránál megbeszélték Anitával, hogy az öreg Passatot (már 16 éves) jó lenne lecserélni. Van pénzük, és vehetnének egy fiatalabb kocsit. Anita tudta, hogy Péter minden álma egy 5-ös BMW, így áldását adta, hogy megvegye. Természetesen nem új kocsiban gondolkodtak, de egyévesnél nem akartak öregebbet.

Két napja üzent a kereskedő, hogy van egy nagyon szép darab, Péternek meg kellene néznie. Úgy döntött, ha jól megy és sikeres lesz a tárgyalás a bankigazgatóval, akkor mehet a BMW-projekt.

Az órájára nézett, sietősre fogta lépteit, nem akart elkésni a Zoltánnal folytatandó megbeszélésről.

Összeszedte az összes vázlatát, bement Zoltánhoz, és elkezdte tájékoztatni a bankelnökkel folytatandó megbeszélés stratégiájáról. Első lépésben a meglévő szerződését tekintik át, de tájékoztatta Zoltánt, hogy felvette a kapcsolatot a biztosítótársaság legjobb vagyonbiztosítási szakemberével, aki csak Péter telefonját várja, hogy mehessen dolgozni. Ez nem olyan nagy feladat.

Áttért a befektetési stratégiára. Mintegy jó órán keresztül vázolta Zoltánnak az elképzeléseit, amit érvekkel is alátámasztott, tekintettel az ügyfél elfoglalt társadalmi és vezetői pozíciójára, illetve vagyoni helyzetére. Zoltán nagy figyelemmel hallgatta, néha egy-egy kérdést közbevetett, de azok sem voltak jelentősek. Amikor Péter befejezte, kérdően nézett Zoltánra.

Zoltán visszanézett, és megszólalt:

– Tudod, most arra gondoltam, amikor először voltál ebben az irodában. Az eltelt időre, és az együtt megtett útra. Sokat tanultál és dolgoztál azért, hogy itt legyél, illetve ott legyél, ahol most vagy. Jól mutatta a szakmai tudásod ez a prezentáció, amit most nekem tartottál. Le vagyok nyűgözve. Csak gratulálni tudok. Beérett a sok munka. Azt gondolom, hogy holnap a bankigazgató sem fog tudni mást mondani, mint hogy lenyűgözted. Gyere, munka után igyunk meg valamit – invitálta Zoltán.

– Ne haragudj, de holnap lesz a nagy nap, és nem iszom előre a medve bőrére – mondta Péter.

– Igazad van, majd ha túlleszünk rajta, megünnepeljük – válaszolta Zoltán.

Péter visszament az íróasztalához és nekiállt végleges formába önteni azt az írásos anyagot, amit a holnapi napon magával fog vinni. A többi tanácsadó szerette azt a feladatot Zoltán titkárnőjére bízni, de Péter maga szerette előkészíteni a dolgait. Nem mintha nem bírta volna a titkárnőt, hanem mert így volt benne biztos, hogy minden rendben van.

A titkárnőt Katának hívták. Hosszú évek óta dolgozott Zoltánnak, többet tudott a biztosításról, mint sok ügynök. A kezdőkkel nagyon barátságos és segítőkész volt. Fekete hajú, nagy- és szabadszájú, a harmincas évei elején járó nő volt. Férfiszemmel nézve kellemes jelenség, mindene megvolt: ringó csípő, telt kebel, mellben még egy kicsit erősebb is. Ezt tudta is magáról, így is öltözködött. Péter a kezdetek óta érezte, hogy Kata mintha több figyelmet szentelne neki a hivataloson túl. Tett néha olyan célzásokat, amiket az elején Péter nem akart érteni, így el is engedte a füle mellett, Kata pedig nem próbálkozott többet. Néha hozzádörgölőzött és kétes értelmű megjegyzéseket tett, de Péter erre sem ugrott. Hízelgett a hiúságának, hogy harmincas nőknek tetszik, de szerelmes volt Anitába, és szerinte egy nő sem vehette fel vele a versenyt.

Amikor végzett, mindent bepakolt a táskájába, mert másnap az ügyfélnél kezdett, nem pedig a cégnél.

Hazaindult. A kocsiból hívta Anitát, aki még bent volt a munkahelyén, így elment érte. Javasolta, hogy menjenek el vacsorázni, mert csak rohanás van, és különben is régen voltak étteremben. Volt egy hely, ahová gyakran eljártak, de már vagy fél éve nem voltak, így Péter arra vette az irányt. A pincér megismerte őket – valószínűleg emlékezett a bőséges borravalóra, amit Péter minden egyes alkalommal otthagyott, amikor ott vacsoráztak. Jó asztalt kaptak, távol a fürkésző tekintetektől és a zajtól, így nyugodtan beszélgethettek. Péter nem ivott, Anita is csak egy pohár rozét kért. Vacsora alatt megbeszélték Anita napját, szóba került a nyaralás. Anita a tengerpartra akart menni, Péter a hegyi tavakhoz, szóval ezen volt még mit finomítani. Kellemes hangulatban telt el a vacsora, a fizetést követően hazaindultak.

Hazaérve Anita készített egy nagy kád vizet, gyertyát gyújtottak, Péter egy félédes francia fehérborral és két pohárral vonult be a kádba. Borozgatva a gyertyafényben folytatták a beszélgetést a nyaralásról, majd mivel nem jutottak dűlőre, felfüggesztették a témát és rátértek a BMW-projektre. Péter elmondta Anitának, hogy hívta a kereskedő, elmesélte, amit tudott az autóról, nagyon lelkes volt. Anita mosolyogva nézte, ahogy csillogó szemekkel beszél az autóról – ilyenkor olyan volt, mint egy kisfiú. Anita szívét elöntötte egyfajta földöntúli érzés, nagyon szerette a férfit.

Le is tette a poharát, és egy kicsit lejjebb csúszott a kádban, hogy a lábával elérje a férfi nemi szervét. Finoman megérintette, kacéran a férfira mosolygott, lassan jelezte szándékát és vágyait. Péter is letette a poharát, és ő is helyet keresett a kárban. Anita megfordult, hátát a férfinak vetette, aki szétterpesztette a lábait, és a felesége közéjük ült. Péter a habfürdőtől síkos kezével kezdett végigsimítani felesége mellén, aki halk sóhajokkal nyugtázta a tevékenységet. Közben finom csókokat lehelt a nyakába. Míg egyik keze a melleken kalandozott, addig a másik lement egészen oda, amit Péter csak a *világ közepé*nek hívott. Finom mozdulatokkal kereste meg felesége vérbő csiklóját, és a síkos vízben gyengéden, de annál határozottabban elkezdte simogatni, így izgatva az asszonyt.

Anita kezdett nagyon tűzbe jönni, hátranyúlt a kezével, úgy markolta meg férje férfiasságát, és a kéj fokozódása közepette felemelkedtek a kádból. Péter sem bírta tovább; ahogy felesége előrehajolt, úgy hatolt be hátulról, amit párja hangos sikollyal nyugtázott. Ütemes mozgásba kezdtek, de Péternek hirtelen Kata jutott az eszébe. Farka mintha kétszeresére duzzadt volna a kép hatására, amit látott. Talán hogy elűzze, keményen kezdte megtolni a ritmust. Anita érezte, hogy valami történt, de a férje tette a dolgát, ráadásul még a fenekét is markolászta, s ez így együttesen olyan érzelem-cunamit okozott nála, hogy már nem gondolkodott semmin, csak élvezte a kéjt, ami szétáradt a testében. Péter már előre készült, így a síkosító kéznél volt. Pozíciót váltott, és keményen behatolt. Anitának nem esett jól, de ami utána következett, mindent elfeledtetett vele. Olyan hatalmas orgazmusban volt része, amit addig csak női magazinokban olvasott. Péter is itt fejezte be.

A kéjtől fáradtan, kielégülten borultak egymásra. Ölelkezve ültek a kádban. Ki tudja mennyi idő telt el, csak azt érezték, hogy lehűlt a víz. Forró vízzel letusoltak, egymást megfürdették, majd ágyba fekve, egymást átkarolva a szerelmesek álmát aludták.

3. FEJEZET

„Az, amit teszel, így vagy úgy, de formálni fogja a jövődet."
  (Dan Millman)

A telefon halk rezgése ébresztette. A nap sugarai ferdén sütöttek be a hálószoba redőnyén keresztül, csíkosra festve a takarót a férjén. Oldalt feküdt, háta és feneke félig kilógott a takaró alól. Anita elégedetten szemlélte a látványt: mindig is tetszett férje feszes és izmos feneke. Miután kigyönyörködte magát, felkelt az ágyból, elindult a konyhába kávét főzni. Ez a feladat általában a férjére szokott hárulni, de szeretett kedveskedni neki ő is. Miután odatette a kávét, bement a fürdőszobába és megállt a tükör előtt. A pólót, amiben aludni szokott, levetette, és belenézett a tükörbe. Harmincas éveinek közepén járó nőt látott, akinek nincs szüksége még melltartóra. A mellei teltek és feszesek voltok. Most, hogy meztelenül volt, a mellbimbói a hidegben ágaskodni kezdtek. Hasa feszes volt, csakúgy, mint a feneke. A lába formás, egyszóval elégedetten tekintett a tükörbe. Alakját annak köszönhette, hogy hetente három alkalommal (hétfőn, szerdán és pénteken) az egyetemtől 5 percre lévő konditeremben tornázott másfél órát munkakezdés előtt. Gyermekük, mindkettőjük bánatára, nem született. Gondolkodtak, sőt beszéltek is az örökbefogadásról, de ez időközben valahogy elmaradt. Így ketten maradtak, minden szeretetüket egymásra árasztották.

Sípoló és hörgő hangok hallatszottak a konyhából. Ezek jelezték, hogy kész a kávé. Visszavette a pólóját és kisietett, hogy elkészítse a nedűt. Bevitte a hálószobába. Férjét apró csókokkal ébresztette, aki amikor kinyitotta a szemét, megpillantotta maga előtt felesége kócos haját.

(Egyszerűen imádta, ahogy reggel kinézett.)

Magához húzta, végigsimította a fenekét, és megcsókolta a feleségét.

– Jó reggelt, drágám.

– Jó reggelt neked is.

Majd, ahogy minden egyes reggel, szinte rituálészerűen kortyolgatták a kávéjukat, miközben egymásban gyönyörködtek. Ez nagyon fontos volt nekik, mert ezek a pillanatok jelentették a reggeli harmóniát.

Péter kiugrott az ágyból és kiment reggelit készíteni. Nem sietett; 11 órára várta a bankigazgató, és ma egy kicsit a feleségével akart lenni reggel.

– Beviszlek ma dolgozni – kiáltotta a konyhából, miközben a kenyeret a kenyérpirítóba tette.

– Te később mész? – kérdezte Anita.

– Igen, tizenegyre. Tudod, ma megyek a bankelnökhöz. Az egész vezetőség tűkön ül, hogy mi lesz – nevetett Péter.

– Miért, mi lenne? – kérdezte Anita.

– Ó, hát tudod, szerződést akarnak, nagy értékűt, mégiscsak egy bank elnöke. Ráadásul a mi elnökünknek presztízskérdés, hogy a mi ügyfelünké válik – válaszolta Péter.

– Ezek a dolgok téged érdekelnek? – kérdezte a felesége.

– Dehogyis, drágám, engem csak a pénz érdekel – nevetett Péter.

Tálcára helyezte a tányérokat, amire pirítóst, vajat, lekvárt és sajtot készített. Friss narancslét töltött.

– Drágám, itt a reggeli – szólt fennhangon.

– Köszönöm szépen – válaszolta Anita.

Ritka alkalom volt, hogy ágyban reggeliztek, de néha megengedték maguknak. Ezáltal lett különleges. Anita nézte a férjét, miközben ettek, és eszébe jutott az első találkozásuk. Vagy jó tizenöt évvel korábban történt.

Ő és a barátnője egy táncos helyre jártak szórakozni. Szerettek táncolni. Az egyik alkalommal egy rövid barna hajú fiatalemberre lett figyelmes, akinek széles válla és keskeny csípője volt. Nyári nadrágja feszült az izmos fenekén. Nem volt kifejezetten izmos, inkább az arányosan izmos típus. Anita egy ideje próbálta felhívni magára a figyelmet, de a fiatalember csak nem akarta felkérni táncolni. Később, amikor kiment a mosdóba, visszafele megállt a pultnál, és kért két italt maguknak. A férfi ekkor pillantotta meg. Ahogy egymás szemébe néztek, mintha egy enyhe áramütés futott volna végig a testén. Érezte, hogy ez a férfi a végzete. De ahogy végignézett a férfin, látta, hogy az is szinte megbabonázva nézi őt. Visszament az asztalukhoz, de közben végig érezte a férfi tekintetét a fenekén. Eltelt egy kis idő, felkérték mások táncolni, és ő el is ment, de végig a férfit kereste a tekintetével. Látta, hogy az még mindig ugyanazzal a tekintettel bámulja. Nem tudta eldönteni, hogy most ennyire tetszik neki, vagy csak leblokkolt? Eltelt vagy két óra, amikor a férfi rászánta magát, és félszegen odament az asztalukhoz.

– Ö… ö, ö… elnézést, felkérhetem egy táncra? – kérdezte.

– Igen – válaszolta szemlesütve Anita.

Egy gyorsabb ritmusú melódia volt. Anita nézte, és látta, hogy van érzéke és jól is mozog. Biztosan táncolt, gondolta. Ahogy vége lett, jött a következő, és nem is kérdeztek, hanem a maguk természetes módján folytatták tovább. Majd elérkezett a lassú tánc ideje.

– Szabad? – kérdezte a férfi.

– Igen – válaszolta Anita.

A férfi nyújtotta a karját és átkarolta a csípőjét. Udvarias volt, nem kezdte el tapogatni, hanem a zene ritmusára együtt kezdtek mozogni. Bár a táncban megizzadtak, Anitának nagyon vonzó volt a férfi illata: finom arcszesz keveredett az izzadság szagával. Nagyon férfias illat volt. Ez egy kicsit kezdte begerjeszteni Anitát. Maga is meglepődött a saját reakcióján. A következő szám megint gyors volt. Nem akart leülni, újra lassúzni akart a férfival. Eljött a következő lassú szám. Most már szorosan hozzásimult, a férfi pedig szorosan magához húzta. Így álltak, egybeforrva, érezve a másik szívverését, lélegzetét, illatát, és mindketten tudták, hogy megtalálták azt, akit kerestek.

– Hazakísérhetlek? – kérdezte a férfi.

– Igen, persze – válaszolta Anita.

– Ó, annyira kulturálatlan vagyok, még be sem mutatkoztam. Szőllősy Péter vagyok – mondta.

– Mosonyi Anita – válaszolta.

– Nagyon szép neved van. Anita – mondta. – Tudod, hogy mit jelent? – kérdezte Péter.

Anita sohasem gondolkodott ezen, hogy mit is jelent a neve.

– Nem, nem tudom. Te talán igen? – kérdezte.

– Igen, a neved jelentése *kegyelem, könyörület* – válaszolta.

– Ezt most találtad ki, nem is igaz – nevetett fel kacéran Anita.

– Nem, ez komoly. Nézd majd meg egy lexikonban – válaszolta a férfi.

Miközben így beszélgettek, odaértek a ház elé, amiben Anita lakott.

– Megérkeztünk. Itt lakom a második emeleten – mondta Anita.

– Itt laksz? A szüleiddel? – kérdezte a férfi.

– Nem, nem a szüleimmel, albérletben lakom a barátnőmmel – válaszolta.

– Értem. Találkozunk legközelebb? – kérdezte a férfi.

– Szeretnél? – kérdezte provokálón Anita.

– Igen, nagyon – válaszolta Péter.

– Akkor a jövő héten pénteken gyere ide a ház elé este kilencre, és elmegyünk táncolni. Ha neked megfelel – mondta Anita.

– Itt leszek – szólt Péter, és elsietett.

Anita nagyon jó érzéssel lépett be a házba, felfutott a lépcsőn, szinte szárnyalt. Nem tudta, mi van vele, de madarat lehetett volna fogatni vele. Barátnője, Anna, már otthon volt.

– Na, mesélj, milyen volt, megfogta a kezed? Meg akart csókolni? Mesélj, mi volt! – nógatta Anitát.

Anita lehunyta a szemét és azt mondta:

– Ő az igazi.

– Ne hülyéskedj! Nem mondom, hogy nem jó a pasi, de ezt nem tudhatod – vitatkozott vele Anna.

– De tudom. Érzem a zsigereimben. Amikor megláttam, mintha áramütés ért volna – válaszolta Anita. – Éreztem minden mozdulatát, minden gondolatát, és nagyon, de nagyon jó érzés vele lenni. Azt hiszem, szerelmes vagyok – mondta.

– Ne viccelj! – csitította a barátnője.

– Nem viccelek, ez nagyon komoly – válaszolta Anita.

Ebben maradtak, és Anita nagyon várta a következő pénteket. Eljött a nagy nap. Péter már fél kilenckor ott állt a ház előtt, hogy még véletlenül se késsen el. Kezében finom selyempapírban virág lapult. Anita megjelent a ház ajtajában és hozzásietett.

– Szia.

– Szia. Adhatok egy puszit? – kérdezte Péter.

– Igen, adhatsz – és máris tartotta az arcát.

Miután túlestek az üdvözlésen, Péter átadta a virágot.

– Ezzel szeretnék neked kedveskedni – szólt halkan.

Anita belenézett a papírba és könnybe lábadt a szeme. Gyöngyvirág volt, a kedvence.

– Honnan tudtad? – kérdezte.

– Mit? – állt értetlenül Péter.

– Hogy ez a kedvenc virágom.

– Nem tudtam, csak ezt vettem neked.

– Köszönöm – szólt Anita. – Várj meg, felviszem, azonnal jövök.

Miután felvitte a virágot és visszajött, elsiettek táncolni. Nekik aznap este teljesen mindegy volt, hogy mit játszottak: összebújva, andalogva lassúztak. Rövid és finom csókok után hosszan és szenvedélyesen kezdtek csókolózni. Az egész éjszaka így telt. Kótyagos fejjel, mint a részegek sétáltak haza, és az egész utat végignevették, élcelődve, mint valami tinédzserek. A ház elé érve alig akartak elválni.

– Látlak még? – kérdezte Anita.

– Látlak még? – kérdezte Péter.

A következő alkalommal a Duna-partra mentek sétálni, fagylaltoztak. Péternek sikerült leenni magát, Anita vizes zsebkendővel szedte ki a foltot az ingéből. Közben bármikor egymásra néztek, a szerelem csillogott a szemükben, és folyamatosan idétlenül kacagtak. Mindennap valami mást csináltak; séta, mozi, de voltak hajókiránduláson is, Visegrádra mentek.

Eltelt egy hónap, amikor újra táncolni mentek. Aznap este mindketten érezték, hogy ez az este más. Tánc közben szinte forrt a levegő közöttük. Olyan szenvedéllyel mozogtak, hogy látszott, mennyire akarják a másikat. Vége lett az estén",

elindultak haza. Szótlanul sétáltak, Anita belekarolt Péterbe, hallgatták az éjszakai város neszeit. Egyszer csak ott álltak a ház előtt.

– Hazaértünk – szólt Péter.

– Igen, haza – válaszolta Anita.

– Akkor megyek – mondta Péter, némi szomorú tónussal a hangjában.

– Biztosan menni akarsz? – kérdezte csillogó szemmel Anita.

– Miért, van más választásom is? – kérdezte reménykedve Péter.

– Gyere velem – mondta, és már húzta is be maga után a házba.

Felrohantak a lépcsőn, Anita gyorsan nyitotta az ajtót. Péter a lábával csukta be, mert Anita már az előszobában a szájára tapadt a szájával, és olyan hevesen kezdte csókolni, hogy Péter alig kapott levegőt. Keze egyből Anita blúza alá csúszott, érezte a kemény melleket és azok ágaskodó bimbóit, amik remegtek az izgalomtól. A cipőiket lerúgták a lábukról, és úgy, mint a forgószél, sasszéztak be a szobába. Az ágy előtt állva, csókban összeforrva kezdték egymásról ideges mozdulatokkal lerángatni a ruháikat. Anita szoknyában volt, Péter keze csak a szoknya széléhez ért, Anita máris kibújt belőle. Türelmetlen mozdulatokkal gombolta ki Péter ingét, aki úgy szabadult meg tőle, mintha lángolna a háta. Nadrágja övét gyors mozdulatokkal bontotta Anita, Péter pedig letaposta a földre. Ott álltak egy szál bugyiban és alsónadrágban.

Megmerevedtek. Péter nagyon finom mozdulattal letolta Anita bugyiját, aki először az egyik, majd a másik lábával lépett ki belőle. Ezt követően Anita a kezével megszabadította Pétert az alsónadrágjától.

Ott álltak meztelenül, egymást bámulva. Péter szólalt meg először:

– Ó, Istenem, milyen gyönyörű is vagy!

Majd felkapta Anitát, és felültette a mögötte lévő íróasztalra. Eközben Anita átfogta Péter nyakát, lábával átkulcsolta a derekát, mindeközben szenvedélyes csókba forrtak. Péter finoman behatolt a forró és lüktető szeméremajkak közé. Anita felsóhajtott, és még szorosabban kulcsolta Péter derekát a lábával.

Ütemes, vad táncba kezdtek. Nem volt ez kiszámított, ritmikus mozgás, hanem a természet diktálta vad, ősi, sodró lendületű, elemi erővel feltörő vágy, ami kielégülésért kiállt. Egyszerre feszültek meg, mint egy íj, és egyszerre ernyedtek el. Még álltak összeölelkezve, ki tudja mennyi idő telt el, amikor Péter ölébe vette Anitát és elvitte az ágyig. Ott letette, gyönyörködve újra végignézte hibátlan testét majd azt mondta:

– Te csak hunyd le a szemed! – szólt kéjesen mosolyogva.

Majd lassan, hiszen már nem kellett sietnie, nagyon lassan végigcsókolta a lány nyakát, időnként játékosan bele-belenyalva a fülébe. Majd leérkezett a kemény mellekhez, amiken ágaskodtak a bimbók, aminek gyönyörű, szabályos udvaruk volt. Péter egyik keze az egyik mellet fogta meg, míg szájával a másik bimbót izgatta, miközben a másik kezével a lány háta mögött a feneke alatt elérte a szeméremajkait, és izgatni kezdte a csiklóját. Anita ütemesen emelgette a csípőjét, bimbója kétszeresére duzzadt, és egyre jobban kívánta, hogy Péter újra beléhatoljon.

Péter érezte, hogy váltania kell. Oldalára fordította Anitát, az egyik lábát felhúzatta vele, a másikat kinyújtotta, és így hatolt bele. Anita hatalmas sóhajjal nyugtázta, és nem volt hezitálás, lassú mozgás, nagyon gyors iramat diktáltak, mígnem Anita hangosan adta Péter tudtára örömét, aki megfeszülve jelezte, hogy egyszerre jutottak el a gyönyör csúcsára.

De mivel Péter nem fáradt, Anita négykézlábra ereszkedett. Péter hátulról behatolva olyan erővel és sebességgel mozgott, hogy Anita sikolyai minden hangosabb neszt elnyomtak a szobában. Ezt követően kérdezte meg Péter:

– Drágám, egy kis perverzió?

– Mire gondolsz? Lássuk! – mondta Anita.

Péter elővette a síkosítót, mindenhová kent és öntött, ahová csak kellett, és a kéjtől felhevülve nagyon óvatosan és lassan hatolt be Anita ánuszába. Anita finoman jelezte, hogy minden rendben, mehet tovább, de Péter nagyon lassan kezdett mozogni. Majd mozgását kezdte ütemesen gyorsítani. Anitát már az első pillanatban egy folyamatos orgazmushullám kerítette hatalmába, aminek hangot is adott, nem éppen visszafogottan.

Péter meg is ijedt, hogy valami baj van, lassított, amikor Anita hangja felcsattant:

– Abba ne merd hagyni! – kiáltotta.

Így a felszólításnak eleget téve, egyre gyorsuló mozgással tartotta fenn Anita orgazmustengerét. Akkor már nem bírta tovább, és azt érezte, hogy a farka egyszerűen felrobban a kéjtől. Mindeközben olyan érzések kerítették hatalmukba, amilyeneket még soha nem érzett. A mámor leírhatatlan volt mindkettőjük számára. Péter a fáradtságtól ráborult Anitára, és csókokkal halmozta el a testét, ahol csak érte. Finom simogatásokkal nyugtatták egymást, majd összeölelkezve, egy vékony takarót magukra húzva a szerelmesek álmába szenderültek.

– Figyelsz te rám? – kérdezte kissé korholón Péter.

– Ne haragudj, elkalandoztam – válaszolta Anita.

– Hol járt az eszed, szerelmem? – kérdezte Péter.

– Az első szeretkezésünkre gondoltam – válaszolta.

– Ó, Istenem, milyen szép volt! – mondta Péter.

– És milyen régen – mondta Anita.

Ezen valami miatt jót nevettek. Anita indult el először a fürdőszobába, hiszen neki kellett több idő. Péter kinyitotta a laptopját és végignézte a gazdasági híreket. Hogy zárt a tőzsde Amerikában, milyen gazdasági előrejelzések várhatók. Ez a tevékenység napi rutinná vált nála. Fontos volt, hogy felkészülten menjen el a megbeszéléseire, az ügyfelei lássák, hogy naprakész gazdasági, pénzügyi témákban.

– Behoznál egy tiszta törölközőt? – kiabált ki Anita a fürdőszobából.

– Persze, drágám – válaszolt Péter.

Odanyújtotta a törölközőt a feleségének, miközben végignézte feszes melleit, telt csípőjét, fazonra nyírt fanszőrzetét. A vágya ágaskodva jelzett.

– Sajnálom, drágám – szólalt meg a felesége –, erre most nincs időnk.

– Hát még én mennyire sajnálom – válaszolta Péter.

– Tiéd a fürdőszoba – kiáltotta a felesége.

Péter lezuhanyozott, megborotválkozott. Haja még egy kissé vizes volt, beletúrt az ujjaival, úgy vélte, ez jól áll neki. Miután végzett, addigra a felesége már kivasalta az ingét és nekiálltak öltözködni.

– Tudod, hogy nem szeretek elkésni – mondta Anita fennhangon.

– Mint ahogy én sem – dünnyögte maga elé Péter.

– Nem fogunk, drágám – kiáltotta hangosan.

Felesége kijött a szobából. Könnyű nyári blúzt viselt melltartó nélkül, hosszú nyári szoknyát, hozzá megfelelő cipőt. Péternek minden egyes alkalommal elállt a lélegzete, amikor meglátta a feleségét.

– Gyönyörű vagy, drágám. Mondtam már? – szólt.

– Nem elégszer – válaszolta a felesége nevetve.

Péter kocsija a garázsban állt, beszálltak. Soha nem mulasztotta el kinyitni a kocsi ajtaját a feleségének, aki meg is várta ezt minden alkalommal. Péter ezzel a gesztussal is szerette volna kifejezni figyelmességét a felesége iránt, és ez a hosszú évek alatt is megmaradt.

Anita munkahelye kocsival nem volt messze, mintegy 40 perc alatt beértek. Még váltottak egy hitvesi csókot, Anita kiszállt és bement az épületbe, ahol az egyetem rektorának az irodája volt található.

– Este sietek – kiáltott még felesége után Péter.

– El is várom – válaszolt a felesége.

Péter még nézte, ahogy felesége bemegy az épületbe. Csodálta ringó csípőjét, és az egész lényét. Még ennyi év után is szerelmes volt a feleségébe. Nem kicsit, nagyon.

Anita az irodába beérve bekapcsolta az asztali computerét, és amíg a gép bekapcsolt, bekészített egy kávét. A főnöke, a rektor általában 15 perccel később szokott érkezni. Egyetemi tanár volt, professzor, mondhatni tanárember-féle. Középmagas volt, úgy az ötvenes éveinek a végén járhatott. Farmert, kockás inget és pulóvert viselt, nem adott a társadalmi konvenciókra. Mivel nagyon okos ember volt, a vezetés elnézte neki. *Bogaras professzor.* Anita már több mint tíz éve dolgozott vele, jól kijöttek egymással. Bírta a humorát; azt, ahogy a diákokkal és a kollégáival bánt. Anitával évődni szokott. Ismerte Pétert is, egy egyetemi bulin mutatta be a rektornak, akivel aznap jól besöröztek, és mint két hülye diák, idétlenül végigvihorászták az egész estét. Később Anita meghívta magukhoz vacsorára a feleségével együtt, aki kutató volt egy tudományos intézetben, de ugyanolyan lázadó típus, mint a férje. Nem jártak össze, de időnként csináltak közös programokat.

– Itt van az én gyönyörű titkárnőm, az eszem – köszöntötte Anitát hangosan a rektor.

– Jó reggelt, főnök – válaszolta. – Máris mondom a mai programot.

– Kávé nélkül semmit ne mondj! – fogta könyörgőre a rektor.

A rektor elfoglaltságát, a levelezését, mind-mind Anita tartotta karban, csak rajta keresztül lehetett bejutni a rektorhoz. Mindenki tudta, hogy Anitával nem árt jóban lenni, bár ő erre egyáltalán nem adott okot. Sőt. Inkább mint egy tyúkanyó gondoskodott a kollégákról, néha felhívva a rektor figyelmét, hogy kinek van problémája, amit nem ártana megoldani. Eljárt a nevükben a főnökénél, szóval támogatta, segítette őket, ahol csak tudta. Szerették is érte. Első időkben a fiatalabb tanárok csapták neki a szelet, voltak vehemens udvarlások, de ezeket Anita minden egyes alkalommal jól kezelte. A többség tudomásul vette, hogy nincs esélye, csak egy tanár nem volt hajlandó tudomásul venni, hogy a munkaidő alatti kedvesség az nem jelent többet annál, mint ami. Egy alkalommal a tanár hevesen ostromolta Anitát, hogy menjenek moziba, aki megkérte a férjét, hogy aznap jöjjön érte, és mivel sok cucca lesz, menjen fel az irodába hozzá, mert le is kell hozni. Péter így megjelent a munkaidő lejártakor az irodában, beleült Anita székébe. Anitát még behívatta a rektor, csukott ajtó mögött beszéltek. Egyszer csak beviharzott az ostromló, és nekiszegezte a kérdést Péternek:

– Hol van Anita? – kérdezte ingerülten.

– Bent, a főnökénél – válaszolta Péter.

– Mikor végez? – kérdezte.

– Nemsokára. Remélem – szólt nevetve Péter.

– Mert megyünk ám moziba – dicsekedett a tanár.

– Na, ez érdekes – emelte rá tekintetét Péter –, nem is mondta Anita.

– Miért kellet volna neked mondania? Ki vagy te neki? – nézett Péterre kérdőn a tanár.

– Én ki vagyok neki? Nos, nem tudom, hogy ő mit szokott mondani, de én azt hiszem, az élete vagyok neki. Lefordítom neked: a férje vagyok, már egy jó ideje – szólt mosolyogva Péter.

A férfi elfehéredett, sarkon fordult, és becsapva az ajtót kirohant a szobából.

Ekkor lépett ki Anita a rektortól.

– Ki volt az, aki így elrohant? – kérdezte.

– A barátod, akivel moziba mentetek volna, ha én most nem vagyok itt – felelte mosolyogva Péter.

– Ó, a bolond! Tudod, igyekeztem leállítani, de nem vette a lapot. Ne haragudj. Ehhez a módszerhez kellett folyamodnom, de nem volt tervbe véve, hogy kettesben maradtok – szabadkozott Anita.

– Nem tesz semmit. Örülök, ha segíthettem. Különben is jót mulattam az egészen – válaszolta Péter.

Péter nem volt féltékeny a munkatársaira, azok pedig tiszteletben tartották Anita házas mivoltát. Jól érezte magát a helyén. Megbecsülték, érezte a szeretetüket, jól kijött a főnökével, aki ragaszkodott hozzá. Ezt akkor tudta meg, amikor egy miniszteri látogatás volt a rektornál, és az előkészülettel és a lebonyolítással is Anita foglalkozott. A tárgyalás során a főnökének a feljegyzéseket is ő készítette. Már a fogadáson történt, hogy az államtitkár állást ajánlott neki. Meg sem tudott szólalni, a főnöke olyan hevesen – és mondhatni kissé durva módon – utasította vissza az ajánlatot.

– Amíg én vagyok a rektor, Anita mindig is az én asszisztensem lesz, kérlek – mondta indulatosan az államtitkárnak. – Ezt kéretik tudomásul venni.

– Oké, nem kell leharapni a fejem – visszakozott a minisztériumi vezető. – Látom, magát nagyon védik itt – szólt mosolyogva Anita felé, majd belekortyolt a pezsgőjébe.

Ez volt az egyedüli alkalom, amikor Anita indulatosnak látta a főnökét. Nem tudta mire vélni, de jólesett maga a tudat, hogy számít rá.

– Mi lesz ma? – kérdezte a rektor.

Anita bevitte az irodába a frissen főzött kávét, letette a főnöke elé az íróasztalra és leült a bőrfotelbe. Ilyenkor reggel már szinte rutinként tette mindezt: bevitte a kávét, leült, és tájékoztatta a főnökét, hogy aznap mikor kit kell felhívnia, hová kell menni megbeszélésre, egyszóval ismertette a napirendjét. A rektor nagyon hálás volt Anitának, hogy ilyen összeszedetten kézben tartotta a hivatali életét, bevallottan ragaszkodott hozzá.

– Az ajánlatom még áll. Tudod, ugye? – mondta a rektor.

– Igen, tudom – válaszolta Anita –, de ne reménykedj.

– Csak mondom, hogyha a férjedet lepasszolod, azonnal elveszlek – mondta a rektor hangosan felnevetve, majd belekortyolt a kávéjába.

– Imádlak. Te főzöd a legjobb kávét – szólt.

– Akkor mától csak kávét fogok főzni – válaszolta évődve Anita.

– Jaj, nem! Az eszem vagy, mire mennék nélküled? – szólt tettetett kétségbeeséssel a rektor.

– Akkor ma még megkegyelmezek neked – válaszolta Anita, és kiment az irodából.

Így teltek el a napjai, néha mókásan, sok szervezéssel, levelezéssel, ügyek intézésével. Véget ért a nap. Miután a fontos iratokat elpakolta a páncélszekrénybe, kikapcsolta a computerét, végignézett az asztalán és az irodájában. Amikor mindent rendben talált, elindult haza. Vonattal járt, mert az egyetem közelében, egy metrómegállónyira volt a vasútállomás, és közvetlen vonatközlekedés volt oda, ahol laktak. Közel a városhoz, egy csendes kisvárosban éltek. Bérlete volt, így amikor a vonat beállt, egyszerűen csak felszállt. Az ablak mellett keresett helyet magának – szeretett kitekinteni, nézni a tájat utazás közben. Újra észrevette a férfit. Harmincas évei elején járt, szőkésbarna, félhosszú hajú, magas, arányos alkatú fiatalember volt. Már látta egy párszor a vonaton, de többen is utaztak, akiket arcról már ismert. Ez a fiatalember viszont leplezetlenül bámulta. Minden egyes alkalommal. Szinte már kihívóan. Többször is megbámulták már, nem csak a vonaton, hanem a városban is, tudta ezeket a helyzeteket kezelni, tisztában volt vele, hogy hogyan néz ki, és ez jóleső érzéssel töltötte el. De most ez a férfi zavarta egy kicsit. Nem tudta mire vélni az érzést.

Egy hónap telt el, amikor egy alkalommal pont mellé huppant le az ülésre a fickó.

– Szabad ez a hely? – kérdezte, de a választ meg sem várva, pimasz módon letelepedett.

– Laci vagyok. Szia – mutatkozott be.

– Anita vagyok. Szia – válaszolt.

Majd borzasztó mérges lett egyszeriben magára. Hogy fordulhat elő ez vele, és egyáltalán minek mutatkozik be ennek a pimasz fráternek?

– Jól nézel ki. Ugye tudod? – kezdett bele.

– Parancsolsz? – kérdezett vissza Anita, mintha nem értette volna a kérdést.

– Mondom, nagyon jól nézel ki. Nagyon dögös vagy – folytatta Laci.

– Köszönöm – válaszolta Anita és érezte, hogy a válaszba belepirul.

Mi a fene van velem? Itt van ez a fiatal fickó, én meg kezdek úgy viselkedni, mint egy tinilány. Kezdett mérges lenni magára. Elővette az e-bookját, és elkezdte olvasni a könyvet. Mindig olvasott a vonaton, hacsak nem volt ismerős, akivel beszédbe elegyedhetett, de ez a pasi még nem volt az.

– Mit olvasol? – kérdezte a férfi.

– A *Száz év magányt*. Gabriel Garcia Márquez írta – válaszolta.

– Ismerem. Olvastam én is. Jó könyv – mondta. – Szeretsz olvasni? – kérdezte.

– Igen, szeretek – válaszolta Anita –, és ha most hagynál is, azt nagyon megköszönném.

– Oké, ahogy akarod. Csendben maradok.

Anita beletemetkezett a könyvbe. Látta a betűket, el is tudta olvasni őket, de az értelmüket már nem fogta fel. Teljesen lekötötte a pimasz fiatalember, aki szégyentelenül bámulta, miközben ő olvasni próbált.

– Ne vedd a szívedre, de nem bámulnál inkább ki az ablakon?– kérdezte tőle. – Zavarsz a nézéseddel.

– Tudod, sajnos a szépséged olyan tüneményes, hogy mint egy mágnes vonzza a tekintetemet. Amíg velem szemben ülsz, ez sajnos lehetetlen – szólt halkan a férfi.

Anita kicsit elpirult. Régen bókoltak már neki.

– Akkor kérlek, ülj át máshová – mondta.

– Sajnos az sem oldja meg a problémáinkat, mert ha te itt tartózkodsz a vonaton, legyél bárhol is, az én tekintetemet úgy vonzod magadhoz, mint méhet a méz – válaszolta a férfi.

A vonat lassítani kezdett. Anita kitekintett az ablakon és látta, hogy megérkezett. *Megmenekültem*, gondolta.

– Leszállok – szólt.

– Én is – válaszolta a férfi. – A szomszéd faluban lakom, és a kocsim itt van az állomáson. Elvihetlek haza? – kérdezte.

– Köszönöm, nem – válaszolt Anita, és szaporára fogta a lépteit.

Miközben hazafelé sietett, nem tudta kiverni a fejéből a férfit. Valami vonzotta benne. A pimaszsága? A kendőzetlen őszintesége? A lezsersége? Ő maga sem tudta, de régóta nem érezte már ezt az érzést a gyomrában, ezt a bizsergést. Ettől meg is ijedt egy kicsit. Szerette a férjét. Férfit még nem szeretett úgy, mit Pétert. Nagyon jól megvoltak, jó élete volt mellette. Péter igazi nőként bánt vele mindig, éreztette vele, hogy őrülten szerelmes belé, de érezte a tiszteletét és a megbecsülését is. Nem akarta megcsalni. Megcsalni?

A gondolattól is megriadt. Hogy a fenébe jut eszébe ilyen, hogy megcsalja a férjét? Úgy látszik, összezavarta ez a pasas. Jó lesz vigyázni. Érezte azt is, hogy az eddig jól felépített kis világába nagyon belezavart ez a férfi. Ettől egy kissé megrémült, de úgy gondolta, kellő tapasztalattal rendelkezik ahhoz, hogy tudja kezelni ezt a fickót is.

Hazaérve levetkőzött, bement a fürdőszobába. Általában esténként kádban szoktak fürdeni, de most beállt a tus alá. Engedte magára a meleg vizet, kezébe tusfürdőt nyomott. Ahogy folyt a víz, kezdte magát bekenni. A melléhez érve érezte, hogy a bimbói ágaskodnak, és nagyon érzékenyek lettek. Egyik kezével simogatni kezdte a mellbimbóit, míg a másik keze becsúszott a combjai közé, és már simogatta is duzzadt csiklóját. Türelmetlen volt és gyorsan kívánta a kielégülést, miközben fejében a pimasz fiatalember arcát látta. Próbálta elképzelni, milyen lehet meztelenül. Ujja behatolt a hüvelyébe és azt kívánta, hogy bárcsak a férfi lenne benne. Gyorsan a csúcsra ért. Kielégülten, de szégyenkezve mosta le magát újra. Nem tudta, mi van vele, de ez az erotikus szerepjáték csak még jobban összezavarta. Péter nem tudhat meg semmit, és ezt a pasit is helyre teszi legközelebb. Ez nem fordulhat elő többet. Miután így meghozta a döntéseket, nekiállt vacsorát készíteni, mert Péter hamarosan haza fog érkezni.

4. FEJEZET

A BANKIGAZGATÓ

„Nem azok vagyunk, akinek hisszük magunkat, de amit hiszünk, olyanok vagyunk."
(Norman Vincent Peale)

Péter, miután Anitát kitette a munkahelyénél, továbbhajtott egy belvárosi kávézóhoz. Többször megfordult itt, szerette a sajtos croissant-t, mert mindig friss volt. Nem is beszélve arról, hogy tízpercnyire volt a székháztól, ahová menni készült. A megbeszélés anyagát már a tegnapi napon összeállította, ez igazából az ügyfélnek kellett, mint szemléltető anyag. Színes volt, szagos, céges logóval ellátott papírra nyomták, egyszóval nagyon elegáns volt.

A számok rajta voltak, azzal nem foglalkozott, ugyanis ketten fogják átbeszélni. A stratégia nem arra épült, hogy milyen nagy és fontos vagyonbiztosítást fog kötni, hanem aktualizálja, azaz a vagyonbiztosítás névértékét a jelen korhoz igazítja; ha mégis valami baj történne, fizessen a biztosító. Ezek szinte sztenderd módok: van-e rács megfelelő, riasztó, élőerős védelem stb. Péter ezzel soha nem fárasztotta magát, erre ott volt a cégnél Várvölgyi Feri. Egy intézmény volt az öreg. A hatvanas évei elején járt, nagydumás fickó volt, jó humorú, de nagyon nagy szaktudással rendelkezett. Talán ő volt az egyik legjobb, ha nem a legjobb vagyonbiztosítási szakember. Péter szeretett vele dolgozni. Minden munka után azonnal, zsebből kifizette Ferit, aki ezt nagyon respektálta. Jól megvoltak. Feri is hívta Pétert, ha befektetéssel kapcsolatos problémája volt.

Az első és legfontosabb cél a mai napon a bizalom kiépítése volt. Bár az igazgató még nem tudta, de Péter nagy értékű befektetési biztosításra hajtott, ez volt a célja. Ennek az első lépése volt a mai nap. Miközben még egyszer végiggondolta, hogy mit fog tenni, elfogyasztotta a péksüteményt, leöblítette egy finom teával, fizetett és elindult. Idő volt. A székházat könnyen megtalálta, a kapubehajtónál sorompó állta útját. Miután megmondta a nevét és azt, hogy kihez jött, a portás telefonált valahová, majd a hívást követően készségesen beengedte. Továbbhajtott a belső udvarba, és leparkolt a csillogó Mercedesek és Audik mellé. Ruganyos léptekkel sietett be az épületbe. A recepciónál dekoratív hölgy kérdezte meg, hogy miben lehet a segítségére. A mellette álló biztonsági őr szúrós tekintettel mérte fel. Péter mindkettőjük irányába egy széles mosolyt eresztett meg, majd elmondta, hogy kihez jött, és hogy várják. A második emeleten szálljon ki a liftből, szólt az utasítás.

A második emelet volt a főhadiszállás. Itt dolgozott a *nagy ember.*

Kilépve a liftből újra egy biztonsági személlyel találta magát szembe, aki már udvariasan kérdezte, hogy mit tehet érte. Újra közölte, hogy kihez jött, és hogy mi a neve. Odakísérték egy dupla ajtóhoz, majd a biztonsági őr előrement, kinyitotta az ajtót és kérte, hogy lépjen be. Péter bement, és egy nagy irodában találta magát. A központi hely a bejárattal szemben egy óriási íróasztal volt, rajta legalább három monitor, egy telefonközpont. Az asztal mögött egy ötvenes évei elején járó, nagyon reprezentatív titkárnő foglalt helyet, aki széles mosollyal üdvözölte Pétert, és csilingelő hangon szólalt meg:

– Jó napot. Péter – mondta –, a nevem Beáta, az elnök úr asszisztense vagyok, már vártuk.

– Üdvözlöm. Szőllősy Péter vagyok – viszonozta a mosolyt és a bemutatkozást.

– Az elnök úr pár perc múlva fogadja. Kávét vagy ásványvizet? – kérdezte udvariasan.

– Nem, köszönöm, nem kérek – utasította el Péter a kínálást.

Lehunyta a szemét, és próbálta beszívni a hely hangulatát. Mindig ezt csinálta, amikor új helyre ment tárgyalni. Próbálta megérezni, hogy milyen hangulat lehet ezen a helyen, mit érezhetnek az emberek. Érezte a hatalom és az azzal járó kényelem érzését, a „mindent megtehetek", a „mindent elérhetek", és a „mindent elértem" gőgjét. *Na, akkor ez lesz a veszted,* gondolta, és tudta, hogy mostanra áll teljesen készen a megbeszélésre.

Az asszisztens asztalától balra volt egy dupla szárnyú ajtó, ami kisvártatva kinyílt, és kilépett rajta az elnök. Úgy 170 centiméter magas volt, rövid fekete hajú, vékony testalkatú ember. Mosolyogva, kezét előrenyújtva közeledett Péter felé, majd hangosan üdvözölte:

– Á, jó napot kívánok. A nevem Kovács Tamás – szólt széles mosollyal.

– Üdvözlöm, Szőllősy Péter vagyok a biztosítótársaságtól. Nagyon örülök, hogy megismerhettem – válaszolta Péter. Hangja nyugodt volt, kimért, tagoltan beszélt.

– Kérem, fáradjon be az irodámba – invitálta kitárt karral Pétert az elnök.

Beléptek az irodába. Péter körbetekintve látta, hogy az iroda minden eleme a férfi ízlését és betöltött pozícióját hivatott kiemelni.

Középen a teret egy nagy mahagóni íróasztal uralta, rajta bőr alátét, régi tolltartó, benne a tollszárral; régi, múlt századi banki asztali lámpa, természetesen az asztal mögött magastámlás bőrfotel. A falon kortárs és régi festők egy-egy képe volt elhelyezve. Külön része volt az irodának egy nagyon drága bőrkanapé ugyanolyan drága és intarziás két darab bőrfotellal, és egy stílusában hozzájuk passzoló, faragott faasztallal. Ide invitálta az elnök, és kínálta hellyel Pétert.

– Hozathatok valamit? Kávét? Üdítőt? Ásványvizet? – kérdezte.

– Ásványvizet kérek – szólt Péter.

Míg az asszisztens behozta az ásványvizet, Péter beszívta magába az iroda hangulatát. Figyelte az elnök arcvonásait. Keskeny, borotvált arc nézett vissza rá, ami mosolygott, de a szeme olyan volt, mint a karvalyé: elég egy pillanatnyi megingás, és lecsap az áldozatára. Elvégre nagy ember volt, nem véletlenül volt ebben a pozícióban.

Miután az asszisztens elhagyta a szobát, az elnök megszólalt:

– Figyelek.

Csak ennyit mondott.

Péter elhelyezkedett, az elnök szemébe nézett, magára vette a tárgyalások során alkalmazott arckifejezést és nekifogott.

Volt egy hangtónusa, amit hosszú idő alatt gyakorolt be. Amikor beszélt, ezt használta: nyugalmat és magabiztosságot sugárzott a hangja.

Először nagyon röviden bemutatkozott; elmondta, hogy ki ő, mivel foglalkozik a társaságnál, és miért ő van jelen, nem pedig más. Mindig e bevezetőt követően adta át a névjegykártyáját, ezzel is kizökkentve a partnert a figyelemből. A kártyáján szerepelt, hogy MDRT-tag. Szép nagy betűkkel, hogy annak is feltűnjön, aki nem is ismeri. Aki nem tudta, mi ez, megkérdezte. De az elnök tudta, hogy mi az MDRT. Péter látta a rezdülést, és a szája sarkában elnyomott kis rándulást, hogy a pasi most fogta fel, kivel is tárgyal.

– Nocsak – szólt az elnök –, csak nem tagja az MDRT-nek? – kérdezte.

– De igen – válaszolt Péter. – Azt a logót csak úgy nem lehet a kártyán használni – szólt, és széles mosoly terült szét az arcán. *Innen kezdve kezd izgalmas lenni, ugye?*, gondolta magában Péter.

– Folytassa, figyelek – kérte az elnök.

Péter észrevette, hogy időközben megváltozott az elnök testtartása; a beszélgetés kezdetén még hátradőlve, lábait kissé szétterpesztve ült a fotelban, de miután megtudta, hogy Péter tag az MDRT-ben, a lábait keresztbe vetette és egy kissé öszszébb húzta magát. A bezárkózás jele volt ez. Péter értette és örült. *Jó, látom, figyelsz, és kezdesz komolyan venni*, gondolta magában, és folytatta.

Elmondta röviden, milyen fontos, hogy aktuális értéken legyen biztosítva a vagyon, csak röviden említve a hozzákapcsolódó igazolások szükségszerűségét, s hogy a biztosítói előírások mennyire fontosak. Ezek a védelemre vonatkoznak, és hogy ezeket a legjobb szakemberrel fogja felméretni, és összeállíttatja, mire van még szükség: becsüsi igazolások, galéria, műtárgy, becslések stb.

Péter tudta, kivel áll szemben. Itt nem lehetett mesedélutánt tartani: a nagy embereknek drága az idejük. Ha üzletet akarsz, hasznosnak kell feltüntetned magad.

Miután befejezte a mondandóját, átadta a személyre szabott anyagot, amihez rövid tájékoztatót adott szóban, hogy már miért nem fedezi a biztosítás a jelenlegi vagyont, és könnyen lehet, hogy időközben bővült is a repertoár.

Befejezte, majd szótlanul hátradőlt és csendben maradt. Hagyta, hogy a másik fél eméssze, amit mondott. Várta, hogy a másik szólaljon meg, mert akkor ő nyert. Így is történt, kisvártatva az elnök megszólalt:

– Nem maga fogja megkötni a szerződést? – kérdezte.

– De igen, én fogom megkötni a szerződést, ám a legjobb vagyonbiztosítási szakembert kértem fel ennek a szerződésnek az előkészítésére – válaszolta Péter.

– Miért? Ön nem ért a vagyonbiztosításokhoz? – hangzott el a provokatív kérdés az elnök részéről.

– Nem, uram, nem értek hozzá. Azért is kértem fel a szakma egyik legkiválóbb képviselőjét erre a feladatra, aki történetesen a társaságunk alkalmazásában áll – válaszolta Péter. – Ez nem az én szakterületem.

– Akkor mi az ön szakterülete? – kérdezte az elnök.

Péter ránézett és elmosolyodott. *Megvagy, bent vagy a csőben.*

– Nos, az én szakterületem a kockázatok menedzselése úgy a magánéletben, mint a céges életben. Felkészülni az előre nem látható kihívások kezelésére – válaszolta Péter.

Az elnök szemében érdeklődés csillant.

– Mesélne erről bővebben? – kérte. – Érdekes felvezetés – fűzte hozzá.

Na, faszikám. Most jön az a rész, amikor eldobod az agyad.

– Nagyon szívesen megteszem, ha ad rá lehetőséget majd egy másik alkalommal. Gondolom, azzal ön is tisztában van, hogy az MDRT nem egy kis életbiztosításra ad tagsági díjat? – folytatta Péter.

– Jelenleg azért vagyok itt, hogy az ön vagyonbiztosítását olyan állapotba hozzam, hogy egy előre nem látható esemény bekövetkeztekor önt egy fillér kár ne érje – hangsúlyozta Péter.

– Igen, igen, ez fontos – szólt az elnök.

– Akkor beszéljük át ennek a technikai részleteit – kérte Péter. – Hogyan legyen?

Az elnök csendben maradt, vagy két percig szemét lehunyva gondolkodott. Amikor kinyitotta, már újra az elnök volt, és nem ügyfél.

– Itt a névjegykártyám, rajta a magán mobilszámommal, kérem, ne tegye nyilvánossá – szólt.

– Na de uram, megtisztel, és a diszkréció a munkám része, a titoktartási kötelezettségről már említést sem teszek – válaszolta Péter.

– Még ma fel fogja hívni a biztonsági főnököm, egyeztet önnel, és holnap reggel a kollégájával együtt kijönnek a házamhoz és elvégzik, amit kell. Mikorra lesz kész a szerződéstervezet? – kérdezte.

– Amennyiben holnap végzünk a helyszíni szemlével, és megkaptuk az összes műbizonylatot, becsüsi bizonylatot, attól számítva három nap – foglalta össze Péter.

– Rendben, három nap múlva hívjon a mobilon – szólt az elnök.

– Köszönöm, hogy fogadott, és örülök, hogy megismerhettem – válaszolta Péter, majd felemelkedve a fotelból búcsúzásra nyújtotta a kezét.

– Várom a hívását – szólt az elnök, majd a kézfogás után barátságosan kikísérte az irodájából.

Péter hangosan elköszönt az asszisztenstől, és ahogyan jött, úgy távozott a székházból. Most nem hívta Zoltánt a kocsiból, úgy gondolta, hogy személyesen közli vele az eredményt; szerette volna látni a reakcióját. Egy kis káröröm neki is kell, gondolta, és hangosan felkacagott.

Viszont Ferit azonnal tárcsázta, megkérdezte, hogy holnapra szabaddá tudja-e tenni magát, mert lenne egy munka.

– Milyen munka, főnök? – kérdezte Feri.

– Nem túl nagy, barátom, nem túl nagy, de szükségem van az eszedre, mert nagypálya – kezdte felcsigázni az érdeklődését Péter.

– Na, ne szívass, ki vele, milyen meló! – kérlelte Feri.

– Figyelj, öreg – kezdte Péter –, szükségem van az adataidra, mert olyan helyre megyünk holnap, ahol magántestőrök engednek be – folytatta. – Hozz minden felszerelést, mert a legjobb munkát kell végezned – mondta Péter.

– Na, ne kábíts a hülyeségeiddel! – próbálkozott Feri.

– Öreg, amikor végzünk holnap, kapsz kétszázezret tőlem – mondta Péter.

A vonal egy pillanatra elhalkult.

– Kihez megyünk? – kérdezte.

Péter megmondta.

– Baszd meg! – kiáltott fel Feri. – Ezt meg hogy a francba hoztad össze?– szólt, de a hangjában benne volt az elismerés.

– Ne is törődj vele. Holnap reggel nyolckor a házad előtt felveszlek – mondta Péter.

– Szevasz.

– Szevasz.

Bontotta a vonalat. Anitára gondolt, és arra, hogy este lesz majd mit mesélnie neki. Amennyiben ez az üzlet sikerül a bankelnökkel, meg tudja venni a BMW-t is. Ebben egyeztek meg Anitával. Nem csinált semmit anélkül, hogy a feleségével ne beszélte volna meg. Lehet, hogy ez más szemében papucs viselkedésnek tűnt, de ez Pétert cseppet sem érdekelte.

Időközben beért az irodához. Éppen ebédidő volt, de tudta, hogy Zoltán tűkön ülve várja. Széles mosollyal köszöntötte Katát.

– A főnök? Bent van? – kérdezte.

– Igen, drágám, bent – válaszolt búgó hangon Kata, az aszszisztens.

– Mit parancsolsz? – kérdezte Pétert. – Tudod, neked minden az étlapon van – folytatta kacéran.

– Most megelégszem egy kávéval is, szívem. Köszönöm – válaszolta.

Belépett Zoltához.

– Szia, főnök.

– Szevasz. Na, mi van? Végeztél? Miért nem hívtál? Mi a helyzet? Sikerült? – hadarta el egy szuszra.

– Hé, lassan a testtel! – szólt Péter. – Minden oké.

Közben Kata behozta a kávét, és letette Péter elé az asztalra. Miközben kiment, a fenekét Péter karjához dörzsölte.

– Hozz egyet nekem is, kérlek – szólt utána Zoltán.

Miután megitta a kávéját, Péter szép sorjában elmesélte Zoltánnak a találkozót. Hogyan fogadták, mit mondott, mi volt a reakció, mit látott, és mit gondolt. Zoltán komoly tekintettel kortyolta a kávéját és feszülten figyelt. Mikor Péter a végére ért, kissé felcsattant:

– Mindent értek, de miben maradtatok? – kérdezte kissé ingerülten Zoltán.

– Ja, igen, Ferivel reggel 9-re megyünk – válaszolta Péter. – És a vagyonbiztosítási szerződés aláírása után le akar ülni velem befektetésekről beszélgetni – folytatta. – Remélem, elégedett vagy.

– Péter. Elismerésem. Piszok nagymenő vagy, barátom! – szakadt ki minden feszültség Zoltánból. – Hívom is a mi elnökünket.

Tárcsázott, és röviden beszámolt Péter sikeréről.

– Ott van veled? – hallotta a telefonból.

– Igen, főnök itt van. Kihangosítalak.

– Gratulálok, Péter. Zoltán most tájékoztatott, hogy milyen szép eredményt értetek el. Csak így tovább! – szólt az elnöki dicséret.

Zoltán megszüntette a kihangosítást, váltottak még pár mondatot, majd letette.

– Nagyon meg van veled elégedve, ahogy én is – szólalt meg Zoltán.

– Várjunk még azzal – hűtötte le a kedélyeket Péter. – Nincs még aláírt szerződés, még csak a vagyont fogjuk felmérni; nincs meg a második találkozónak időpontja, szóval csak lépésről lépésre – folytatta. – Te tanítottál erre is – nézett Zoltánra.

– Igen, persze én mondtam, de gondold már át! Hová jutottál be? Mi előtt állsz? – folytatta Zoltán. – Igazi nagymenő lettél, és én büszke vagyok rád – mondta széles és elégedett mosollyal az arcán. – Ha nyélbe ütötted a szerződéseket, a vendégeim lesztek Anitával, meg fogjuk ünnepelni. Rendben van? – kérdezte.

– Persze, és köszönöm – mondta Péter. – De most mennem kell, mert nem tudom, mikor hív a biztonsági embere.

Kiment az irodából, rákacsintott az előtérben ülő Katára, majd megjegyezte, hogy milyen csinos ma is.

– Neked öltözöm, drága, de te még csak észre sem veszel – affektált.

– Dehogynem. Hogy mondhatsz ilyet? Gyönyörű vagy, mint mindig, de most sajna mennem kell dolgozni – rázta le nagyon finoman Péter.

– Oké. Akkor munka után? – kérdezte Kata.

– Munka után tudod, hogy vár Anita.

– Tudom, te, hősszerelmes – válaszolt Kata, majd beletemetkezett a computerébe.

Egyre meredekebb ez a csaj, gondolta Péter. Jó lesz vigyázni, ezzel a nővel nem maradhatok kettesben, mert abban a pillanatban megerőszakol. Erre a gondolatra mosolyra húzódott a szája. Még van bennem kraft, gondolta. Még bejövök a harmincas csajoknak. Ez jó érzéssel töltötte el.

Leült az asztalához, és írt egy összefoglalót saját magának a mai napi tárgyalásról. Ezt általában a nap végén szokta, de most még frissen szerette volna papírra vetni a benyomásait. Rezgett a mobilja. A szám, ami a kijelzőn látszott, nem volt ismerős, de ha tippelni kellett volna, a biztonsági emberre tippelt. Bejött.

– Halló? Itt Szőllősy – szólt bele a telefonba.

– Jó napot kívánok. Matúz József vagyok, az elnök úr biztonsági főnöke – mutatkozott be egy férfi a vonal túlsó végén.

– Hallgatom – szólt Péter.

– Kérem, adja meg azok adatait, akik a holnapi nap folyamán az elnök úr házához jönnek – kérte udvariasan.

– Átküldöm erre a mobilszámra. Én és egy kollégám fogunk menni – válaszolta Péter.

– Rendben, és köszönöm. A címet megkapja SMS-ben. Viszhall – és bontotta a vonalat.

Péter azonnal hívta Ferit, elkérte a szükséges adatokat, majd emlékeztette, hogy reggel 8-ra legyen menetkész, mert ott lesz a háza előtt.

– Oké, főnök, kész leszek – válaszolta viccesen Feri.

Nem volt egyéb teendője a mai napra, hiszen holnap Feri fog dolgozni, ő csak megfigyelő lesz. Felméri a terepet, mekkora befektetési ajánlattal rukkoljon majd elő a kellő pillanatban.

Ez tökéletes terepszemle lesz neki. Ilyenkor úgy érezte magát, mint egy ragadozó, aki becserkészi az áldozatát. Ez a fajta munka izgalommal töltötte el, kihívást jelentett az ügyfelekkel való tárgyalás, a megbeszélések során a nonverbális kommunikáció olvasása, annak a saját előnyére fordítása, és természetesen a csúcspont: amikor az ügyfél aláírta a szerződést. Az első időkben, amikor megkérdezte az ügyfél, hogy mire gondolt, akkor nagy nehezen ilyeneket bökött ki: „hát, úgy tíz- vagy húszezer forintos megtakarítás havonta".

Majd megtanulta, hogy nem mond számot, és nem ragaszkodik az ügyfélhez. Számtalan példa volt rá, hogy amikor elutasító volt, az ügyfél szinte könyörgött, hogy hadd köthessen nála, van pénze. Ilyenkor egy kicsit bunkó volt, és úgy tett, mint aki kegyet gyakorol az ügyféllel. De ez egy kemény világ volt, ahol az ügyfél a társaságnak csak addig számított, míg fizetett, az ügynök csak addig, amíg hozta a számokat. Ez a rendszer ledarál mindenkit. De itt van a pénz. S neki pénz kellett. Megtanulta, hogy valamit valamiért. Ha nem ő köti meg, akkor majd megköti más.

Ez is csak egy munka, nyugtatta időnként önmagát. Szóval ez nem az érzelgősök, galamblelkűek világa volt. Itt csak ragadozók vannak. De jól észben kell tartani, hogy mindig van nálad nagyobb.

Azon kapta magát, hogy dúdolgat egy dallamot. Régen volt ilyen jó kedve. Benézett Zoltánhoz, de az el volt foglalva, így csak jelezte neki, hogy lelépett. Zoltán visszajelzett, hogy majd beszéljenek. Kocsiba ült és hazaindult. Arra gondolt, meglepi Anitát. A házuktól nem messze volt egy borkereskedés. Leparkolt, átment a vasúti síneken, be az üzletbe. Már ismerősként üdvözölte az eladó; törzsvendégként és nagyon jó vevőként tekintettek rá, hiszen minden alkalommal csak minőségi borokat vásárolt.

– Jött valami különleges? – kérdezte az eladót.

– Nem, sajnos csak a jövő héten várunk egy nagyon különleges szállítmányt – válaszolta.

– Akkor abból tegyen félre nekem is – kérte –, most pedig elviszem ezt a Tokajit.

Fizetett. Átsietett a vasúti átjárón a kocsijához és hazahajtott. Anita már otthon volt.

– Helló, drágám! – kiáltotta hangosan. – Megjöttem.

– Nagyszoba – volt a válasz.

Anita a kanapén ült, és éppen egy női magazint lapozgatott. Péter hozzáhajolt, hogy megcsókolja, de csak puszi lett belőle.

– Mi a baj – kérdezte.

– Azt hiszem kiújult a herpeszem, nem akarom rád terjeszteni, mert viccesen nézel majd ki az ügyfelek előtt – válaszolta a felesége.

Milyen figyelmes, gondolta Péter. Még most is az jár a fejében, hogy én a munkámban jól nézzek ki. Hálás volt a nejének. Érezte a gondoskodást. Szerelmes elméjében meg sem fordult a gondolat, hogy a felesége egy egyetemi rektor titkárnője, aki egész nap emberek között van, és látják őt. Hogyan fog ő kinézni a herpeszével?

– Hozok poharat – szólt Péter –, van mit mesélnem.

– Gyere, drágám, hallgatlak – válaszolta Anita.

Péter töltött mindkét pohárba, az egyiket odanyújtotta a feleségének, helyet foglalt a kedvenc foteljában és mesélni kezdett. Elmesélte a tárgyalást; hol járt, mit is csinált és miben maradtak. Felesége tekintete bár a férjén volt, látta a szája mozgását, de a tudatáig már nem hatolt el, hogy mit is mond. Egy szőkésbarna félhosszú hajú, harmincas férfi képét látta maga előtt, amint az arca közeledik az arcához, szája résnyire nyílik és keresi az ő száját. Összerázkódott.

– Jól vagy? – kérdezte Péter. – Összerázkódtál.

– Nem tudom, biztosan a huzat a vonaton – felelte Anita. – Le is fekszem. Ez a pohár bor ráadásul elálmosított – folytatta. – Vacsora a hűtőben.

– Ha nem érzed jól magad, akkor pihenj le. És köszönöm a vacsorát.

Anita elvonult a hálószobába és lefeküdt. Péter vacsora után töltött egy újabb pohár bort magának, és elkezdte átnézni az elektronikus levelezését – napközben erre nem szánt időt. Miközben olvasott, kisvártatva jelzett a telefonja, SMS érkezett. Megnyitotta. A címet kapta meg, ahová a holnapi nap folyamán menniük kell. Ismerős volt a környék, nem egyszer járt már arra. Ránézett a palackra, még egy pohárnyi volt benne. *Kár lenne veszni hagyni*, gondolta, és kitöltötte. Míg olvasott, a bort közben elkortyolta. Letusolt, és korán lefeküdt aludni ő is. Holnap észnél kell lenni.

Másnap reggel korán kelt, a felesége még aludt. Kiment a konyhába, és feltett főni egy kávét. A mai napra gondolt. Számára ez egy laza nap lesz. Feri fog dolgozni, ő pedig csak nézelődik, mint egy turista. Ezen a gondolaton jót derült. Időközben lefőtt a kávé, elkészítette mindkettőjükét. Bevitte a hálóba, feleségét apró csókokkal ébresztette.

– Jó reggelt, drágám – szólt halkan. – Itt a kávéd.

– Köszönöm – válaszolt Anita.

És mint minden áldott reggel, csendben kortyolgatták a forró kávét és közben egymást nézték. Péter arra gondolt, hogy milyen szerencsés fickó, hogy ez a gyönyörű nő a felesége, a szerelme, aki minden pillanatban boldoggá teszi őt. Anitának az járt a fejében, hogy a francba férkőzött be annak a pasinak a képe a tudatába. De ez még hagyján, miért érez valamiféle állatias vonzalmat iránta? Ez rémítette meg a legjobban. Ez az ösztönös vonzódás. Soha nem érzett még ilyet. Egyszerre rémítette meg, és izgatta a gondolat. Péternek semmit nem szabad ebből megtudnia, parancsolt önmagára. De még éreznie sem.

Szerelmes tekintettel bámult a férjére. Közben alvós pólóján a vállszalag kezdett lecsúszni, jobb mellének bimbója ágaskodva tört elő.

– Gyere és hatolj belém! – suttogta a férjének.

Majd megfordult, négykézlábra ereszkedett, miközben már a bugyi nem is volt rajta. Péter észre sem vette, mikor került le feleségéről a fehérnemű. De ez már nem igazán érdekelte, mert Anita kerek fenekének látványa nagyon begerjesztette.

– Kúrjál meg! – szólt rá Anita. – Kúrjál!

Soha nem hallotta még így beszélni a feleségét, de a szöveg még jobban izgatta. Mögé térdelt, megfogta a fenekét, és próbált finoman belehatolni.

– Toljad keményen, told! Kúrjál szét! Basszál meg!

Péter, mint aki eszét vesztette, nekifeszült és vad iramba fogott, nem törődve csak a saját maga érzelmeivel. Az elméjére ereszkedő ködön keresztül halkan hallotta, hogyan sikongat a felesége, de ezzel törődött a legkevésbé, és ahogy a köznyelv mondja, keményen megkúrta a nejét. Szinte felrobbant a farka, úgy érte el a gyönyör, de abban a pillanatban a felesége sikolya elérte az ingerküszöbét és ijedten kérdezte:

– Mi az? Mi baj? Minden rendben?

– Minden a legnagyobb rendben, drágám – válaszolta Anita kielégült arccal, kissé lihegve.

– Mi volt ez? – kérdezte Péter.

– Nem te mondtad, hogy fel kéne dobni a házaséletünket? Tegnap olvastam a női magazinban, hogy ti férfiak gerjedtek, ha a feleségetek szex közben csúnyán beszél. Olyan kurvásan. S azt látom, bejött – mosolygott kajánul Anita.

– Igen, szívem bejött.

– Most megyek tusolni – mondta Anita. – Az ingedet vállfára tettem kivasalva a gardróbba – kiáltotta még vissza.

– Imádlak – kiáltotta utána Péter.

Péter hanyatt feküdt az ágyon, és a szeretkezésük járt az eszében, hogy a felesége milyen figyelmes nő. Igyekszik feldobni a szeretkezésüket, és nem átall csúnya szavakat használni csak azért, hogy még jobb legyen. Még jobban szerette a nejét. Észre sem vette, de Anita már elkészült és indult is. Elköszönt tőle, majd bevonult a fürdőszobába tusolni.

Az órára pillantott és látta, hogy még van ideje, így főzött még egy kávét. Feri a Szépvölgyi úton lakott egy kertes házban a feleségével. Két lánya volt, az egyik már férjhez ment, ott volt egy fiú unoka. A másik lány velük lakott. Feri rajongásig imádta a kiskölköt. Ugyanis így hívta: kiskölök. Péter mosolygott ezen. Megitta a kávét, a koszos csészéket és poharakat elmosogatta. Minden reggel elmosogatta, nem szerette, ha van mosatlan a konyhában.

Feri már a kapuban állt, szívta a cigarettáját és vidáman integetett.

– Jó reggelt, főnök – köszöntötte lelkesen.

– Szevasz, Ferikém.

Főnöknek hívta Pétert, akit ez elsőre zavart, kérte is, hogy nyugodtan szólítsa csak a nevén, de Feri akkor azt mondta:

– Nézd, kölyök. Zoli hamarosan feljebb fog lépni. Mit gondolsz, ki fogja vezetni az irodát? Hm? Gondolkozz.

Péter nem gondolkodott ezen, mert nem hajtotta ilyen irányú ambíció. Ő amikor belevágott az egészbe, csak pénzt akart keresni. Majdnem csődbe ment. Nem akart ő semmi mást, pláne nem főnökösködni.

– Hová megyünk? – kérdezte Feri.

– A János-hegy oldalába – válaszolta Péter.

Majd megmondta a címet Ferinek.

– Ott van kilátás, ráadásul nem építkezhet eléd senki. Látod, ha gazdag vagy, még szerencséd is lehet. Büdös parasztok – morgott magában Feri.

– Nyugi, öreg – szólt Péter. – Hoztam neked valamit, ami jó hatással lesz a kedélyállapotodra – mondta, majd egy borítékot vett elő a zakója belső zsebéből és átadta Ferinek.

– A mai napi melódért. És nagyon szépen köszönöm.

Feri átvette a borítékot, szétnyitotta, majd felháborodottan annyit mondott:

– Figyelj, kölyök, ez sokkal több, mint amiről szó volt. Ezt nem fogadhatom el – szabadkozott.

– Fogadd csak el. Első szóra jössz mindig, te vagy a legjobb. Megérdemled. Csak annyit kérek, legyen ez a legjobb melód – mondtam Péter. – Különben, ha szar lesz, levonatom a fizetésedből – tette hozzá színlelt felháborodással.

Ezen mindketten fennhangon röhögtek. Időközben oda is értek a ház elé.

A ház Buda egyik legimpozánsabb helyén, a János-hegy oldalában futó utcában állt. Fekete kovácsoltvas kerítése és nagy, kétszárnyú kapuja fennen hirdette, hogy az itt lakó bizony a társadalom csúcsán foglal helyet. A márvánnyal borított oszlopok tetején kamerák pásztázták az utca minden négyzetméterét. Mozgásérzékelők, infrakamerák mindenütt. Valahol a ház mögött kutyaugatás hangja hallatszott. A ház maga a kerítéstől távolabb, mintegy 50 méterre állt. Mit állt? Olyan volt, mint egy óriás, aki ráült a hegyre és azt mondta; „ez mától az enyém". Kétszintesnek nézett ki az utcafrontról, hatalmas üvegajtók és üvegablakok verték vissza a ragyogó nap sugarát.

Péter ráfordult a kétszárnyú kapura. Látta, amit egy kamera az autójára szegeződik. A kocsibehajtó mellett állt egy kaputelefon, megnyomta a hívógombot.

– Halló, tessék – szólt bele egy hang.

– Jó napot kívánok. Szőllősy Péter vagyok, és velem van a kollégám, Várvölgyi Ferenc, a biztosítótársaságtól érkeztünk – válaszolta Péter.

– Kérem az adataikat – szólalt meg újra a hang.

Miután leegyeztették, hogy ők azok, akik, a kétszárnyú kapu hangtalanul kitárult, és Péter behajtott a ház elé. Ott már várta őket egy kutyás őr, aki udvariasan elkérte az igazolványaikat, mormogott a rádiójába, majd visszaadta az okmányaikat, és a bejárati ajtóhoz kísérte őket.

Az ajtó kinyílt, és egy öltönyös, fülében rádiót viselő, negyvenes fickó fogadta őket.

– Jó reggelt, uraim – szólt vidáman, és egy olyan mosolyt eresztett meg feléjük, hogy bármely fogkrémgyártó két kézzel kapott volna utána.

– Jó reggelt – válaszolták egyszerre.

– Fáradjanak beljebb. Mivel kínálhatom meg önöket? – kérdezte ugyanazzal a vidám tónussal.

– Köszönjük szépen, nem kérünk semmit – hárította el Péter a kínálást. – Szeretnénk azonnal kezdeni, hogy mihamarabb végezzünk – folytatta.

– Semmi akadálya, a mai napon én leszek a kísérőjük a házban, és állok a rendelkezésükre – mondta vidáman az őr.

Egymásra néztek, és majdnem elnevették magukat. Nem múzeumban vagyunk, vazze, hogy kísérgessél, ez egy idióta. De láttak már ennél rosszabbat is.

– Na, öreg – szólt Péter –, neki is állhatsz.

– Rendben. Megfogod a táskámat?

– Persze.

Feri nekiállt kipakolni. Elővette a digitális fényképezőgépét és a diktafont. Elindult a földszinten körbe, megkezdve az ingatlan vagyonbiztosítási szempontból való felmérését. Szemlézett, fotózott, jegyzetelt.

Péter ez idő alatt kezdte figyelmesebben szemügyre venni a ház belső részét. *Tiszta hülyék vagyunk*, mosolygott magában. Kiröhögtük a fickót, hogy nem egy múzeumban vagyunk, közben meg majdnem igen. Vicces.

A bejárati ajtón belépve egy kör alakú előcsarnokba jutottak. Velük szemben állt egy hatalmas lépcső a ház közepén, ez vezetett fel az emeletre. Alul a körből nyíltak a különböző helyiségek. Péter úgy sétált, mint egy múzeumban. Jobbról balra haladva az első helyiség mindjárt jobbra az őrök szobája volt, tele monitorokkal, rádiókkal, páncélszekrénnyel. Nyílt belőle még egy szoba, ez volt a pihenőjük. 24 órás szolgálat látta el a ház élőerős védelmét. Innen vezérelték a technikai védelmet is. Elég ijesztőnek tűnt Péternek. *Mint egy erőd*, gondolta.

A következő egy nagy konyha volt hatalmas térrel, nagy portálablakkal, így téve a helyiséget világossá. Modern konyhai berendezések, tűzhelyek, elszívók.

A következő helyiség egy klasszicista stílusban berendezett ebédlő volt, annak minden kellékével: tálalószekrény stb. Szintén nagy ablakkal ellátott helyiség volt.

Következett a könyvtár, és egyben szivarszoba. Jellegének megfelelően zárt szivarszekrény mérőórával és szellőztető berendezéssel ellátva, hogy a szivarokat a legmegfelelőbb állapotban tartsa. Hatalmas bőrfotelok, hozzájuk illő mélybarna kerek asztal, és természetesen stílusában passzoló bárpult a sarokban.

A következő egy hangszigetelt szoba volt. Azért volt hangszigetelt, mert ez volt a tévészoba. Kétméteres kivetítőre egy nagy, komoly projektor szolgáltatta a műsort, hozzákapcsolva a legmodernebb házimozi hangrendszerrel. Egy kisebbfajta vagyonba kerülhetett.

Az utolsó helyiség egy fürdőszoba volt, ami mellett különálló toalettet lehetett találni.

Péter a több mint három méter széles lépcsőn felsétált az emeletre. A lépcsőn minden egyes lépcsőfok tövében rézből készült pálca fogta le a lépcsőn hosszában végigfutó bordó, vastag bársonyszőnyeget. *De giccses!* Ez volt az első gondolata Péternek.

A lépcsőfeljáróval szemben volt egy hálószoba. Benyitott. Bent, a szoba jobb oldalán egy hatalmas, kétszemélyes baldachinos ágy állt. Péter alig bírta visszafogni a röhögését. Az ággyal szemben egy fésülködőasztal, rajta a ház úrnőjének piperekellékei.

A bejárati ajtóval szemben volt az erkélyajtó. Péter kinyitotta, és kilépett rajta. A lélegzete is elállt. Alatta terült el a város. Látta a közeli erdőket, hallotta a madarak énekét, a városon túl, a tiszta időben nagyon messzire el lehetett látni. Erre mondják, hogy pazar. Az erkélyen kerti fotelek várták a bámészkodni, avagy csak napfürdőzni vágyókat. Hatalmas területű volt, még napozóágy is volt kint. Egy kis ideig süttette az arcát a nappal, majd visszament az emeleti folyosóra. Még három szoba volt az emeleten, és a hálószobákhoz fürdőszoba is tartozott. A falak egyszínű monotonitását időnként értékes festmények bontották meg.

Péter lement az előtérbe.

– Kérem, szóljon a kollégájának, hogy körbe szeretném járni a házat – szólt a lenti biztonsági őrnek.

– Menjen nyugodtan – hangzott a válasz.

Kiment a házból. Jobbra fordulva a murvás úton kezdett sétálni, miközben élvezte a tavaszi nap sugarát. A ház mögött gyönyörű japánkert terült el, bonsai-jal, kis tóval, a tóban koi halakkal, híddal. Péternek ez volt a gyengéje, a japánkert, imádta. Ez pedig nagyon meg volt csinálva. A birtok is nagy volt, legalább 15 hektár. A ház hátsó traktusánál volt a garázsbejárat. Elektromos kapu állta útját. Megkérte a kutyás őrt (aki mindvégig tisztes távolból, de követte őt), hogy nyissa ki, mert meg szeretné nézni.

A garázsban négy autónak volt beállóhelye. Kettő foglalt volt Az egyik parkolóhelyen egy ezüstszínű, 1970-es Mercedes SLK állt. A másikon egy Porsche 911-es, szintén 1970-ből. Gyönyörű darabok voltak. Péter áhítattal szemlélte a német autóipar időtlen remekeit. Órákig el tudott volna bennük gyönyörködni, de dolgozni voltak ott.

A garázsszinten került kialakításra a mosókonyha, tárolóhelyiség, és egy mini wellness. Volt konditerem, szauna és jakuzzi.

Péter úgy vélte, eleget látott. Visszasétált és várta, hogy Feri végezzen. De az még odébb volt. Feri amilyen viccesnek tűnt a hétköznapokban, annyira komolyan végezte a munkáját. Precíz volt, semmi nem kerülte el a figyelmét. A biztosítói sztenderdeket álmából felkeltve fel tudta sorolni: milyen ajtó; a zárak egymás között hány centiméterre helyezkedjenek el, leemelés ellen biztosított, milyen portálüveg, milyen vastagságig mennyit térít stb. Nem véletlenül volt ő az egyik legjobb szakember. Három óra elteltével előkerült és így szólt:

– Főnök, hol van a rádiós majom?

– Nem tudom, majd megkérdezem a kutyás majmot – válaszolta Péter.

Ezen megint elnevették magukat. Nem igazán keltették két komoly biztosítós szakember benyomását az őrök előtt, de ez őket egy cseppet sem érdekelte.

Előkerült a mosolygós.

– Nos, végeztünk is – kezdett bele a mondókájába Péter –, de az elnök úr ígért nekem különböző eredetigazolásokat, illetve a műtárgyakról becsüsi igazolásokat. Tud erről valami? – kérdezte az őrt.

– Igen tudok – válaszolta, és átnyújtott Péternek egy dossziét, ami ezeket az iratokat tartalmazta.

– Ellenőrizd – szólt Péter, és átadta Ferinek a mappát.

Eltelt vagy tíz perc, szótlanul álltak, majd Feri megszólalt:

– Oké.

– Köszönjük szépen – mondta Péter, és a kocsihoz siettek. Kihajtottak az udvarról.

– Na, mit szólsz, öreg? – kérdezte Ferit.

– Buzi ez – kezdett bele. – Télen hogy jön fel, amikor nagy hó van, meg jég?

– Öreg, akinek erre telik, hogy itt lakjon, annak telik arra is, hogy fel tudjon jönni – válaszolta Péter.

Az irodáig már nem beszéltek. Feri már a vagyonbiztosítási szerződést rakta össze fejben, Péter csak élvezte a vezetést.

Beértek.

– Öreg, akkor két nap múlva várom az anyagot – mondta Péter.

– Két nap múlva megkapod – válaszolta Feri, majd szó nélkül elsiettett.

Péter felment az irodába. Benyitott, Kata már messziről hangosan üdvözölte.

– Á, szépfiú, megjöttél? Hol jártál nélkülem? – kérdezte kacéran.

– Dolgoztam. Főnök van? – kérdezte Péter.

– Házon kívül, kicsim. Be kell érned velem. Mert én nem érem be veled – válaszolt évődve Kata.

– Kaphatok kávét? – kérdezte Péter.

– Te bármit kaphatsz, édes, ugye tudod? – kérdezte búgó hangon Kata.

Ha nem vigyázok, ez a nő még bajt hoz rám, gondolta Péter, miközben fülig érő szájjal mosolygott Katára. *Mit csináljak vele? Á, majd kitalálok valamit, ez nem olyan fontos,* gondolta. Közben megkapta a kávét.

– Köszönöm szépen – mondta Katának.

Kata közelebb hajolt és a fülébe súgta:

– Te bármit kérhetsz, Szépfiú, ugye tudod? Bármit. Neked minden ott van az étlapon, azt teszel velem, amit csak akarsz, és annyiszor, amennyiszer csak akarsz – suttogta a fülébe, majd kacsintott egyet és elvonult a dolgára.

Tisztára be van kattanva ez a nő. Egyre jobban be van pörögve. Nem volt mindig ilyen. Péter agyában cikáztak a gondolatok, miközben a vészcsengő, amely a bajra figyelmeztette, folyamatosan jelzett a fejében. *Baj lesz ebből, nagy baj, ha adod alá a lovat. Anita letöri a derekadat, ha megtudja. De én nem akarom sem megcsalni, sem megbántani Anitát.* Így vitatkozott magában, amikor egy hangot hallott:

– Végeztetek?

Zoltán volt az, visszaért az irodába.

– Szia. Igen, végeztünk. Feri hazament, és elkezdett dolgozni a szerződésen – válaszolta Péter.

– És te? – szólt a kérdés.

– Én emésztem a látottakat, és a holnapi napon összerakom a befektetési ajánlatot – mondta. – Már körvonalazódik a terv, de még számos pontja homályos, de a keret megvan, és ez jó – szólt bizakodóan Péter.

– Jó is legyen! – vetette oda figyelmeztetően Zoltán, majd bevonult az irodájába.

Ennek meg mi baja? *Nem is érdekes*, gondolta, *foglalkozzunk csak az elnök úrral*. Így, kisbetűvel, mint nemecsek. Felnevetett, majd a gondolataiba merülve elkezdett jegyzeteket készíteni a következő tárgyalásra. Írt, áthúzott, javított, keresett a neten, keresett a computerében. Újra leírt, újra keresett. Áthúzott. Így ment egy ideje. Észre sem vette, de már kezdett szürkülni odakint. A többi kolléga már elment, volt, aki be sem jött. Mire észbe kapott, ketten voltak Katával az irodában.

– Kérhetek egy kávét? – szólt hangosan.

– Persze, drágám, mindjárt viszem.

Péter a jegyzeteibe merülve olvasott, amikor megérezte a parfümöt – Jean-Paul Gaultier Classique. Imádta ezt az illatot nőn. Úgy látszik ezt Kata is tudta, vagy tudni vélte. Felült Péter asztalára, miközben a gőzölgő kávét letette az asztalra.

– Parancsolj, édes – búgta.

– Köszönöm – válaszolta Péter.

Kata oldalt ült az íróasztal szélén. Kissé el kellett fordulnia, hogy Péter lásson. Rövid szoknyát viselt, tudta, hogy arányos, és izmos lába van, meg is bámulták a férfiak. De most a combjait lassan szétnyitotta, betekintést engedve Péternek.

– Látod, látod? – szólt sejtelmesen.

– Mit kellene látnom – kérdezte Péter, miközben Kata szemébe nézett.

– Lejjebb kellene nézned, szépfiú – hangzott a felszólítás.

Pétert elfogta valamiféle zavarodottság-érzés, de egyben megremegett a gyomra a vadászat izgalmától is. Ez a kettősség egy kicsit megrémítette. De férfiból volt, és úgy gondolta, ha megnéz valamit, azzal még nem csalja meg Anitát. Különben is, nézni szabad, nem? Ezzel nyugtatta magát, s közben a tekintetét Kata szétnyíló combjaira vetette. A nő, ahogy észrevette, hogy Péter elkezdte nézni, nagyon lassan, de kezdte még jobban széjjeltárni a lábait.

Kata egyedülálló volt, mai divatos szóval élve szingli. Zoltán nagyon jól megfizette, gyakorlatilag az irodát Kata működtette, nem is rosszul. Zoltán a háláját pénzben fejezte ki. Nagyon adott magára, állandóan volt rajta egyfajta barnaság, nem az a túlszoláriumozott, hanem az a „most jöttem a nyaralásból és szép a bőröm" típus. Telt csípője volt, szép mellei. Na, nem olyan nagyok, mint Anitának, valamivel kisebbek, de szépek, ruganyosak. Nem hordott melltartót.

Péter tekintete a combjaira vándorolt. Barnák, simák és kívánatosak voltak. Ahogy távolodtak egymástól, egyre többet kezdtek mutatni egy fehér csipke fehérneműből.

Majd egy mozdulattal Kata feljebb húzta a szoknyáját, hogy még jobban szét tudja tenni a lábát, ezáltal is teljes betekintést adni Péternek. Péter kezdett feszültséget érezni a nadrágjában, elvégre nem volt fából, ugye. Kata az asztal széléről a közepe felé helyezkedett, most már teljesen szemben volt Péterrel. Miközben elhelyezkedett, a szoknyáját felhúzta a derekára, és már egy szál bugyiban ült Péterrel szemben, lábait Péter székének karfájára téve, premier plán kitárulkozva. A férfi szíve egyre hevesebben kezdett verni. Érezte a gerincében elinduló bizsergést, Kata szeméremtestének bódító illatát, hiszen majdnem az arca előtt volt, és abban a pillanatban tudta, hogy elveszett.

– Jaj, ne csináld – szólalt meg Péter hirtelen –, bárki bejöhet, hiszen nyitva az ajtó.

– Csacsi fiú – válaszolta Kata –, nincs itt rajtunk kívül senki, és bezártam az ajtót.

Péter előrehajolt, megfogta Kata bugyiját, aki megemelte a csípőjét, hogy Péter kihámozhassa belőle. Az egyik lábát sikerült csak kiemelni, amikor Péter előreborult, nyelvével nagyon lassan megérintve Kata nagyajkjait. A test megfeszült, halk sóhaj rebbent. Pétert elkábította a parfüm és Kata szeméremtestének illatkavalkádja. Szédült, de nyelve belekezdett abba a mozgásba, amit csak nagyon kevesen tudnak. Finoman kezdett, éppen hogy csak érintette, játszott vele, csigázta az érzékeit. Miközben érezte, ahogy nedvesedik Kata is, erősebben tapadt a csiklójára, időnként meg-meg szívta. Ilyenkor Kata már úgy feszült, mint egy felhúzott íj, de ekkor visszavett az iramból, újra lassú és finom volt. Hergelte, csigázta, majd mikor érezte, hogy a nő a haját húzza, a fejét a lába közé, az arcába nyomja altestét, akkor az ujjával is elkezdte izgatni. Hangos sikoly nyugtázta az új játékost. Most már nem finomkodott, nyelve és ujja egyszerre kezdett vad táncba. Érezte, ahogy Kata hátraveti magát, ekkor belenyúlt az ánuszába. Hangos sikoltozás vette kezdetét, és az arcára folyadék spriccelt. Kata teste önkéntelenül meg-megrándult. Péter tartotta őt, fogta, várta, hogy újra megnyugodjon. Kata egy idő után fáradtan hajolt a fejére, mellkasa zilált, haja csapzott volt. Fejét felemelve nézett a férfira, szeme csillogott, majd megszólalt:

– Neked ezt egyetemen kéne tanítanod, szépfiú – mondta. – Hol tanultad ezt? Egy őstehetség vagy, tudod- e?

– Igen, tudom – válaszolta szerénytelenül Péter.

– Ne haragudj a spriccelésért, ritkán, nagyon ritkán fordul elő velem. Csak akkor, ha nagyon nagy orgazmusom van, márpedig most nagyon nagy volt. Nagyon, de nagyon régen éreztem ilyet. Elnézést érte – szólt kissé szégyenlősen Kata.

– Nem kell elnézést kérned – mondta Péter. – Nincs miért.

Kata felemelkedett az asztalról, Péter székét kissé hátratolta a kerekein, majd letérdelt a lába közé és elkezdte kigombolni a nadrágját.

– Mit csinálsz? – kérdezte Péter, mint ha nem tudná.

– Nyugi, szépfiú, csak maradj laza – hangzott a felszólítás Kata szájából.

Miután lehúzta Péter nadrágját, és megszabadította az alsónadrágjától is, ágaskodó férfiasságát kezébe vette. Finoman a szájába helyezte.

Péter érezte a melegséget és a sikamlósságot, ami a farkát körbefogta, és kezdte érezni Kata nyelvét, amint belekezd egy lassú, ismerkedős táncba, miközben folyamatosan mozog le, s fel a szájában. Profi volt a nő, fogai mintha nem is lettek volna, Péter legalább is nem érezte egyszer sem. Itt feladta. Kényelembe helyezkedett, átadta magát az élvezeteknek. Kata egyre gyorsabban mozgott, és Péter érezte a gerincében felkúszó mámor közeledtét. Nem fogta vissza magát. Mint láva, úgy lövellt ki magja, de Kata egy cseppet sem engedett kárba veszni belőle. Egy kis ideig még tartotta a szájában, míg megnyugszik. Majd elengedte. Kért egy zsebkendőt, szépen megtörölte, majd magát is.

Felöltöztek.

– Nagyon jó pasi vagy, szépfiú – mondta. – Köszönöm az élmény. Büszke vagy, ha azt mondom, hogy ilyen orális szexben még nem volt részem?

– Én is köszönöm – válaszolta Péter –, de azt hiszem, eltúlzod egy kicsit.

– Nos, volt egy-két kalandom, elhiheted – kezdett bele Kata, miközben kimentek a teakonyhába, ahol odatettek egy kávét –, és volt egy-két pasi, aki próbálkozott ezzel, de elhiheted, szépfiú, a nyomodba sem érnek. Hol tanultad ezt?

Péter tekintetét a plafonra vetette, majd elmosolyodott.

– Mi az, vicceset mondtam? – kérdezte Kata.

– Nem, nem mondtál vicceset – kezdett bele Péter. – Tudod, gyermekkoromban nagyon megszerettem a dinnyét. Két- vagy hároméves lehettem, amikor apám adott egy fél dinnyét és azt mondta, egyem meg, és ne hagyjak egy darabot sem belőle.

– Igen eddig értem – mondta Kata –, de hogy kapcsolódik ez ide?

– Várj, még nincs vége. Anyám mondta, hogy vágják kisebb szeletekre, mert így nem tudja megenni a gyerek. Apám erre nevetve annyit mondott: nem lehet elég korán elkezdeni.

Majd Péter egymás mellé tette a két tenyerét, az arcát beléjük temette, így demonstrálva a dinnyeevést.

– Már értem – mondta kacagva Kata.

Nevetés közben a pillantásuk összefonódott. Kata kitöltötte a kávét mindkettőjüknek. Csendben kortyolgatták. Először Kata szólalt meg.

– Nem kell betojni, szépfiú – mondta –, ez köztünk marad. Ha legközelebb is lesz kedvünk, majd akkor megtesszük. Ne aggódj – szólt mosolyogva.

– Nem aggódom – felelte Péter.

Elmosták a poharakat, a villanyt lekapcsolták, a sötétben még csókot váltottak, és mindketten elindultak haza.

Péter a kocsiban azon gondolkodott, hogy most mi lesz. Anita biztosan észreveszi, hogy történt valami. Oké, nem feküdt le Katával, na de akkor is csak szex volt, még ha orális is. *Majd meglátjuk*, gondolta és indított.

Besorolt a forgalomba, a rádiót bekapcsolva hazafelé vette az irányt. Belépve a lakásba Anitát nem találta sehol. Gondolkodott. Ekkor jutott eszébe, hogy ma a barátnőjével színházba ment. Soha nem örült még így egy előadásnak sem. Bement a fürdőszobába, forró vízzel letusolt, átöltözött, és írt egy SMS-t Anitának, hogy elé menjen-e, vagy megvárja, vagy mit tegyen?

Kisvártatva rezgett a telefonja, így jelezve, hogy Anita válaszolt. Ne várja meg, feküdjön le. Akkor benéz a hűtőbe… A gondolatot tett követte. Nem fogyott még el a tokaji, töltött magának egy pohárral, és elhelyezkedett a kedvenc foteljébe. Kortyolt a borból, szemét lehunyva hátradőlt, és a délutáni kalandjára gondolt Katával. Micsoda nő! Eléri, amit akar. Bár mindegyik eléri, Anita is. De minden nőnek megvan a képessége, némelyeknek kivételes adottsága is, hogy elérjék, amit csak akarnak. De ha ez nekem is jó, akkor mi a rossz benne? Már megtörtént, viszszacsinálni nem lehet. Eh, a fenébe is, szégyellte bevallani önmagának, hogy nagyon is jólesett neki, és szeretné jól megdöngetni Katát. *Na, ebből elég volt*, parancsolt magára, és elindult a hálószoba felé. Rövid idő alatt álomba szenderült.

Anita kilépett az irodából és sietősre fogta a lépteit. Általában 17 órakor végzett és indult haza, de most egy belvárosi kávézó felé vitte a lába. Itt találkozott a barátnőjével, Annával, akivel időnként színházba, moziba mentek. Anna szerezte a jegyeket, csapta neki a szelet egy programszervező, így mindig jó előadásokra, jó helyekre kaptak jegyeket. Anita szerette Pétert, de időnkét szüksége volt egy kis szabadságra, egy kis csajos programra. Péter ezt a szabadságot maximálisan megadta neki, és tisztelte az énidőt. Így hívták maguk között azt az időt, amit önmagukra szántak, és nem a másikkal töltöttek el. Tíz perc múlva belépett a kávézóba. Anna már egy asztal mögül, széles mosollyal, integetve jelezte, hogy itt van, és foglalt asztalt is.

– Szia – köszönt Anita.

– Szia – válaszolt Anna.

– Rendeltél már?

– Nem, még nem. Megvártalak.

A pincér észrevette, hogy leült az asztalhoz és máris hozzájuk sietett.

– Mit parancsolnak a hölgyek? – kérdezte széles mosollyal.

Kapucsínót és egy pohár fehérbort rendeltek.

Miután a pincér kihozta a rendelést, nagy beszélgetésbe fogtak. Megbeszélték az aktuális pletykákat, a divatot, minden csajos dolgot. Valami miatt Péterről nem sok szó esett. Anna a kötelező érdeklődésen kívül, hogy hogy van, nem tanúsított nagyobb érdeklődést iránta, Anita pedig nem mesélt az életükről. Miért volt ez így? Nem tudták megmondani. Nem volt ennek semmi oka, egyszerűen így alakult. Talán csak csajok szerettek volna lenni arra a pár órára, amíg ketten vannak. Hosszú évtizedek óta voltak barátnők, még általános iskolás korukban szövetkeztek. Miközben Anna mesélt, Anitának az járt a fejében, hogy megossza-e a barátnőjével a kétségeit és a félelmeit a vonatos pasival kapcsolatban. De még korainak gondolta. Különben is, mindjárt kezdődik az előadás. Gyorsan fizettek, és szapora léptekkel távoztak. A színház nem volt messze, sétáltak, és élvezték a lebukó nap melegét.

A Belvárosi Színház *Férjek és feleségek* című előadására volt jegyük. Miután elfoglalták a nézőtéren a székeket, örömmel vették tudomásul, hogy újfent szuper helyről tekintik meg az előadást. A darab egy házasságban játszódott, Woody Allen írta. Komédia, tele vicces helyzetszituációkkal. Nagyon élvezték az első részt. Szünetben a büfében vettek ketten egy sütit (tartani kell az alakot) és egy ásványvizet. Anita megnézte a telefonját, ekkor látta meg, hogy Péter üzent neki.

– Jellemző – szólalt meg.

– Mi a baj? – kérdezte Anna.

– Péter elfelejtette, hogy színházba jöttünk.

– Férfiak.

Ezen mindketten jót nevettek. Anita röviden üzent, hogy ne várja meg, majd hazamegy egyedül. Siettek be a második felvonásra.

A darab véget ért, és ők jól szórakoztak. Szerették az ilyen csajos estéket, kikapcsolódtak egy kicsit. Előadás után visszamentek abba a kávézóba, ahol délután találkoztak. Megittak még egy pohár fehérbort. Megbeszélték a színészek játékát, a történet helyzetkomikumait, és hogy mennyire nem tér el a valóságtól. Kértek még egy pohárral, majd mikor azt is elfogyasztották, távoztak. Egy darabig együtt mentek a metrón. Anita leszállt az állomásnál, mert vonattal ment tovább, Anna a városban lakott. Megbeszélték, hogy hamarosan sort kerítenek a következő csajos estére.

Anita felsétált a peronra, látta a kiírást, hogy a vonata 5 perc múlva indul. Megkereste a vágányt és felszállt a kocsiba. Keresett egy üres kupét – nem akart az utazáson osztozni senkivel. Nem volt túl sok utas ebben a késői órában, gyorsan talált is egy üres fülkét. Elfoglalta. Nem először fordult már elő vele, hogy egyedül utazott haza. Amikor az egyetemet végezte vagy sok volt a munka, akkor is előfordult, hogy ilyenkor ment haza, no meg a csajos napokon mindig. Rándulást érzett – elindult a szerelvény. Elővette az e-bookját, és folytatta a könyvet, amit általában az utazás során szokott olvasni, így ütve el az időt. Kellemesen szédült. Talán a bor az oka, gondolta, és beletemetkezett a könyvbe. Nem tudni mennyi idő telt el, hiszen az olvasás közben nem érezte az időt, egyszer csak egy ismerős hangot hallott:

– Szép jó estét, szépséges hölgyem. Ilyen későn végzett?

Felnézett a könyvből, és ott állt előtte a félhosszú hajú fickó. Vigyorgott, miközben elhúzta a kupé ajtaját. A pimasz fickó. Azt hitte, már soha nem fog vele találkozni. *Érdekes, de most nincs a terhemre*, gondolta.

– Jó estét – válaszolta –, színházban voltam.

– És mit néztél meg? – váltott azonnal tegezésre pimaszul, miközben lehuppant az Anitával szemközti ülésre.

– Férjek és feleségek –válaszolta Anita.

– Á, az egy Woody Allen-darab – válaszolta a fickó. – Láttam, nagyon érdekes helyzetek vannak benne. Veled is előfordult már? – kérdezte.

– Nem – felelte Anita kicsit nevetve. – Velem még nem.

– Szép a nevetésed – szólalt meg a férfi, de már teljesen más tónusú volt a hangja. Meleg, férfias, simogató.

– Valóban? – kacarászott tovább Anita. Istenem mi van velem? Mint egy kis csitri, idétlenül vihorászok. A bor az oka. *Biztosan a bor*, gondolta.

A kupé ajtaját elhúzta valaki. Mindketten odafordultak. A kalauz volt az.

– A jegyeket kérem ellenőrzésre – hallották a felszólítást.

– Szia, Laci – köszönt a kalauz a férfinak. – Most végeztél? – kérdezte.

– Igen, nemrég. Megvolt a munka, most pedig jöhet a szórakozás – felelte Laci nevetve, és rákacsintott a kalauzra.

Anita a kezében tartotta a bérletét, de a kalauz rá sem pillantott. Egy határozott mozdulattal becsukta a kupé ajtaját. Ketten maradtak. Eltette a bérletét a táskájába. Laci felállt, és ráfordította a zárat az ajtóra. Egy mozdulattal a függönyt is behúzta rajta.

– Mit csinálsz? – kérdezte Anita.

– Csak kizártam a külvilágot, hogy ne zavarjak bennünket. Mesélsz a darabról? Mi volt a benyomásod? Mit gondolsz a konfliktusokról, amiket fel akart dolgozni? – kérdezte Laci.

Anita belefogott, és mesélni kezdett. A színészek játékáról, hogy melyik színész mennyire hitelesen formálta meg a figurát. A kialakult konfliktushelyzetekről, amelyek számára csak a színházban léteznek, mert a magánéletében nincsenek jelen. Nem is értette, hogy miért ilyen őszinte egy számára idegen férfival. Jó, nem nagyon idegen, de mégiscsak az.

– Megadod a számod? – kérdezte a férfi hirtelen.

– Persze meg – válaszolt Anita.

– Várj, majd mondom az enyémet, és te csörgess meg – folytatta.

Így is tettek. Anita megcsörgette Laci telefonszámát, majd mindketten elmentették azt a telefonjukba. *Nem vagyok nor-*

mális, gondolta Anita. Miért adom mega számom ennek a fickónak? De nem tudta végigvinni a gondolatot, mert elhangzott egy újabb kérés:

– Folytasd, kérlek, annyira szeretem hallgatni, ahogy mesélsz – mondta a férfi, és tekintetét újra Anitára függesztette. Mosolygott, mint egy gyermek, aki este a kedvenc meséjét hallgatja.

Anita tovább mesélt, Laci előrehajolva figyelte, tekintetét Anita arcára vetve itta a szavait. Keze önálló életre kelt, finoman megérintették Anita combjait. Egyre feljebb kalandoztak. Anita megemelkedett és lejjebb húzta a kicsit a szoknyáját, és megfogta a férfi kezét.

Laci megfogta a kis kezeket, arcához emelte, és apró csókokat lehelt beléjük. Majd folytatta a tovább, a nő karján fel a könyökhajlatába, miközben a kezével egyre közelebb húzta magához. Talán a bor, talán a szituáció, talán mindkettő közös hatására Anita gátlása oldódni látszott, egyszerűen csak élvezte a kis kényeztetést, amivel a férfi elhalmozta. Szinte tapintható volt a vágy, hogy mennyire kívánja őt a férfi. Ez izgalomba hozta. Laci már a nyakánál járt, lélegzete forró volt és szapora. Keze tétován csúszott Anita derekán, egyre feljebb haladt, de félúton hirtelen megállt, tekintetét kérdőn vetette a nőre.

– Megfoghatod – mondta Anita, át sem gondolva, döntése milyen eseményeket indít el.

A férfi kihúzta a blúzt a szoknyából, és kikapcsolta Anita melltartóját. A blúzát elöl kigombolta a nő mellei a kezébe omlottak, mint két gyönyörű, érett gyümölcs. A bimbók duzzadtan meredtek előre. A férfi hüvelykujjaival finoman kőrözött rajtuk.

– Gyere – hívta. – Ülj ide az ölembe – kérte a nőt.

Anita felállt, szoknyáját felhúzta a derekára, jobb lábával feltérdelt a férfi mellett az ülésre, míg a másikat átvetette a férfi combján és az ölébe ült. Laci megfogta a fenekét és olyan közel húzta a csípőjét, amilyen közel csak tudta. Anita a nadrágján keresztül is érezte a férfi kemény, forró férfiasságát, amelyben a vágytól szabályosan lüktetett a vér. Laci a szájába vette Anita mellbimbóját, szívta, nyelvével nyalogatta, miközben a nő csípőjét erősen a nadrágja kidudorodó részéhez szorította, és dörzsölni kezdte a csiklóját. Így kezdtek bele egy sodró lendületű mozgásba. Anita lélegzete egyre gyorsult, fejét hátrahajtva teljesen felkínálta magát a férfinak, aki egyre erősebben szívta a mellét, harapta, egyre jobban korbácsolva a nő vágyát, aki nem sokáig bírta, és egy hangos sikoly kíséretében elélvezett a férfi ölében. Ráborult a férfira és úgy pihegett a vállán, mint egy kismadár. Kisvártatva leszállt az öléből, mellé ült, és elkezdte a férfit nadrágon keresztül simogatni. De a hangosbemondó jelzett, és a következő állomás már az övék volt.

Anita gyorsan begombolta a blúzát, megigazította a szoknyáját. A kupéban lévő tükörben megfésülködött. Laci elhúzta a függönyt és kinyitotta a kupé ajtaját. A folyosón haladtak a vagon ajtaja felé. A vonat fékezett, majd megállt, és ők leszálltak a vonatról.

– Hazavihetlek? – kérdezte Laci. – Itt lakom a szomszéd faluban, és mindig kocsival jövök, amit itt hagyok az állomáson. A városban drága a parkolás.

– Köszönöm, de inkább sétálok – felelte Anita. – A hűvös levegő most jólesik.

– Jó éjszakát – köszönt el a férfitól.

– Jó éjszakát – hallotta a választ a háta mögül.

Miközben cipője ütemesen kopogott a járdán, ahogy lépteit szaporázta hazafelé, fejében a gondolatok is nagy sebességgel cikáztak. Mi volt ez? Mi a fene ütött belé? Mitől vonzza ennyire ez a fickó? Mindene megvan Péter mellett. Nem normális. Mit csinált? Lassan lépkedett, s közben a kapuhoz ért. Hirtelen rezegni kezdett valami a táskájában. Ja, a telefon! Kivette és a kijelzőre pillantott. SMS jött Lacitól:

„Legközelebb nem úszod meg ennyivel" – állt az üzenetben.

Micsoda pofátlan önbizalom, gondolta, de már az üzenet olvasása alatt újra felébredt benne a vágy a férfi után.

Házuk már sötétbe burkolódzott, csak az utcai lámpa fénye világított. Megkereste kulcsát, kinyitotta a kaput, majd bezárta és a bejárati ajtóhoz sietett. Nem látott világosságot. *Remélem, Péter már alszik. Ó, Istenem, add, hogy aludjon!*

Belépett a házba. Csend volt. Az előszobában levetette a cipőjét, letette a táskáját és azonnal a fürdőszobába sietett. Levetkőzött. A bugyija tele volt váladékkal. Belevágta a mosdóba és vizet eresztett rá. Gyorsan beállt a tus alá, forró vizet kevert és letusolt. Mikor már úgy érezte, hogy elég, elzárta a tust. Kiszállt, szárazra törölte magát, kimosta a bugyiját és a fürdőszobai szárítóra tette. Fürdés után mindig megnézegette magát a tükörben, most is így tett. Karjait felváltva felemelte a teste mellett. Látta feszülő, kerek melleit, lapos hasát, asszonyosan telt csípőjét, fazonra borotvált vénuszdombját, formás, izmos combjait, és meg volt elégedve a látvánnyal. Halkan beosont a hálószobába. Tiszta bugyit húzott, elővette az alvós pólóját, belebújt. Péter ütemesen szuszogott, mint egy kisfiú a közös ágyukban. Becsúszott a takaró alá. Hosszú évek óta először fordított hátat a férjének, és így aludt el.

Péter reggel frissen, kipihenten ébredt. Nem is vette észre este, hogy Anita mikor jött haza. Rápillantott, ahogy feküdt az ágyon, és szégyellte magát azért, amit tegnap délután tett. Megfogadta, hogy ezt a felesége nem tudhatja meg, és ez nem fordulhat elő még egyszer.

Kávét főzött, lezuhanyozott. Kávézás közben átfutotta a tőzsdei és gazdasági híreket. Anita még aludt, amikor elment. Korán érkezett az irodába, ő volt az első. Még senki nem volt bent. Így itt is feltett főzni egy kávét, bekapcsolta a computerét, és miközben a képernyő kékes színben villogott, az íróasztalára pillantva a tegnap délutáni történések jutottak az eszébe. Szája mosolyra görbült, mint általában azoké a férfiaké, akik bár tilosban jártak, de büszkék a teljesítményükre. A kávéfőző hangos sípolással jelezte, hogy lefőtt a kávé. Töltött magának, és leült az asztalához. Átnézte a függő tárgyalásait és a telefonos listáját. Észrevett egy jegyzetlapot az asztala tetejére ragasztva. Kata kézírása volt rajta. „Keresett egy pasas, kérte, hogy hívd vissza." Rajta egy mobilszám. Ezt eddig észre sem vette. Mikor kerülhetett ide? Úgy döntött, hogy majd Katát megkérdezi, ki volt ez. Átfutotta az elektronikus levelezését, válaszolt az ügyfeleknek. Feri is írt, jelezte, hogy hogy áll a szerződéssel, egyszóval adminisztrált.

Időközben halk morajra figyelt fel. Annyira belemerült a munkájába, hogy észre sem vette, amit kezdtek beérkezni a kollégái. Majd befutott Kata. Na, őt meghallotta. Hangosan köszönt, és mindenki hallotta csacsogó hangját. Mindenkihez volt egy-két jó szava. A fiúkkal flörtölt, a lányoknak dicsérte a sminkjét vagy a ruháját, vagy valamely kiegészítőjét.

– Jó reggelt, szépfiú – hallotta Péter a köszönést. – Hogy aludtál? – kérdezte, majd cinkosan rákacsintott.

– Jó reggelt neked is, szépségem – köszöntötte Péter évődve. – De jól nézel ki – folytatta hangosan. – Ha nem lennék házas, biz' Isten elvennélek – szólt viccesen.

– Nana! Gondold meg jól, hogy mit kívánsz – válaszolta Kata kacéran, majd hangosan felnevetett.

Péter felállt az asztalától, magához vette a cetlit és Kata irodájába ment.

– Most vettem észre az asztalomon ezt az üzenetet. Tudsz róla valamit? – kérdezte.

– Ja, igen – válaszolta Kata. – Tegnap hívott a pasas, minden veled akart beszélni, de Ferivel voltatok terepen. Így azt kérte, hogy hívd vissza. Sürgős.

– Nem mondta, hogy mit akart? Vagy ki ő?

– Nem mondott semmit, csak kérte, hogy hívd vissza – válaszolta a nő.

– Köszönöm – felelte Péter.

– Minden rendben, édes? – kérdezte búgó hangon Kata.

– Persze, minden a legnagyobb rendben – válaszolta Péter, de gondolatban már az ismeretlen telefonálón járt az esze.

Ma meeting time volt. Zoltán hetente két alkalommal tartott ilyen összejövetelt, ahol kielemezték a tárgyalásokat, helyzetszituációkat gyakoroltak, és a tapasztalt üzletkötők megosztották élményeiket a fiatalabbakkal, illetve a többiekkel. Majd közösen megbeszélték, hogy mi vitte előre a tárgyalásokat, és mi vitte sikerre az üzletkötőt. Végül pedig átbeszélték az elkövetkező napok várható teendőit és a függőben lévő tárgyalásokat.

Péter szerette ezeket a megbeszéléseket. A mai napig nagyon sokat tanult belőle, sok hasznos dolgot épített be a saját tárgyalási technikái közé. Nem is beszélve arról, hogy a helyzetszituációkban nagyon jól lehetett gyakorolni. Míg a nagy többség leégésként és szégyenként, illetve általában zavartan élte meg ezeket a pillanatokat, Péter és még három üzletkötő nagyon szerette, mert úgy tekintettek rá, mint egy sportoló az edzésekre. Tét nélkül kipróbálhatnak bármit. Nagyon hasznosnak ítélte meg.

Miután végeztek, Zoltán kérte, hogy maradjon még.

– Hogy álltok Ferivel? – kérdezte.

– Reggel küldött levelet, amelyben tájékoztatott, hogy holnapra készen lesz. Amint megkaptam az anyagot, átnézem és hívom a bankigazgatót – válaszolta Péter.

– Mi a további terved vele? – kérdezte Zoltán.

– Nos, miután a vagyonbiztosításon túl leszünk, kérek tőle egy időpontot, de nem az irodájába. Nem az ő pályájra. Valami semleges helyre elviszem, és ott beszélgetek vele. Az irodájában csak alá fog írni – folytatta mosolyogva Péter.

– Hogyan tervezed? – kérdezte Zoltán.

Péter vázolta az elképzelését Zoltánnak. Lépésről lépésre megtervezte, hogyan és mit fog mondani, bemutatta, hogy hogyan építette fel a kockázat menedzselését a bankigazgatónál. Külön kitérve a nagy kockázatokra, és arra, hogy mit fog kihangsúlyozni, és hol fog nyomást gyakorolni rá.

Zoltán figyelmesen hallgatta. Időnként bólogatott. A végén széles mosollyal a száján megdicsérte:

– Látom, megtanultad a leckét. Most menj a dolgodra.

Péter visszament az asztalához. Kezébe vette a cetlit, nézegette rajta a telefonszámot, de nem mondott számára semmit. *Oké*, gondolta magában, *csapjunk bele*. Ivott egy pohár vizet, hogy ne legyen kiszáradva a szája miközben telefonál, és a mobiljáért nyúlt. Tárcsázott. A harmadik csengés után beleszólt egy férfihang.

– Tessék, Kovács.

– Jó napot kívánok. Szőllősy Péter vagyok a biztosítótársaságtól. A tegnapi nap folyamán keresett, sajnos nem tudtam visszahívni, ügyfélnél voltam, így ma ez volt az első dolgom. Miben lehetek a segítségére? – kezdett bele a beszélgetésbe Péter.

– Üdvözlöm. Kovács Emil vagyok, és egy közös ismerősünk adta meg az ön számát – kezdett bele. – A közös ismerősünk agarakat tenyészt és szeret golfozni – folytatta.

– Igen, tudom, kiről beszél – válaszolta Péter –, mit tehetek önért? – kérdezte.

– Találkoznunk kell, tanácsra van szükségem – folytatta.

– Rendben van. Mi a javaslata?

– Mikor tud felkeresni? – kérdezte.

– Mennyire sürgős a dolog? – kérdezett vissza Péter.

– Nagyon – majd csend hallatszott a túlsó oldalon.

– Értem – szólt bele határozottan Péter a telefonba. – Nézze, még van egy kis elintéznivalóm az irodában, papírmunka, aláírnivaló. Egy óra múlva ott tudok lenni. Mondjon egy címet – kérte.

– Átküldöm a mobiljára. Egy óra múlva várom – mondta, majd bontotta a vonalat.

Ez ki volt? Az ajánló személy Péter számára garancia volt. Az egyik gazdag ügyfele volt, szóval ez a pasas sem lehet esztergályos a Csepel Művekben. A computerében megnyitotta a cégregisztert és beütötte a nevét a keresőbe. Négy azonos nevűt dobott ki a gép. Ebből csak kettő volt olyan kaliberű cég vezetője, aki a közös ismerősük barátja lehet. Átnézte a két cég anyagát. *Bármelyik is, az nem lesz rossz*, gondolta. Időközben rezgett a telefonja. Megnyitotta az üzeneteket, megjött a cím. Buda egy külső kerületében, egy drága kertvárosi részben volt található. Kocsiba ült, indított, és besorolt az utca forgatagába.

Negyven perc elteltével egy kertvárosi családi ház előtt parkolt le. Az ingatlan jómódot sugárzott, de nem gazdagságot. Megnyomta a kerítésoszlopon lévő kaputelefon gombját. Csöngött.

– Halló – hallatszott egy ismerős hang.

– Szőllősy vagyok – válaszolta Péter.

Halk kattanással nyílt a kerítéskapu, és közben a bejárati ajtó felől kulcscsörgés hallatszott. Miután az ajtó kinyílt, egy harmincas éveinek a közepén járó fiatalember nyitott ajtót. Farmert, inget, és V nyakú mellényt viselt.

Körülbelül középmagas, úgy 170 cm lehetett, vékony testalkattal, rövid barna hajjal. A szeme, na, az volt érdekes. Az egyik barna volt, a másik zöld. Péter még soha nem látott ilyet.

– Pigmenthiba – szólt az ügyfél.

– Parancsol? – kérdezett vissza Péter.

– A szemem – folyatta –, pigmenthiba.

– Á, már értem. Ne haragudjon, de még soha nem láttam ilyet – szabadkozott Péter.

– Nem ön az első, aki megnézi – jött a válasz.

– Kovács Emil vagyok – mutatkozott be. – Kérem, fáradjon be.

– Szőllősy Péter.

Bementek a házba. Péter az előszobában levetette a cipőjét. Kapott egy papucsot, hogy ne fázzon meg a lába. A folyosó egy hallba vezetett, ami ízlésesen volt berendezve. A fő helyet egy kör alakú tölgyfa asztal foglalta el, körülötte négy szék, szintén tölgyből. Az egyik oldalon tölgyfa tálaló, kristálypoharak a polcokon; boros és whiskys készletek. A másik oldalon a sarokban egy bárpult hűtővel, kávéfőzővel.

– Kér valamit? Egy kávét? Ásványvizet? – kérdezte az ügyfél.

– Igen, egy kávé jólesne, és egy ásványvíz is. Köszönöm – felelte Péter. – Honnan ismeri a közös barátunkat? – vágott bele egyből.

– Látom, nem szereti a köntörfalazást, azonnal a közepébe, mi? – válaszolta az ügyfél, miközben odatette a kávét.

– Az időm drága, akár csak az öné – felelte Péter. – Nem szeretem eltölteni felesleges kávézással.

– Tudja, egész korán kezdtem az üzlettel foglalkozni, és így találkoztunk. Később is tartottuk a kapcsolatot, időnként voltak közös üzleteink is, majd az ismeretség barátsággá változott – avatta be Pétert.

– Értem.

– No, de kész a kávé, üljünk is le – invitálta az asztalhoz.

– Az ásványvíz hideg vagy meleg, sima vagy bubis legyen?– kérdezte.

– Hideg, sima – felelt Péter.

Péter helyt foglalt, csendben kortyolta a kávéját, és feszülten figyelte az ügyfelet. Nem akart közbeszólni, nem is volt mit mondania. Úgy döntött, nem szólal meg, megvárja, míg a pasi előrukkol a farbával.

– Tudja, a vállalkozásim itt Magyarországon nagyon jól működnek – kezdett bele a mondandójába –, de külföldi érdekeltségeim is vannak. Azok is szépen hoznak a konyhára. Szeretnék hazahozni 6 millió eurót, de érthető okokból szeretném ezt egy év múlva magamhoz venni, addig valamilyen megtakarítási formában kellene elhelyezni. A közös barátunk azonnal önhöz irányított. Azt mondta, hogy ha valaki, akkor ön ezt meg tudja oldani. Vannak egészen nagyszerű adóoptimalizálási megoldásai – fejezte be és Péterre nézett.

Péter tovább itta a kávéját. Olyan rezzenéstelen arccal hallgatta a férfit, mintha nem is most említette volna, hogy 1 milliárd 800 milliót szeretne nála befektetni. Mintha mindennap milliárdokkal dobálózna. Kisvártatva megszólalt:

– Ha jól értettem, egy évre, nagyon kis költségrátával, a befektetési portfóliót ön fogja összeállítani, a technikai kivitelezés és az összeg ki- és elhelyezése, illetve az adóoptimalizálás lenne a feladatom – kérdezett vissza Péter.

– Pontosan – válaszolta az ügyfél.

Péter megitta a kávéját, megköszönte a vendéglátást majd búcsúzott.

– Három nap múlva visszahívom – felelte, majd az ügyfél legnagyobb elképedésére távozott.

A kocsiban kifújta magát, örömét féken tartotta. Nem mindennap adatik mega az emberfiának, hogy közel kétmilliárdot befektessenek nála. Ez nagyon nagy pálya. De a csengő megszólalt a fejében. Csing-ling, csing-ling. Jó lesz nagyon vigyázni.

Indított, és a kocsiból felhívta a közös ismerősüket.

– Halló, itt Péter a biztosítótól. Szevasz – mondta.

– Szia, Péter. Látom, hogy te vagy. Mi újság? – kérdezte a hang a másik oldalon.

– Van egy Kovács Emil nevű ismerősöd? Most beszéltem vele.

– Igen, van. Én adtam meg a számodat. Ne haragudj, hogy nem hívtalak ez ügyben, de csak ma jöttem haza Afrikából. Segíts neki, kérlek, ha tudsz – kérte az ügyfele.

– Rendben, és köszönöm. Csak ezt akartam tudni. Szevasz.

– Szevasz.

Akkor a fickó rendben van. Na, ez jó hír volt. Gyorsan visszaért az irodába. Katát kérdezte, hogy Zoltán merre van, mert nem látja sehol.

– Még a tréning után bement a központba, de lassan jönnie kell – válaszolta.

– Oké, akkor kiugrom ebédelni. Jössz te is, csinibaba? A vendégem vagy – kérdezte Katát.

A válasz már nem várta meg, elindult az irodából kifelé. Hallotta, amint a háta mögött kopog Kata cipője.

– Hé. Várj meg, szépfiú! Én nem futok a pasik után – kiáltotta felháborodottan.

– Minden pasi után nem. Csak énutánam – kacagott fel hangosan Péter.

Az irodaépület alagsorában volt egy étterem. Ha bent tartózkodott, általában Péter is itt ebédelt. Választottak egy könnyű ebédet, grillezett húst zöldsalátával, majd leültek egy üres asztalhoz. Ebéd közben nem beszéltek, mindenki a maga gondolataival volt elfoglalva, Péter az új ügyféllel és a majd kétmilliárdjával, Kata pedig Péterrel. Szerette volna becsalogatni az ágyába, volt erre egy hosszú távú terve. Már majdnem végeztek, amikor Kata telefonja rezgett: Zoltán volt az.

– Merre vagy? – hallatszott a kérdés.

– Ebédelek Péterrel lent az étteremben, mindjárt végzünk – válaszolta.

– Rendben, csak szólok, hogy visszajöttem – mondta, és bontotta a vonalat.

Kávét majd az irodában isznak. Visszaérve Kata intézte a kávét, Péter pedig bement Zoltánhoz.

– Mi újság? – kérdezte rutinszerűen Zoltán.

– Majd ha Kata behozta a kávét, mondom – válaszolta Péter.

– Na, ennyire komoly? – tettette a meglepettet Zoltán.

– Le fogsz ülni, azt garantálom – felelte Péter.

– Kíváncsivá tettél.

Miután Kata behozta a kávét, Zoltán becsukta utána az ajtót és kérte, hogy most ne zavarják, amíg nem szól.

Péter belekezdett. Elmesélte, hogy az üzenőcetlivel kezdődött, majd visszahívta, most ki is ment hozzá, beszélt is vele. De leellenőrizte a régi ügyfelénél, aki szintén kérte, hogy segítsen neki, szóval úgy tűnik, rendben van a pasi.

– Értem, de mi a nagy durranás? – kérdezte Zoltán. – Mert eddig igazából még nem mondtál semmit – felelte kissé unott tekintettel.

– Nos, kérlek, a pasi be akar nálam, illetve a társaságnál fektetni 6 milliót – felelte Péter.

– Jaj, ne már! – mondta kissé ingerülten Zoltán. – Hatmillió nem kis összeg persze, de ezért csináltad ezt a felhajtást? – kérdezte.

– Van némi elmaradás a tervünkben – folytatta. – Most jövök a központból, az elnökünkkel volt egy nem túl kellemes beszélgetésem, emiatt. Szóval ez a hatmillió sem ment meg. Sokat segít persze, de még kevés – folytatta Zoltán.

– Hatmillió euró, Zoltán, ismétlem hatmillió euró. Ez a mai árfolyamon 1 milliárd 800 millió – felelte Péter –, ezért csináltam ezt a felhajtást.

Zoltán rámeredt Péterre, és csendben nézték egymást. Először Zoltán szólalt meg.

– Tudod te, mennyi volt a társaságunk eurós árbevétele a tavalyi évben? – kérdezte.

– Igen, tudom. Négymillió euró – felelte Péter.

– Azt is tudod, ha ezt nyélbe ütöd, nem csak a terv teljesül jócskán, hanem egy nagy kalap pénzt keresünk? Sokat – folytatta izgatottan Zoltán. – Oké. Akkor most kezdd el újra – kérte. – Töviről hegyire újra meséld el, hogy talált meg az ügyfél, hol találkoztál vele, és mit beszéltél vele?

Péter újra elmesélte az egész történetet.

– Van ötleted a megvalósításra? – kérdezte Zoltán.

– Igen, természetesen van – felelte Péter.

– Mondd.

– A társaságnak van egy úgynevezett egyszeri díjas szerződéstípusa, amiből van egy belső értékesítésre használatos változat, olyan, mint egy technikai szerződés. A költségszintje a nullához konvergál, pontosan 0.02 %, de elérhető hozzá az öszszes befektetési alap is. Jutalékkal ellátott a szerződés, tehát bárki megkötheti, de nem oly nagy a jutalékkulcs, mint a nyilvános szerződésekre. Persze a biztosítónál a nagy számok törvénye működik; nagy összegnél a kis jutalék is nagy.

Zoltán figyelmesen hallgatott.

– Nekem is pont ez jutott eszembe, de beszélek még az alapkezelő vezetőjével is – mondta. – Milyen befektetési tanácsot kért?

– Nos, én ebben a konkrét az esetben, tekintettel az összeg nagyságéra, elzárkóztam bármiféle tanácsadástól. Elmondtam, hogy az összes alapunk elérhető, választhat, diverzifikálhat kedvére. Ő is ezt a megoldást választotta eredetileg. Szóval ez a része tiszta – folytatta Péter.

– Nagyszerű. Okosan csináltad – helyeslt Zoltán. – Most menj. Fel kell hívnom az elnökünket. Elmesélem neki, hogy a terv megvan, sőt. Ezt neked köszönhetem. Én nem felejtek – folytatta. – Mikorra ígérted, hogy visszahívod?

– Három nap múlva – felelte Péter.

– Oké, addigra mindent elintézek.

Péter visszament az íróasztalához, számba vette a teendőit, és rendszerezni kezdte őket. Első a bankigazgató, holnap. Az új ügyfélre még van két napja, őt most jegelte. Elővette a telefonos listáját, és elkezdte a függőben lévő ügyfeleket hívogatni.

Nem is nézte az óráját, csak arra figyelt fel, hogy csend van az irodában. Felnézett a jegyzeteiből, Katát látta dolgozni, mellette Zoltán állt, és széles gesztusokkal magyarázott valamit. A terem végében még két kollégája dolgozott. 17 óra volt. *Szerintem mára ennyi*, gondolta magában. Összepakolt, computerét kikapcsolta, és elindult Zoltánék felé.

– Sziasztok, élmunkások – köszönt el tőlük.

– Szia. Péter – felelte Zoltán –, a holnapi nap akkor rendben?

– Igen, minden rendben vele – nyugtatta meg Zoltánt.

– Viszlát, szépfiú – hallatszott Kata búgó hangja.

– Viszlát, szívem – mondta Péter, és kisietett az irodából.

Időben volt. Gondolta meglepi Anitát, és az irányt az egyetem felé vette. Nem volt nagy a forgalom, 15 perc alatt ott is volt. Tárcsázta a felesége számát. Foglalt volt. Várt egy kis ideig, és újra tárcsázott. Még mindig foglaltat jelzett a vonal. Kissé bosszús lett. Kivel beszél ilyenkor? Ja persze, sok ember hívhatja, diákok, tanárok, nyugtatta magát. Míg a kocsiban várakozott, átfutotta az elektronikus levelezését. Volt közöttük olyan, ami azonnali választ kívánt, ezeket meg is írta. Nem is tudta, mennyi idő telt el, amikor végzett. Újra tárcsázott. Még mindig foglalt volt. Most már kezdett mérges lenni. Rég otthon lehetne. Lassan egy órája szobrozott ott. Hol lehet Anita, és kivel beszél ennyit? Miközben magában dühöngött, megcsörrent a telefonja. Anita volt az.

– Helló, drágám. Kerestél – szólt bele csengő hangon.

– Kösz, hogy visszahívtál – mondta kissé indulatosan Péter. – Már egy órája próbállak elérni, de folyamatosan foglalt vagy. Kivel beszéltél?

– Ha csak azt akartad mondani, hogy később jössz haza, akkor rendben van, ezért nem kell kiabálni – mondta kissé sértődötten Anita.

– Nem, nem ezt akartam mondani. Hanem hogy itt állok az egyetem előtt, és hazaviszlek – folytatta Péter kissé ingerülten.

– Sajnálom, drágám, mindent jól hallok, nem kell velem kiabálni. Én már itthon vagyok – válaszolta a felesége –, elkéstél.

– Nem kiabálok – szólt bele indulatosan Péter a készülékbe, és megszakította a hívást.

Lehúzta a kocsi ablakát, hogy bejöjjön egy kis friss levegő. Nem is értette, hogy miért kezdett balhézni a feleségével. Elvégre nem szólt neki, hogy érte megy, és most elvárja, hogy itt legyen? *Á, a fenébe*, gondolta, *tiszta hülye vagyok*. Kifújta magát, ráhangolta a kocsi rádióját egy jazzműsorokat sugárzó adóra, és szépen lassan hazaindult.

Hazaérve a garázsban bezárta a kocsit és felment a házba.

– Megjöttem – szólt olyan hangon, mintha egy félórája még nem ordibált volna a feleségével.

– Szia. Nappali – hangzott a válasz.

Anita a kanapén ült és a televíziót nézte. Péter megcsókolta a feleségét.

– Ne haragudj, nem tudtam, hogy eljöttél, meg akartalak lepni – mondta neki.

– Legközelebb telefonálj, hogy ne jöjjek el, mert elhozol, így nem lesz félreértés – válaszolta a felesége.

– Rendben. De nem is értelek el. Folyamatosan foglalt volt a mobilod – folytatta Péter.

– Drágán, folyamatban van a tanszéken egy uniós projekt. Szerinted hányan akarnak ez ügyben egyeztetni a rektorral? – tette fel a kérdést a férjének.

– Igazad van. Ne haragudj! – kérlelte a feleségét.

– Valami könnyű vacsora? – hangzott el a kérdés.

– Jöhet.

Miután megvacsoráztak, letelepedtek mindketten a kanapéra. Anita egy filmet szeretett volna megnézni, kettesben Péterrel.

Nem nagyon érdekelte a film, de lelkiismeret-furdalása volt a végett, hogy délután kiabált a feleségével, ezért úgy érezte, ez a büntetés. Legyen, ez a minimum, amit most megtehet. Valami szerelmes dráma volt, Péter nem is nagyon figyelt; egész végig a film alatt a mai ügyfél járt a fejében.

– Nagyon szép film volt ugye? – kérdezte Anita, miután vége lett.

– Igen, drágám. Szép volt – válaszolta Péter. – De most, ha nem haragszol, menjünk aludni, mert holnap nehéz napom lesz.

Először Péter ment tusolni, addig Anita elmosta a vacsoráról maradt edényeket és poharakat, majd váltotta Pétert a fürdőben. Amikor elkészült és bement a hálóba, Pétert a hátán fekve találta: halk horkolás kíséretében édesen aludt. Felhajtotta a takarót, bebújt alá, és a délutáni telefonbeszélgetés járt a fejében, amit Lacival folytatott. Szája mosolyra hózódott, és így szenderült álomba.

Péter korán és kipihenten ébredt, gyorsan ivott egy kávét, amit úgy főzött, hogy Anitának is maradjon (mindig úgy főzött), s gyors tusolás után már rohant is az irodába. Korán bent akart lenni. Amikor az irodaház mélygarázsának a behajtójára kanyarodott, elmosolyodott. Nem ő volt az első. Feri már a bejárati ajtó előtt állt, s ki tudja hányadik reggeli cigarettáját szívta. Vállán az elmaradhatatlan, '70-es évek divatját idéző, régi, céges műbőrtáska. Feri ezt szerette. Mint ahogy a kollégák Ferit. Miután leparkolt, a lifttel csak a földszintig ment, ott kiszállt és Ferihez sétált.

– Jó reggelt, Feri. Mióta vársz? – kérdezte.

– Jó reggelt, főnök. Itt vagyok már egy ideje. Mi van? Nem megy a verda, hogy ilyen vánszorogva érsz be? – kezdett bele az élcelődésbe. Nem kéne már venned egy jobbat? Betegre kered magad, oszt ilyen bontószökevénnyel jársz. Nem szégyelled magad?

– Gyere, menjünk kávézni! – invitálta mosolyogva Péter.

Az irodába érve lepakoltak Péter íróasztalára, majd a főzőkonyhába mentek, ahol Péter odakészítette a kávét. Miközben vártak, Péter Feri hobbija felől érdeklődött.

– Na, mi újság a Balatonon? Harapnak a halak? Mikor voltál pecázni? – kérdezte.

Feri ugyanis nagy pecás volt. Amikor csak egy kis szabadideje adódott, azonnal ment a Balatonra, volt ott egy kis horgásztanyája. Céges rendezvényeken órákig sorolta a jobbnál jobb sztorikat, a publikum dőlt a nevetéstől.

– A kutyák harapnak, főnök – szólt ingerülten. – Édes Istenem! – kiáltott fel. – Ments meg a tudatlan emberektől! A halaknál kapás van, érted? Kapás – folytatta tettetett ingerültséggel a hangjában. Hétvégén voltam – folytatta. – Nagy buli volt, az egyik horgásztársunk úgy berúgott, hogy a stégen négykézláb állva üvöltött, hogy valaki hozza ki, mert háborog a tenger – folytatta röhögve Feri. – De nem ment be érte senki, mert mindenki be volt úgy karmolva, hogy visszaszóltak: „most vihar van, nagyon imbolyog a víz, maradj veszteg".

– És mi történt a barátoddal? – kérdezte Péter.

– Mi történt volna? – mondta Feri. – Elájult a stégen és reggel kelt fel, mint a többi részeg állat.

– De az egyik állat te voltál, nem? – tette fel ártatlan kérdését Péter.

– Na, ezt kikérem magamnak – szólt Feri modorosan, majd mindketten hangosan felröhögtek, mint ahogy csak a cinkos férfiak tudnak.

Péter kitöltötte a kévét és kimentek az irodai teraszra, hogy Feri el tudjon szívni egy cigit.

Az ötödik emeleten volt az iroda. Alattuk terült el a város. Szép látvány volt, ahogy kezdett éledezni, az emberek munkába siettek, vagy onnan haza.

Csilingelő villamosok figyelmeztették a bamba járókelőket. Türelmetlen autósok nyomták a dudájukat a kezdődő dugóban.

– Megcsináltad? Milyen lett? – kérdezte Péter.

– Fasza. Milyen lenne? Hülye kérdéseid vannak kora reggel – mondta Feri. – Beletettem minden kedvezményt, még a nagyfőnökit is, úgyis átmegy azzal, hiszen kell nekünk a pasas – mondta.

– Persze, nagyon jól tetted – helyeselt Péter.

– Az összes tárgyat, értéket, műkincset dokumentáltam, leltárba vettem, a fotós anyag külön mellékletben, lezárt CD-n van.

– Nagyszerű. Szeretném átnézni az írásos szerződést – folytatta Péter.

– Természetes, Minden elő van készítve, ahogy kell, ahogy szoktam – mondta Feri.

– Tudom, öreg. Tudom, mennyire precíz vagy. Csak szeretném átolvasni, tudod, hogy képben legyek, amikor aláíratom vele – mondta Péter.

– Átolvasod és képben leszel, mint Tamási Eszter – sütötte el régi poénját Feri, amin ő maga jót kuncogott.

Kávézás után Péter íróasztalnál elkezdte átolvasni a szerződést, Feri addig visszament cigizni.

– Nem szívsz te egy kicsit sokat? – kérdezte hangosan Péter.

– De, szívok itt, mint a torkos borz – kiáltotta vissza Feri. – Mondd is meg a nagyfőnöknek, hogy ne baszogasson – szól nevetve.

– Mit mondjon meg nekem? – szólt bele a beszélgetésbe Zoltán, aki az utolsó mondat alatt lépett be az irodába.

– Hogy ne baszogassál – üvöltötte a teraszról Feri.

– Üdítő látvány vagy kora reggel, öreg. Hát még a választékos nyelvezetű beszéded. Mindig is nagy rajongója voltam az ékesszólásodnak. Feldobja a reggelemet – kapcsolódott be Zoltán a reggeli élcelődésbe.

– De legalább érted, amit mondok – folytatta Feri –, nem úgy, mint amikor te tartasz értekezletet, és csak a „Jó reggelt, kollégák", a „jó munkát" és „viszlát" szavakat értem belőle – replikázott Feri.

– Mert egy dinoszaurusz vagy, barátom – folytatta Zoltán.

– Tudom, hogy az vagyok, de szükségetek van még az öregre – mondta.

– Persze, hogy szükségünk van rád – és üdvözlésképpen megölelte Ferit.

Együtt kezdték a szakmát, csak míg Feri a vagyonbiztosítási ágazatban, addig Zoltán a személybiztosításban dolgozott. Régi ismeretség volt, talán egy kis barátság is, bár ebben a szakmában az ember nem nagyon használta ezt a szót. Mindenesetre Ferinek nagy respektje volt, és ez így is volt rendjén.

– Mi van veled? – tért rá személyesebb beszélgetésre Zoltán.

– Meghoztam a kisfőnöknek az anyagot, tudod a bankdiri anyagát, megvárom, míg átnézi, és húzok a Balcsira pecázni – mondta Feri.

– Lányok, unokák, asszony, hogy vagytok? – folytatta kérdéseit Zoltán.

– Köszönöm, minden rendben velünk – válaszolta Feri.

– Ha valami kell, vagy valamire szükséged van, csak hívj – szólt Zoltán. – Most mennem kell, mert nekem is van főnököm.

– Ugye milyen gáz? – szívatta Feri. – Most mehetsz magyarázkodni – nevette el magát.

Időközben Péter a szerződéstervezet végére ért.

– Nagyon szépen köszönöm a munkádat – kezdett bele –, rendben vagyunk a díjazással, vagy részemről még tartozom valamivel? – kérdezte.

– Jaj, ne hülyéskedj! Így is rosszul érzem magam egy kicsit. Sokkal többet adtál – mondta Feri.

– Annyit adtam, amennyit megérdemelsz. Nem húzom az idődet. Jó harapást, akarom mondani, kapást – mondta Péter.

– Ez hülye – mormolta maga elé Feri, majd egy hatalmas „szevasztok" kíséretében kiviharzott az irodából.

Kisvártatva Zoltán hívatta Pétert, aki a szerződéstervezettel a hóna alatt ment be az irodába.

– Átnézted? – kérdezte Zoltán.

– Igen, átnéztem. Precíz az öreg. Mint mindig, nagyon jól összerakta. Áttekinthető, könnyen értelmezhető, és a díj pedig nagyon versenyképes – referált az anyagról Péter. – Óhajtod te is átnézni? – kérdezte.

– Nem. Megbízom benned – felelte Zoltán. – Mik a további lépések?

– Fel fogom hívni a kora délutáni órákban, kérek időpontot, hogy aláírhassa a szerződést. Majd egyeztetek vele egy másik időpontot a kockázatok menedzselése témájú megbeszélésünkre is, és kötünk vele befektetést is. Ez a rövid terv – mondta Péter.

Zoltán elgondolkodva nézett Péterre.

– Mi az? Nem értesz ezzel egyet? Vagy valami gond van? – kérdezte.

Zoltán felállt a székéből és elkezdett járkálni az irodában, és úgy fogott bele a mondandójába.

– Tudod, amikor említetted ezt az új ügyfelet, aki befektetne 6 millió eurót, felhívtam az elnökünket. Referáltam neki a lehetőségről, amit te találtál, vagy ami téged talált meg. Végül is tökmindegy, mert ha összejön, te fogod ezt behozni a céghez. A következő fog történni. Az elnök a mai napon elrendeli, hogy holnapután reggel 9-kor mindenki, akit érint a központban, az ő tárgyalójában legyen. Kiket érint? Ott kell lennie a vezető aktuáriusnak, az alapkezelő vezetőjének, a felügyelőbizottság elnökének, neked és nekem, és nem utolsósorban ott lesz természetesen az elnökünk. Itt te újra elmondod, hogyan kaptad ezt az ügyfelet, és mit kért tőled. Ezen a beszélgetésen nem mondhatod meg, hogy ki ajánlotta, hogy mi a neve az ügyfélnek. Ez nagyon fontos. A te érdekedben. Amíg az ügyfél alá nem írja előtted, addig senki nem tudhatja meg, ki ő. Világos? Itt cápák között leszel. Megértetted, amit mondtam? – kérdezte tőle szokatlan hangnemben Zoltán.

– Igen, megértettem, amit mondtál – válaszolta Péter.

– Akkor most intézd a bankigazgatódat. Holnap reggel találkozunk.

Péter visszament az asztalához, kezébe vette a mobilját és tárcsázta a bankigazgató mobilszámát. Kicsöngött. A harmadik csengetés után beleszólt egy ismerős hang.

– Halló? Tessék.

– Jó napot kívánok, elnök úr. Szőllősy Péter vagyok a biztosítótársaságtól. A mai napra ígértem egy visszahívást. Elkészítettük a szerződéstervezetet. Mikor tudom önnek bemutatni? – sorolta fel egy szuszra.

– Jó napot, Péter. Várjon egy kicsit – kérte. – Ma 18 óra? Az irodámban. Megfelel önnek az időpont? – kérdezte.

– Ott leszek – válaszolta Péter. – Viszontlátásra.

A vonalat bontották. 14 óra volt. Még bőven volt ideje a találkozóig. Úgy döntött, hogy megebédel. Egyedül szeretett volna most lenni. Lesietett az étterembe. Ebéd után kiment a parkba sétálni és levegőzni, hogy a gondolatait összerendezze. Tiszta fejjel akart az esti találkozóra menni. Leült egy padra. Nézte, ahogy a kisbabája kezét fogva járni tanította gyermekét egy anyuka. Mosolyogva figyelte, amint egy fiatal pár és a kutyájuk játszottak a frizbivel. Szeme egy másik padra tévedt. Egy idősebb pár foglalt rajta helyet. Egymás kezét fogva ültek, a férfi lehunyt szemmel élvezte a nap sugarait, míg a nő valamit halkan magyarázott neki. A férfi néha válaszolt, néha mosolygott, néha odafordult a nőhöz és megpuszilta az arcát. Látszott rajtuk a szeretet.

Péter arra gondolt, vajon ők így fognak-e megöregedni Anitával? Ja, Anita. Majdnem elfelejtette felhívni, hogy későn ér haza. Elő is vette a mobilját, és a gyorshívóból azonnal hívta. A második kicsengés után a felesége beleszólt:

– Szia, drágám.

– Szia. Ma este hatra megyek a bankigazgatóhoz tárgyalni, későn érek haza. Szeretlek – mondta Péter.

– Én is szeretlek – válaszolta Anita, majd letette.

Péter nézte a néma telefonját. Ez mi volt? Á, biztosan sok a dolga. A telefonon látta az órát, és hogy eltelt az idő. Úgy vélte, jobb lesz, ha most már visszamegy az irodába, mindent összepakol, és felkészül az esti tárgyalásra.

Eljött az idő. Kocsiba pattant és elindult a székház felé. Nem volt nagy a forgalom, így odaért jó időben. A portásnál már le volt adva a neve és az autója rendszáma. Az emeleti biztonsági őr is tudott a jöveteléről, úgyhogy simán bejutott.

– Kezét csókolom. Valaki ma nagyon csinos – bókolt az elnök titkárnőjének. – Szeretném elhinni, hogy tudta, ma jövök, és még csinosabb akart lenni, mint amilyen egyébként is lenni szokott – folytatta a bókolást.

– Jaj, ne vicceljen velem, Péter! – válaszolta a titkárnő, de látszott a tekintetén, hogy értékelte Péter megjegyzését.

– Kér valamit? Kávét? Üdítőt? – kérdezte.

– Kávét kérek szépen, sok tejjel, ha lehet – szólt Péter.

– Máris hozom.

Míg várakozott, leült az előtérben elhelyezett egyik bőrfotelbe. Csalóka volt a látvány, mert amikor belehuppant, lesüllyedt, mintha a fotel soha nem akarná elengedni. Érdekesnek találta.

Már majdnem végzett a kávéval, amikor kinyílt az elnök szobájának ajtaja, kilépett rajta egy férfi, akinek az elnök a kezét szorongatta búcsúzás gyanánt.

– Akkor majd hívj! – hallatszott az elnök hangja.

– Á, Péter, üdvözlöm – kezdte a beszélgetést az elnök. – Kapott mindent? – kérdezte.

– Igen, kaptam. Köszönöm a kávét – szólt Péter a titkárnő felé fordítva a fejét.

– Menjünk talán beljebb! – invitálta az elnök.

Az irodába belépve nem a hivatali asztalához ment, hanem a szoba egyik részén elhelyezett kanapét vette célba. Az elnök leült a kanapéra, Péternek a fotelban kínált helyet.

– Parancsoljon. Foglaljon helyet – mondta.

– Köszönöm – válaszolta Péter.

– Miután így túlestek a kölcsönös udvariassági formulákon, Péter elővette a nagyon ízléses, céges logós, céges papírra nyomtatott szerződéstervezetet és átadta az elnöknek.

– Tessék, a tervezet – mondta, majd hátradőlt a fotelban.

Az elnök feltette a szemüvegét és belemerült az olvasásba. A szerződés nem egy regény volt, az öreg egyszerűen és áttekinthetően írta meg. Az elnök, mint minden olyan ember, aki nagy céget irányít, gyorsan olvasott, és gyorsan is értelmezett. Amikor feltekintett a tervezetből, megszólalt:

– Van még valami, amit tudnom kell? – kérdezte.

– Igen – mondta Péter.

– A mappa hátoldalában vagy egy CD. Ezen szerepelnek azon tárgyak fotói, amik fel vannak sorolva a szerződésben a megfelelő módon. Aminek gyári száma van, annak az, aminek más, annak más. A számlák másolata és az azokról készült fotók, a bizonylatok másolatai, és az azokról készült fotók mind szerepelnek a CD-n is – folytatta Péter. – Ennek az a nagy jelentősége, hogy amikor a biztosító befogadja a szerződést, azaz kötvényt bocsát ki, befogadta és elismerte azokat a tárgyakat is, amelyek a CD-n szerepelnek.

– De hát ezek ott vannak – mondta az elnök.

– Igen, tudom – válaszolta Péter –, hiszen mi végeztük a szemlét. De tudja jól, ez a hivatalos, így a biztos és a szabályos. Mi a véleménye a szerződésről? – kérdezte az elnököt.

– Nézze – kezdett bele az elnök –, az elején kíváncsi voltam, amikor megkeresett, hogy hogyan intézik az ügyeimet, mert most már elmondhatom, nincs jó tapasztalatom a biztosítók ez irányú ügyeinek az intézésében, és a személyemet illető bánásmódot illetően sem. De ön rácáfolt az előítéleteimre – folytatta.

– Nagyon szépen köszönöm – vetette közbe Péter.

– Profi módon kezelte a személyemet, elfoglalt pozíciómnak megfelelően rugalmasan, a legkisebb időráfordítást kérve tőlem az ügy megoldásában. Profi hozzáállást és nagy szakértelmet tapasztaltam. Csak gratulálni tudok. A díjakban otthon vagyok, és láttam, hogy nagyon jó díjat kaptam.

– Örülök, hogy elégedett, uram – helyeselt Péter.

– Hogy az elégedettségemet máshogy is kifejezzem, aláírom a szerződést – mondta.

Majd fogta a tollát, és az „ügyfél neve" fölött odakanyarította minden lapon az aláírását.

– A titkárnőmet keresse meg holnap a díj rendezésével kapcsolatban – folyatta.

– Értem, és köszönöm szépen – mondta Péter.

– Van még, amit el kellene intéznünk? – nézett Péterre az elnök kérdőn.

– Igen, van. A kockázatainak a menedzselését is át kellene tekintenünk – folytatta Péter –, hiszen erről már beszéltünk.

– Mi a javaslata?

Péter tudta, hogy a nagy emberek szeretnek szombaton is üzletelni, a vasárnap az tabu volt, de a szombat ott még belefér, ezért nem volt szívbajos.

– Amennyiben önnek is megfelel, szombat délelőtt tízkor, ha nem korai az időpont, felkeresem a házában, és nyugodt körülmények között ezekről a kérdésekről is szót tudunk váltani – fejezte be Péter.

Az elnök egy kis ideig nézte, majd megszólalt:

– Rendben. Akkor szombaton tízkor várni fogom. Majd bemutatom a feleségemnek is.

Péter elpakolta az aláírt szerződést, kezet fogott az elnökkel, aki az ajtóig kísérte, bókolva elköszönt a titkárnőtől, és a kocsijához sietett. Az autó órája este kilencet mutatott. Indított, kiállt a székház udvarából, besorolt a kora esti gyér forgalomba, és tárcsázta a kihangosítón keresztül Zoltánt. Két csengetés után hallotta, amint Zoltán beleszól a másik oldalon:

– Szia, Péter. Nos, mi a helyzet? – kérdezte.

– Szia, főnök. Aláírta a vagyonszerződést – válaszolt Péter.

– Miben maradtatok? – hangzott el az újabb kérdés, de mintha némi ingerültséget vélt volna felfedezni Péter Zoltán hangjában.

– Szombaton tízre megyek ki hozzá a házába, és megbeszéljük a befektetést is – mondta Péter.

– Na végre! Gratulálok a szerződéshez – mondta Zoltán. – Tényleg nagy vagy – folytatta –, reggel ráérsz később jönni.

– Rendben, és köszi. Jó éjt – köszönt el Péter.

– Szevasz – hallatszott a kihangosítóból, majd megszakadt a vonal.

Péter lassan haza is ért. Bekanyarodott a felhajtóra, megnyomta a távirányítót, kinyitotta a kaput és a garázsajtót. Miután beállt a garázsba, bezárt mindent és bement a házba. Minden csendes volt. Anita már aludt. A konyhaasztalon várta egy kis levél: „A vacsora a hűtőben, lefeküdtem aludni. Szeretlek."

Péter szívét jóleső érzés öntötte el, hogy Anita gondoskodott róla. Gyorsan elfogyasztotta a vacsorát, a romok eltakarítása nem vett igénybe sok időt, és a gyors tusolás már csak végjáték volt az elalvás előtt. Bebújt a takaró alá. Anitához simult, derekát átölelve álomba szenderült.

A szombatig tartó két nap gyorsan eltelt. Voltak függőben lévő ügyek, visszahívások, úgynevezett ügyfélápolás, amikor Péter találkozott a meglévő ügyfeleivel, és egy rövid ideig tartó ülés keretében, általában fél órában maximalizálta, tájékoztatta a szerződése állásáról, aktuális pénzügyi, gazdasági információkkal látta el őket, és természetesen folyamatosan erősítette azt az érzést, hogy foglalkozik velük, gondoskodik róluk, bármikor kereshetik. Ezt Péter nagyon fontosnak tartotta. Természetesen nem feledkezett meg az új, nagy formátumú ügyféljelöltnek ígért telefonos visszahívásról sem. Miután végzett aznap mindennel, már csak a visszahívás maradt, mint elvégzetlen feladat. A mobiljáért nyúlt és tárcsázott. A negyedik kicsengés után szólt bele egy hang:

– Halló? Tessék.

– Jó napot kívánok. Szőllősy Péter vagyok a biztosítótársaságtól. A mai napra ígértem egy visszahívást – kezdett bele a mondandójába.

– Igen, üdvözlöm. Hallgatom – folytatta a hang.

– Megvan a megoldás. Mikor tudom erről személyesen is tájékoztatni? – kérdezte Péter.

– Várjon egy pillanatig – kérték a túloldalon.

Egy perc szünet után szóltak bele újra:

– Két nap múlva megfelel önnek? – hangzott el a kérdés.

Péter már előre eldöntötte, hogy bármit is fog mondani az ügyfél, az nem lesz jó neki. Nem akart az első pillanatban úgy ugrálni, ahogy ők fütyülnek. Ez nála alapelv volt. Kezdő korában mindenre rávágta, hogy „persze, megfelel, ott leszek". De most már kellő tapasztalata volt a nagyformátumú ügyfelek kezelésében. Azok pedig respektálták, hogy a biztosítási brókerük megfontolt, elfoglalt és precíz.

– Nos, uram, attól tartok, hogy az számomra nem megfelelő – kezdett bele Péter. – Amennyiben tehetek javaslatot, két nappal később, és 11 óra – mondta.

Hallotta a vonal túlsó végén a latolgatást, majd jött a válasz:

– Rendben. Négy nap múlva, 11-kor. Tudja, hová kell jönnie – hallatszott, majd bontották a vonalat.

Megvagy, gondolta magában Péter, és széles vigyor ült ki az arcára.

Eltelt a nap, hazaindult. Telefonált Anitának, de nem érte el. Kapott egy SMS-t tőle, hogy otthon találkoznak. *Biztosan elfoglalt,* gondolta. Hazafelé beugrott a kedvenc borkereskedőjéhez (mindig nála vásárolta a borait, törzsvásárló volt), vett egy finom új-zélandi bort és hazaindult. Anita még nem volt otthon. Arra gondolt, hogy míg felesége hazaér, készít egy könnyű vacsorát. Kisvártatva neki is állt.

Anita egész nap azon gondolkodott, hogy végtére is mit csinál ő most ezzel a Lacival? Egyre többet flörtöl vele Whatsappon, már volt szex chat is (erre a gondolatra kicsit izgalomba jött), mit akar ettől a férfitól? Nem elég neki Péter? Újabban mintha megváltozott volna a férje egy kicsit. Nincs szex. Oké, hogy el van foglalva, meg most éppen két nagy üzleti tárgyalása is van, de akkor is. Ettől csak nem lesz impotens egy férfi? Ettől még lehet szeretkezni, vagy nem? Vagy csak kifogásokat keresek, gondolta magában. Nem igazán volt tisztában az érzéseivel. Izgatta a férfi közelsége, jólestek a hízelgő szavai, érezte a kemény, szikár testét, a kemény férfiasságát, és titkon – magának sem merte teljes őszinteséggel bevallani – kívánta a férfit. Nem tudta, hogy mitévő legyen. Mivel nem volt határozott elképzelése, hagyta magát sodortatni az árral.

Felnézett az asztaláról, a rektor állt előtte.

– Viszlát holnap. Pihenj jól – köszönt el tőle.

– Neked is jó pihenést – válaszolta.

Ránézett az órájára. Hoppá, még a feles vonatot éri. Sietve összepakolt, és megszaporázta a lépteit az állomás felé. Már messziről látta Lacit, aki a peron elején állt és nézte, ahogy közeledik feléje.

– Szia – köszönt Anita.

– Szia – válaszolta Laci.

Közel hajolt a férfihoz és megcsókolták egymást. Dinnyeízű volt a férfi szája. Ezt is szerette benne. A gyümölcsízű rágókat szerette, és ő szerette ezeket az ízeket a szájában.

– Milyen napod volt? – kérdezte Anitától.

– Á, semmi különös – kezdett bele –, csak a szokásos titkárnői munka – folytatta. –Kávéfőzés, megbeszélések előkészítése, időpontok egyeztetése, szóval semmi különös. A tiéd milyen volt? Merre jártál ma? – kérdezte Lacit.

– A nyíregyházi vonatot vittem. Tudod, ez nem egy bonyolult dolog, szaladsz a síneken – felelte kacagva.

Miközben nevetett, a fejét kissé hátravetette féloldalt, és a haja így a fél arcára omlott. A látványtól Anitának összerándult a gyomra, érezte azt a feszültséget, ami nem lett volna szabad éreznie. A gerincében, ott lenn is érezte. Kívánta a férfit. Nagyon szexisnek találta. Időközben beállt a peronra a vonatuk. Laci előreengedte, és természetesen felsegítette Anitát, nem mulasztva el, hogy miközben fellépett a lépcsőre, Laci végigsimította a fenekét. Anita tettetett morcossággal nézett vissza.

– Most mi van? – kérdezte ártatlan arccal Laci. – Csak segítettem neked – kuncogott.

Anita jóleső érzéssel nyugtázta, hogy így be van gerjedve a férfi a fenekének a látványától. Nem volt már húszéves, de a heti három alkalommal elvégzett torna meghozta az eredményét. Még mindig utánafordultak a férfiak. Ez büszkeséggel töltötte el.

Beültek egy üres kupéba. Általában együtt mentek haza, ha Laci is úgy végzett. Ilyenkor mindig egymás mellé ültek. Anita csacsogott, mint egy kislány, Laci érdeklődő tekintettel nézte, néha hangosan felnevetett – aki látta őket messziről, azt gondolhatta róluk, szerelmesek.

Esetenként előfordult, hogy jött egy-egy ismerőse Anitának. Ilyenkor Laci csak ült némán, vagy pedig, ha játszani akart, erotikus tartalmú üzeneteket küldött Anitának, amin persze jót mulatott magában.

De most csak ketten voltak. A nap már lebukóban volt, de fénye még besütött a vonatkupé ablakán. Anita nekidőlt Laci vállának, beszívta a férfi illatát és lehunyta a szemét. Laci feltette a kérdést, amit már egy ideje akart, és Anita is tudta, hogy el fog jönni ez a pillanat.

– Mikor leszünk együtt? – kérdezte a férfi.

– De hát most is együtt vagyunk, nem? – kérdezett vissza Anita pajkosan.

– Jaj, ne már! Tudod nagyon jól, hogy gondolom – folytatta a férfi.

– Nézd, volt szex chat, sok minden, de akkor most kimondom. – Odafordult Anita felé, s a szemébe nézett:

– Mikor fogsz lefeküdni velem? Nagyon kívánlak – mondta a férfi.

– Nem tudom – mondta Anita. – A férjem egy pár nap múlva elutazik továbbképzésre három napra, akkor egy egész éjszakát együtt tölthetünk. Nem akarok egy kóbor numera szereplője lenni – mondta Anita. – Ennyit már csak kibírsz értem, nem?

– Nehezen – mondta Laci –, nagyon nehezen.

Majd Anita fölé hajolt, szájával kereste a nő száját. Forró csókba forrtak össze. Laci keze becsúszott Anita szoknyája alá. Be a combjai közé, ahol érezte a nedves bugyiból előtörő forróságot. Ez az érzés az ő nadrágjában is változásokat okozott; férfiassága egyszeriben szárba szökkent. Ez Anita figyelmét sem kerülte el, hiszen ő is simogatta a férfi combját és annak belsejét. Amikor megérezte meredező férfiasságát, rátette kezét, érezte a vér lüktető türelmetlenségét. Finoman simogatni kezdte, s közben egyre jobban szétnyitotta a combját, hogy Laci még jobban hozzáférjen. De ebben a pillanatban megszólalt a hangosbemondó és jelezte, hogy a következő megálló az övék.

Ziláltan, csapzottan álltak fel a kupéban. Kisimították a ruháikat. Anita megfésülködött a kupé tükrében.

– Holnap látlak? – kérdezte Laci.

– Igen, holnap. De csak kirándulunk. Rendben? – kérdezte Anita.

– Rendben. Akkor holnap.

Rövid csókot váltottak, majd mindenki ment a maga dolgára. Anita gyalog indult el. Laci kocsival volt, mint mindig. Anita séta közben lehiggadt, és egyre csak ez a kialakuló kaland járt a fejében. Nem tudott dönteni. Szerette Péter, de mostanában mintha megváltozott volna. Nem tudja megmondani miért, de valami nem kerek. Akkor ott volt az a kurvás történet is. Nem mondta meg Péternek, nem akarta megbántani, de őt zavarta. Persze megtesz neki sok mindent, ez sem volt egy nagy dolog, de akkor is zavarta. Mert ez idáig a 15 év alatt nem volt ilyen. Miért pont most? Megdugta azt a ribanc Katát az irodából? Na, az bármire képes, hogy rámásszon a férjére. Voltak céges bulin, és azt vette észre, hogy Katát még az sem zavarta, hogy ott van ő, mint Péter felesége, akkor is „szívem", meg „szépfiú", „édes"...

Fúj, micsoda kis kurva. Neki ne mondja Péter, hogy csak a Zoltán titkárnője, biztos az, de látta, hogy nézett a férjére... Így spannolva magát érkezett meg haza. A kapu előtt megállt, kifújta hosszan a levegőt és belépett.

Péter a nappaliban volt, a konyhában meg volt terítve vacsorához.

– Szia, drágám – köszöntötte a feleségét.

– Szia, drágám.

– Milyen napod volt?

– Á, ne is mondd! Nagyon fárasztó, rengeteg tárgyalás, amit nekem kellett előkészíteni, az uniós projekthez kimutatásokat kellett készítenem, a rektornak az előadását összeállítanom, egyszóval fárasztó volt – folytatta Anita.

– Jaj, te szegény. Tedd kényelembe magad! Készítettem vacsorát, grilleztem csirkemellet friss zöldségsalátával, és leöblítjük egy kiváló új-zélandi borral.

– Mindjárt jövök, csak rendbe teszem magam – mondta, és a fürdőszoba felé vette az irányt.

Becsukta az ajtót. Nem mintha a férje benyitott volna, hiszen csak ketten éltek a házban, de most becsukta.

Beállt a tus alá. Beállította a vizet kellemes melegre. Tusfürdőt nyomott a kezébe, és a nyakánál kezdve kezdte magát bekenni. Le a mellein, de még benn volt a vágy.

Ott lüktetett a testében. A mellbimbói keze érintését azonnal visszaigazolták, meredve ágaskodtak, játékért kiáltva. Keze megsimogatta őket, szemét lehunyta, és máris látta maga előtt Laci nevető arcát. Azt képzelte, hogy a keze Laci keze. Az egyik finom mozdulatokkal simogatta a mellbimbóit, míg a másik becsúszott a combjai közé. Kissé megrogyasztotta térdeit, hátát nekivetette a csempézett falnak. Krémes ujjával elérte vértől duzzadt csiklóját. Az első érintéstől kiszakadt egy nagy sóhaj belőle, de szája szélét beharapva folytatta. Hol a csiklóját dörzsölte, hol a hüvelyébe csúszott az ujja, de ez most nem a hosszú kényeztetés ideje volt, hanem a sürgető kielégülésé. Emlékezett, mikor a vonaton végigsimította Laci férfiasságát, hogyan lüktetett benne a vér. Csak erre tudott gondolni, miközben az érintések és ujja egyre gyorsuló mozgása következtében teste hirtelen megfeszült, hüvelye összeszorította az ujját, végighullámzott egész testén a jóleső, felemelő érzés, amit orgazmusnak hívnak. S közben a férfi arcát látta maga előtt. Kissé lihegett, és kipirult az arca. Adott a vízhez egy kis hideget, majd most már a szokásos módon gyorsan letusolt. Felöltözött, és kiment az ebédlőbe.

– Azt hittem, ki kell menteni a fürdőből – szólt játszi aggodalommal Péter.

– Csak jólesett a víz – mondat Anita.

– Igen, ki is pirosított – válaszolt a férje –, nagyon csinos vagy, amikor ilyen piros az arcod.

– Tudod, forróval tusoltam, biztos azért van – válaszolta a felesége –, de nem eszünk? Farkaséhes vagyok – mondta.

Megvacsoráztak, egy pohár bor mellett Péter elmesélte, hogy milyen szerződéskötések előtt áll.

– Tudod, ezek most nagy feladatok, nagyon nagy pénzt is hoznak – mondta. – De ha túl leszünk rajta, kiveszek egy hetet és elviszlek, ahová csak akarod. Rendben? – kérdezte a feleségét.

– Hát az jó lesz, drágám – válaszolta Anita –, de most vagy a forró tus, vagy a pohár bor, vagy a kettő kombinációja, de elfáradtam. Lefekszem – mondta, és elvonult aludni.

Péter elmosogatott, rendet rakott a konyhában. Leült a laptopja elé és még átnézte az e-mailjeit, megválaszolta a fonto-

sabb leveleket. De valami nem hagyta nyugton, mióta haza-
jött a felesége.

Nem tudta megmondani, hogy mi az, de valahogy olyan érzé-
se volt, hogy na, valami nem kerek. *Mindegy is*, gondolta. Biztos
ez a hülye stressz. Ettől a sok gazdag faroktól. Frászt kapott a
nyavalygásuktól. De tőlük van a nagy pénz, ja igen. Töltött még
egy pohárral, és bekapcsolta a TV-t. Kapcsolgatott, a sportcsa-
tornán focimeccs volt. Megnézte a második félidőt, majd ő is
elvonult aludni.

Szombat reggel volt, nem csörgött sem a telefon, sem az óra.
Nyitott ablaknál aludtak, behallatszott egy kismadár regge-
li éneke. Péter lehunyt szemmel hallgatta a madár dalát. Arra
gondolt, hogy milyen szerencsés is, hogy Anita a felesége. Gyö-
nyörű, okos, intelligens asszony, nagyon szereti és tiszteli. Na,
itt ugrott be a kisördög vigyorogva. Akkor mi is volt Katával?
Nem, annak nem lehet folytatása. Egyszeri volt, ő megbillent,
barom volt, oké, de nem dugta meg. Az azért csak számít vala-
mit? Vagy nem? Megfogadta, hogy a Kata-sztorinak nem lehet
folytatása. Túl lesz ezeken a gazdag pasikon, meglesz a szerző-
dés, és Anitával elmennek nyaralni valami jóféle helyre, ahol
csak ketten lesznek, és romantikáznak egy nagyot. Erre a gon-
doltra felvidult. Kiszállt az ágyból, Anitát betakarta, és a kony-
hába indult kávét főzni.

Míg a kávé főtt, addig előkészítette a csészéket, s közben vé-
gigfutott az előtte álló nap a fejében. Még ma meg fogja kötni
a szerződéseket. Ezt határozottan tudta. Minden egyes alka-
lommal így indult el a második tárgyalásra. Bár a bankigazga-
tóval ez az első lesz befektetés-ügyben, de jól áll bizalom terén,
mert a házába megy.

Zoltán nagyon sok mindenre megtanította. A tárgyalásnak
van egy stratégiája, legyen az tárgyalótermi vagy üzleti. A nagy
emberek, akik sok ember fölött gyakorolnak hatalmat, és nagy
pénzt mozgatnak, azok az irodájukban úgy érzik magukat, mint
a hadvezérek a főhadiszállásukon. Ott nehéz velük harcba száll-
ni, nem is kecsegtet nagy sikerrel. Ezért keresni kell egy olyan
helyet, amit a magukénak éreznek, ahol azt hiszik, hogy még

mindig hazai pályán vannak, de közben nem veszik észre, hogy már rég megfosztották őket az előnyüktől. Mi lehetne jobb hazai pálya, mint az otthonuk? Ott laknak? Naná. Ők vették, nagyon sok pénzért, ráadásul nagyon sok pénzt is költöttek rá, szóval otthon voltak. Igen ám, de ott már nem volt az a sok ember, aki nézi a FŐNÖK – így, nagybetűvel – minden mozdulatát, nem jönnek a telefonok, nem mozgat otthon semmit, szóval nyugi van. Esetleg még akár az asszony is beszólhat, hogy ne tapossa össze a házat. Ugye, hogy már így nem is olyan hatalmasok? Egy pillanat alatt ügyfelet lehet belőle is csinálni, és akkor egy nagymenő ügynök már azt csinál, amit csak akar.

A kávéfőző sípolása zökkentette vissza a jelenbe. Kikapcsolt a gépet, a forrón gőzölgő kávét csészékbe töltötte és bevitte a hálóba. Szokás szerint apró csókokkal ébresztette a feleségét, aki felült és elvette a csészét.

– Jó reggelt, drágám. Köszönöm – szólt, és átadta magát a reggeli kávé nyújtotta élvezetnek.

Péter nézte, ahogy a felesége issza a kávéját. Félrecsúszott a vállpántja, és az alvós trikójából félig kilátszott a melle. Péter kezdett izgalomba jönni.

Miután mindketten megitták a kávét, Péter az üres csészéket kivitte a konyhába. Fordult vissza, de Anita már a fürdőszoba felé indult. Csodálkozva jegyezte meg:

– Azt gondoltam, hogy egy kicsit együtt leszünk ma reggel – kezdett bele.

– Mivel azt mondtad, hogy mész a bankigazgatódhoz tárgyalni, így Annával megyünk be a városba egy csajos délelőttöt csinálni. Vásárolunk meg csacsogunk – válaszolta a felesége a tus alól.

– Készítsek valami reggelit, mielőtt elmész? – kérdezte Péter.

– Nem, mert bent reggelizünk Annával a városban – hallatszott a válasz.

– Értem, érezzétek jól magatokat – mondta Péter, és csalódottan kivonult a nappaliba.

Kinyitotta a laptopját, átnézte a levelezését, majd a gazdasági hírek között végzett egy lapszemlét. Teljesen elmerült a hírek és elemzések tanulmányozásában, és csak azt vette észre, hogy felesége mellé lép, és egy gyors puszit nyomva az arcára elköszön tőle.

– Pá, drágám. Ügyes legyél. Majd szorítok neked – mondta, és kisietett a bejárati ajtón.

Péter üres tekintettel nézett utána, de most a bankigazgatóra és a délelőtti tárgyalásra kellett koncentrálnia. Megfürdött, meztelenül borotválkozott. Alapvetően szégyenlős volt, de otthon, a négy fal között szeretett meztelenkedni. Belenézett a tükörbe. Egy jóképű, negyvenes férfi nézett vissza rá. Bár mostanában észre sem vette, de a nagy emberekkel való megbeszélések nyomot hagytak rajta. Kis ránc a szeme sarkában, kis vonal a szeme alatt. Többet kellene aludnia. Többet kellene a feleségével lennie. *Na, csak legyen túl ezen, gyorsan rendbe rak mindent,* gondolta. A maradék habot lemosta az arcáról, finom kölnit használt, nem a mostanság divatos, aftershave-nek nevezett valamiket.

Finom parfüm, és indult a hálóba. Anita fogasra készítette a kedvenc fehér ingjét, az öltönyéhez és a hangulatához választotta a nyakkendőt. Miután felöltözött, az előszobában található nagy tükörben leellenőrizte magát. *A koromhoz képest jól nézek ki, mondta a kéményseprő,* gondolta magában, és ezen a régi beszóláson jót derült. Kissé jobb kedvvel ült az autóba. Klasszikus zenét keresett a rádión, és elindult a bankigazgató háza felé.

Anita az állomásig gyalog ment, mint mindig. Már messziről látta Laci autóját. Könnyű nyári blúzt, szoknyát és sportcipőt viselt. Kirándulni mentek.

– Szia.

– Szia.

Megcsókolták egymást, hosszan, kiéhezve, szorosan ölelkezve csók közben.

– Megyünk? – kérdezte Laci.

– Menjünk – válaszolta Anita.

– Hová vigyelek?

– Vigyél a Dunakanyarba – mondta Anita.

Elindultak. Laci lehúzott ablakkal vezetett, így a szél bele-belekapott a hajába, Anita ezt nagyon szexinek találta. Nekidőlt a férfi vállának, néha a haját, néha a combját simogatta, nem próbált gondolni semmire. Egészen Visegrádig mentek, az autót a kikötőben található parkolóban hagyták. Sétáltak egy kicsit a parton, majd úgy döntöttek, hogy megmásszák a sok lépcsőt, ami felvezet a fellegvárba. Egymás kezét fogva, ahogyan a szerelmesek szokták, elindultak a hegynek fel. Sok volt a lépcső, mire felértek Anita arcának mindkét fele kipirosodott. Laci ránézett és megszólalt:

– Olyan gyönyörű vagy! – mondta, és hosszan megcsókolta.

Olyan hosszan, ahogy csak egy szerelmes férfi tud csókolni, aki már alig várja a beteljesülést. Anita ugyanolyan hevességgel viszonozta, és közben forróság öntötte el a testét, de azt nem a hegymászás okozta. Zavarba is jött ettől a közjátéktól.

– Menjünk be – szólt Anita.

– Menjünk.

Megvették a belépőjegyet, és kézen fogva sétáltak a fellegvárban. Megnézték a várudvart, de mint minden látogató, inkább a toronyba igyekeztek, hogy ebben a napfényes időben megcsodálják a gyönyörű panorámát, ami minden idelátogató szeme elé tárul. A folyó mint egy óriáskígyó tekergett a hegyek lábainál, lustán, méltóságteljesen, mutatva azt a múlhatatlanságot, amit a természet tud mutatni; *én már előttetek is itt voltam, és utánatok is itt leszek.* Csak álltak ott, és gyönyörködtek a látványban.

– Gyere, menjünk, együnk egy fagyit – szólt Laci. – Szereted a fagyit?

– Igen szeretem – válaszolta Anita.

Vettek fagyit, és nagy élvezettel kezdték elnyalni. Laci, miközben Anita őt nézte, nyelvével félreérthetetlen mozdulatokat téve nyalta a fagyiját. Anita arra gondolt, hogy valóban jól bánik a nyelvével, vagy csak itt mutatja magát? Na, majd annak is eljön az ideje, gondolta, de az nem ma lesz. Ezt előre tisztázta Lacival. Ma csak kirándulás, semmi több. Visszasétáltak az autóhoz a kikötőben. Ott leültek egy padra.

– Mi lesz velünk? – kérdezte Laci.

– Mi lenne? – kérdezett vissza Anita.

– El fogsz válni Pétertől? – folytatta.

– Már miért válnék el, Laci? Nem értelek. Tisztáztuk az elején. Most itt vagyok veled, de ne akarj többet, mint amit én adni tudok, vagy akarok neked, mert akkor sehogyan sem fog működni ez a dolog – folytatta Anita –, érted?

– Igen, értem. Megértettem – felelte Laci. – És most?

– Most pedig kérlek, vigyél haza, mert azt mondtam a férjemnek, hogy Annával mentem a városba vásárolni. De mire hazaérünk, már délután négy óra lesz. Vagy még később.

– Rendben.

Autóba ültek. Anita most nem dőlt neki a férfinak, lefoglalták a gondolatai. Meglepődött, hogy Lacinak már hosszú távú tervei vannak, amikor Ő még azt sem tudja, hogy igazából mit akar. Oké, valószínűleg le fog vele feküdni, de ez sem olyan könnyű.

Soha nem szerette, ha a férfiak diktálták neki a tempót, ettől egy kicsit mindig befeszült. Már így is elég furán érezte magát, még soha nem csalta meg Pétert. De ebben a férfiban van valami, ami úgy vonzza, mint egy mágnes. Persze erre azért még senki nem építene egy új életet, és ő sem fog.

Mindenesetre jólesett neki, hogy Laci el tudta képzelni vele hosszabb távon. Gondolataiból ébredve észrevette, hogy Laci éppen befordul az állomás épülete elé.

– Mikor látlak? – kérdezte.

– Nem tudom. Majd üzenek.

– Szia.

– Szia.

Anita megcsókolta a férfit és kiszállt a kocsiból. Elindult az állomás melletti járdán hazafelé, amikor egy szürke autó áll meg mellette. Odafordult. Péter volt az. Lehúzta a jobb első ablakot és megkérdezte:

– Elvihetem a hölgyet?

Anitának a torkában kezdett dobogni a szíve. Agyában, mint egy szuperszámítógépben, cikáztak a gondolatok. Meglátta, hogy kiszállt Laci autójából? Látta, hogy megcsókolta? *A fenébe*, gondolta, de mosolyt erőltetett magára és így szólt:

– Anyukám azt mondta, hogy ne szálljak be idegen férfiak autójába – felelte nevetve, és kinyitva az ajtót behuppant első ülésre.

– Most végeztél? – kérdezte a férjétől.

– Igen, most, és megláttalak a járdán sétálni. Gondoltam mivel
egy helyre megyünk, el is vihetnélek – kötözködött tovább Péter.

– Milyen volt a vásárlás? Vettetek valamit? – folytatta.

– Á. Lejártuk a lábunkat, de nem volt semmi jó cucc. El is fáradtam nagyon.

– Mit szólnál, ha elmennénk enni? Tudod, van itt az a hangulatos kis étterem – folytatta Péter.

– Jó ötlet. Mehetünk.

Miközben az étterem felé haladtak, Anita próbált visszaemlékezni, hogy amikor kiszállt Laci autójából, akkor már láthatta
őt Péter, vagy csak később érkezett? De mivel nem szólt egy szót
sem és nem is kérdezett rá, egy kicsit megnyugodott. Az étteremben nem voltak sokan, így jó asztalt kaptak. A rendelést követően Anita vette át a kezdeményezést, biztos, ami biztos alapon.

– Milyen volt a bankigazgatóddal? Mesélj, hogy ment a nagy
emberrel? Győzött az én uram? – tette fel kérdéseit egymás után.

Péter belekortyolt a vizébe, és a délelőtt eseményeit próbálta feleleveníteni.

10 óra 45 perckor fordult rá a bankigazgató házának kétszárnyú kapujára. Beleszólt a kaputelefonba, bemondta a nevét és várt.

Kisvártatva a kapu szárnyai halk mozdulattal kitárultak,
így jelezvén, hogy behajthat. Péter folyamatosan magán érezte a kamerák vizsgálódó tekintetét. Az elnök a ház előtt várta,
szövetnadrágot és kék inget viselt.

– Jó napot, Péter – üdvözölte széles mosollyal, miközben
nyújtotta a kezét.

– Jó napot, elnök úr – válaszolta Péter. – Engedje meg, hogy
megköszönjem, hogy a szombatjából rám áldozza az idejét –
folytatta Péter túlzó udvariassággal.

– Nem tesz semmit – válaszolt könnyedén az elnök –, kíváncsivá tett.

– Milyen értelemben, uram?– kérdezte Péter.

– Nos, természetesen szakmai értelemben – válaszolta. – De jöjjön, had mutassam be a feleségemnek.

Bementek a házba. A nappaliban egy nagyon szép arcú, vékony testalkatú, úgy az ötvenes évei elején járó hölgy fogadta Pétert. Vékony volt, de nagyon arányos, kb. 170 cm magas volt, kellemes jelenség: formás keblek, hosszú lábak, egyszóval nagyon dekoratív volt.

– Üdvözlöm, Péter – szólalt meg. A hangja lágy volt. – Erzsébetnek hívnak. A férjem már sokat mesélt önről – mondta, miközben Péter felé nyújtotta a kezét.

– Asszonyom. A nevem Szőllősy Péter, és igazán megtisztelő, hogy megismerhettem – válaszolta Péter. – Az elnök úr nem is említette, hogy a ház úrnőjének látványa mindent el fog homályosítani, mert minden szem csak rá fog szegeződni.

– Nana, Péter! – nevetett fel az Elnök.

– Köszönöm a bókot. Megkínálhatom valamivel?

– Egy kávét kérek két cukorral és tejjel, és egy narancslevet – mondta Péter.

– Neked pedig, Tamás – szólt a férjéhez fordulva – a szokásost?

– Igen, kedvesem – mondta az elnök.

– Menjünk a kertbe, ott nyugodtan tudunk beszélgetni – invitálta beljebb Pétert.

Megkerülték a házat a fehér murván sétálgatva, Péter dicsérte az ízlését, amivel a kert kialakításra került, s közben elérkeztek a fából épült dobogón elhelyezett, kerti bútorokkal kialakított hangulatos kis teraszra, ahol az elnök hellyel kínálta Pétert. Amíg a kávéra vártak, szólt váltottak a golfról, hogy most melyik klubbot részesíti az elnök előnyben és miért. Péter nem értett a golfhoz, de mielőtt elindult, beleásta magát a témába.

– Parancsoljatok, Tamás, itt vannak az italok – jelent meg Erzsébet, az Elnök felesége, aki saját kezűleg szervírozta nekik.

– Köszönöm szépen – mondta Péter kicsit meglepődve. Fehér kötényes, fehér fityulás felszolgálókisasszonyt várt.

– Jól látja, Péter – felelte Erzsébet, mint aki olvasott a gondolataiban –, én vezetem a házat, nincs szükségem segítségre.

– Köszönöm, drágám – köszönte meg az elnök is a felesége kedvességét.

Nem is kellett a témáról Péternek beszélnie, hanem csak egy-két kérdést felvetnie, hogy az elnök érezze az érdeklődést, és mesélhessen kedvenc hobbijáról. Péter feszült arccal figyelt, időnként helyeselt, időnként közbevetett egy kérdést, pl. melyik lyukhoz melyik ütő a legmegfelelőbb? Ilyenkor az elnök vehemensen magyarázott, szinte tanította Pétert a golfozás rejtelmeire.

A pincér időközben kihozta a rendelést, Anita nekiállt vacsorázni, majd halkan megjegyezte:

– Folytasd csak, figyelek – kérte a férjét.

Miután röviden kibeszélték a golf rejtelmeit, az elnök belekortyolt az ír kávéjába és kérdő tekintettel Péter felé fordult.

– Nos, azt hiszem, hogy már éppen eleget beszéltem, most magán a sor. – mondta az elnök.

Péter belekortyolt a hideg narancslébe, tekintetét az elnökre vetette, és azzal a hangtónussal, amit ilyenkor használni szokott az ügyfelekkel szemben, tagoltan belekezdett. Dicsérte mindazt, amit az elnök eddig elért. A munkájában, a magánéletében. Pozíciójából adódóan sokan megkörnyékezik, előnyüket remélve, de ez egy kemény világ, a pénz világa, itt nincs barátság. Itt van ez a ház és ez az életforma, amíg nyugdíjba nem megy, nincs nagy probléma. Ezt az elnök is csak helyeselte. Péter itt kezdte el nyomogatni a gyenge pontokat.

Biztos ebben? Van arra garancia, hogy nem fog vele történni semmi? És ha történik valami váratlan, előre nem látható? Akkor mi lesz a feleségével? A gyermekeivel? Ekkor csendben maradt és újra belekortyolt a narancslébe, miközben az elnök arcát figyelte. Látta rajta, hogy elkezdett járni az agya, gondolkodóba esett.

– Folytassa! – hangzott a felszólítás.

– Nos, én nem vagyok feltétlenül biztos abban, hogy minden ugyanúgy fog továbbmenni – folytatta Péter.

A továbbiakban elég borús képet kezdett festeni arról, hogy mi történik akkor, ha az elnök megbetegszik. Például kórházba kerül. És ez tovább tart, mint három hónap. Akkor is biztosan ő lesz a bank elnöke továbbra is, vagy az igazgatótanács szeretne egy tettre készebb embert látni az elnöki székben? Az elnök jól láthatóan gondolkodóba esett.

– Szeret duplán adózni? – tette fel a következő kérdést Péter.

– Senki sem szeret még adót fizetni sem itt, nem hogy duplán. Ki hallott már ilyet? – nevette el magát az elnök.

– Nyugodjon meg, ha ön meghal, a családja duplán fog majd adót fizetni.

Az elnök arca elkomorult. Nem vágta még így senki az arcába, mint ez a fickó itt előtte, hogy meg fog halni. Hirtelen ideges lett. De miért is? Ez a pasas csak kimondta, amit eddig senki nem mert kimondani: hogy ő sem fog örökké élni. Jó lesz figyelni rá.

– Folytassa! – szólította fel.

Péter pedig megmutatta, hogy az örökösödési adó milyen formában érné a családot; hogy a már leadózott jövedelemből az állam a halála estén még egyszer adót von örökösödési adó formájában. Ezzel szemben az életbiztosítást a törvény kivonta az örökösödési eljárás alól. Tehát mindazon összeg, ami a biztosításban szerepel, a biztosított halála napján az örökösödési adó alól kivont összeg, legyen az bármilyen nagyságú. Péter itt elmagyarázta a technikai részleteket, majd megint csendben maradt. Ivott egy kortyot, és az elnököt figyelte.

Az a kávéját kezdte kortyolgatni, miközben látszott rajta, hogy erősen foglalkoztatja mindaz, amit Pétertől hallott. Majd letette a kávéját az asztalra és kérdéseket kezdett feltenni. Elindult egy olyan beszélgetés, ami már a törvényekről és az ide vonatkozó rendelkezésekről szóltak, a kockázatok viselésének lehetséges módjairól, a szolgáltatásokról és azok igénybevételének a mikéntjéről. Szóba került a magán egészségbiztosítás finanszírozása a biztosítóval, s hogy hogyan lehetséges ez. Rengeteg kérdése volt az elnöknek, de ez a pálya már Péteré volt. Itt ő volt hazai térfélen. Az ilyen tárgyalásokat nagyon élvezte, ilyenkor volt igazán elemében. Amikor tárgyi tudása ötvöződött a személyiségéből fakadó őszinte, gyermeki ártatlansággal, ahogyan kommunikálta mindezt az ügyfelei felé. Tizenegy órára jött, és már 14 óra volt.

– Hogy elszaladt az idő! – kezdett bele. – Nem szeretném próbára tenni a türelmét, uram, így hát indulok is.

– Hová siet? – kérdezte az elnök. – Vagy csak ennyi időt szánt rám? – mondta kissé haragosan.

– Nem, uram, csak nem szeretnék visszaélni a vendégszeretetével – folytatta Péter.

– De most dolgozunk, a fenébe is! – fakadt ki az elnök.

Péter tudta, hogy horogra akadt az ügyfele. *Megvagy,* gondolta magában. Akkor előre, bátraké a szerencse.

– Most hogyan tovább, uram? – tette fel az egymillió dolláros kérdést és csendben maradt.

Szabály az, hogy aki először megszólal, az veszített. Mindketten egymást nézték. Igen ám, de az elnök már rég nem volt az a magabiztos elnök, aki az íróasztala mögül irányít, mert nem az íróasztala mögött ült, hanem egy nagyon drága rattan fotelben, és éppen most futott át az agyán, hogy mi is lehet vele egy esetleges stroke esetén. Elnök biztosan nem maradna. És ez nem nagyon tetszett neki.

– Mikor tud velem szerződést kötni? – kérdezte az elnök.

– Nos, uram, akár most is, hiszen online készítjük el, önöknek csak egy nyilatkozatot kell aláírni. A pénzügyi utalásokat pedig majd a nyitónapon megteszik. Ahhoz megadom az instrukciókat – sorolta fel a teendőket Péter.

– Mit kell tennünk? – nézett rá szinte segélykérően az elnök.

– Ön és a kedves felesége adja ide az okmányait, és én a megbeszélteknek megfelelő módon elkészítem a szerződéseiket, amennyiben önnek is megfelel, uram – fejezte be Péter.

– Lásson neki. Mindjárt hozom az iratokat – mondta, majd az asztaltól felállva elindult be a házba, megkeresni a feleségét.

Péter elővette a laptopját, bekapcsolta és nekiállt dolgozni. Kitöltötte a megfelelő online szerződéseket. Időközben az elnök visszatért az okmányokkal. Átnézette vele, amit eddig írt. Majd miközben folyamatosan dolgozott, az elnökkel kontrollkérdések formájában ellenőriztette, hogy ugyanarra gondolnak-e. Két óra elteltével kész volt a szerződésekkel, a nyilatkozatokat úgy az elnök, mint a felesége aláírta.

– Gratulálok a szerződéséhez, uram – szólalt meg Péter.

– Gratulálok a munkájához, Péter – szólalt meg az Elnök.

– Köszönöm, uram. Igyekeztem – felelte.

– Nem csalódtam – folytatta az elnök. – Van szemem az ilyesmihez, maga nagyon jó szakember.

– Köszönöm, uram – felelte szerényen Péter, de belül azért dagadt a keble.

– Az utalást megtesszük hétfőn a megbeszéltek szerint – folytatta az elnök.

– Köszönöm. További kellemes pihenést – köszönt el Péter. Feleségére nézett és így szólt:

– Szóval így történt a délelőtt a bankigazgatóval Drágám! Majd autóba ültem és elindultam az étterem irányába, amikor egy ismerős alakot pillantottam meg. Téged. Ma délelőtt kerestem 5 millió forintot.

– Az jó – válaszolta a felelsége, de tekintetét továbbra is a tányérján tartotta.

– Lerendezem még ezt az új pasast és elmegyünk – ígérte meg a férje.

Miután befejezték a vacsorát, Péter fizetett és elindultak haza. Belépve a házba Anita volt az első, aki elment fürdeni. Péter addig töltött egy pohár bort és bekapcsolta a TV-t.

– Megnézünk valami filmet? – kérdezte hangosan.

– Aha – jött a válasz.

Miután Anita végzett, Péter is bejutott a fürdőszobába. Tusolás közben jutott eszébe, hogy nem hívta fel Zoltánt, aki pedig várja a hívását, hogy beszámoljon a tárgyalásról.

Gyorsan megtörölközött, átöltözött és kisietett a nappaliba, ahol a mobilját hagyta. Anita eközben elhelyezkedett a kanapén.

– Mi van? Nem jössz? – kérdezte. – Kezdődik.

– Elfelejtettem Zoltán felhívni – mondta. – Mindjárt jövök.

Kivonult a konyhába telefonálni.

Tárcsázta a számot. A második csengetésre ismerős hang szólt bele.

– Halló. Na, mizu'?

– Szia. Megkötöttem.

– Gratulálok. Mekkora összeggel? – kérdezte Zoltán.

Péter megmondta, mire egy nagy ordítást hallott a vonal másik végén.

– Baszki, mekkora nagy vagy! Ez öt milla, barátom, akárhonnan is nézem – kiabált bele a telefonba Zoltán. – Mekkora király vagy! Én fizetek, a vendégem vagy. Na, mesélj el mindent tövéről hegyire.

Ja, a vendéged vagyok. Nem kevés pénzt fogsz ez után a szerződés után te sem kaszálni, gondolta Péter, de hát ez volt a rend. Nekiállt tövéről hegyire elmesélni, hogy mikor érkezett meg, hogyan fogadták, hogy ismerte meg a feleségét, hogyan beszéltek a golfról, majd a tárgyalás hogyan zajlott, és hogyan kötöttek szerződést.

– Nos, Péterem, nagy vagy. Komolyan. Ez a golfos tudálékosság, azt hiszem bejött. De mindegy is – folytatta lelkendezve Zoltán. – A lényeg, hogy tető alá hoztad az üzletet. Hívom is az elnökünket, hadd legyen boldog ő is. Még egyszer gratulálok. Tényleg nagy vagy. Nagymenő lettél. Büszke vagyok rád – szólt Zoltán, majd bontotta a vonalat.

Péter kikapcsolta a telefonját és töltőre tette. Bement a nappaliba. A TV-ben ment a film, Anita a kanapén elnyúlva, szuszogva aludt. Nem volt szíve megmozdítani, hozott egy takarót, betakarta a feleségét, hogy ne fázzon, majd miután a TV-t kikapcsolta, bement a hálóba és hosszú idő óta egyedül lefeküdt aludni.

Anita arra ébredt, hogy nagyon fáj a nyaka. Atyaég. Kinyitotta a szemét és akkor látta, hogy a kanapén fekszik. Már emlékezett, hogy este nézni akartak egy filmet, de Péter elment telefonálni, ő pedig elaludt itt a kanapén. Vasárnap volt. Felkelt, a takarót összehajtotta, a kanapét megigazította, és kiment a konyhába kávét főzni. Ezt követően bement a hálószobába tiszta fehérneműért és rápillantott a franciaágyra, amin Péter halkan szuszogva aludt. Takaró a derekán volt csak, kilátszott izmos háta és formás vádlija. De most valahogy nem érzett késztetést, sem vágyat arra, hogy szeretkezzen vele. Ez is zavarta. Hogy közönyös volt irányába. Sarkon fordult és elvonult a fürdőszobába. Mire végzett, a kávé is elkészült.

A nappaliban kortyolgatta, amikor zajt hallott a háló felől. Péter ment ki a lakás legkisebb helyiségébe, majd kisvártatva kócosan, bedagadt szemmel megjelent a nappaliban.

– Jó reggelt – szólt. – Kávét már nem is kapok? – kérdezte. –
Büntiben vagyok, vagy mi?

– Jó reggelt, drágám. Olyan mélyen aludtál, hogy nem volt
szívem felkelteni téged – válaszolta a felesége. – Nagyon sokat
dolgozol az utóbbi időben. Rám is egyre kevesebb időd van –
folytatta kissé számonkérően.

– Jaj, ne már! Tudod, hogy lerendezem ezt a nagy halat és el-
megyünk – folytatta a férje.

– Megígértem. Vagy már nem emlékszel?

– Igen, megígérted. De majd megint jön egy fontos, nagy hal,
meg egy fontos, nagy ember, és soha nem lesz vége – kezdett
nyafogni a felesége.

– Megbeszéltem Zoltánnal is, hogy ez után az ügy után sza-
badságra jövök – mondta –, nem lesz fontosabb nálad. Kapok
azért kávét? – kérdezte Péter.

Anita kiment a konyhába, elkészítette a férje kávéját, ahogy
azt ő szerette, bevitte a nappaliba. Csókot lehelt a szájára, majd
átnyújtotta a csészét.

– Köszönöm – szólt a férje.

Csendben kávéztak. Péternek lassan a hétfőre és a jövő heti
teendőire terelődtek a gondolatai.

Feleségének pedig az új baráton, Lacin járt az esze. Tiszta
szerencse, hogy nem láttak bele egymás gondolataiba, mert lett
volna balhé belőle.

– Mire gondolsz, drágám? – kérdezte Anita Pétert.

– A jövő héten jár az eszem – válaszolt a férje. – Ez az ügyfél
nem hétköznapi befektető, nagyon jó ajánlattal kell előállnom,
és a legjobb formámat kell mutatnom neki.

– Izgulsz? – kérdezte a felesége.

– Azt nem mondanám. Volt már nagy kaliberű ügyfelem, ez
is ilyen, csak sokkal több pénzt mozgat. A rám eső kockázatot
kell minimalizálnom, ez a legfontosabb. Ha valami nem jól sül
el, akkor ne legyen rajtam nagy kockázat – válaszolta.

– És te? Neked mi jár a fejedben? – kérdezett vissza Péter.

– Ó, nekem? Semmi különös, csak azon gondolkodtam, hogy
hová menjünk pihenni – válaszolta Anita.

– Ez remek. Rád bízom. Válaszd ki azt a helyet, ahová szeretnéd, hogy elmenjünk. Foglald le, mondjuk mához két hétre – mondta Péter.

– Rendben, akkor ma neki is állok.

– Hálószoba? – kérdezte bátortalanul Péter.

– Konyha, reggeli, takarítás, kert – folytatta a felesége. – Sok minden elmaradt a ház körül – nézett a férjére megbocsátást kérő tekintettel.

– Ok, megértettem.

Péter bement a fürdőszobába rendbe tenni magát. Túl elfoglalt volt és túlságosan lekötötték a gondolatai ahhoz, hogy most a felesége viselkedésével foglalkozzon. Tudat alatt érezte, hogy mintha megváltozott volna valami kettőjük között, de mivel sem ideje, sem energiája nem volt most erre, betudta annak, hogy most nagyon elfoglalt, és a felesége így adja finoman és intelligensen a tudtára a nemtetszését.

Majd megbékül, ha elviszem nyaralni, gondolta, miközben a zuhanyrózsa ezer sugárban szórta fejére a forró vizet. Egész testére záporoztak a forró víz áldásai. Kis idő múlva átváltotta a vizet hidegre, és abban folytatta. Érezte, amint az ereiben lüktetni kezd a vér. Mintha milliónyi tű szúrná a testét, de az már nem hideget érez, hanem egyenesen forrót a sok szórástól. Nagyon szerette a szaunát, de itthon be kellett érnie ennyivel. Szárazra törölte a testét, felöltözött és kiment a konyhába.

Anita már elkészítette a reggelit. Szótlanul megreggeliztek. Péter segíteni akart a rendrakásban, de a felesége finoman jelezte, hogy ezt most ő megoldja egyedül.

Kiment a házból. Sétált egy kicsit a kertjükben, hallgatta a madarak énekét. Szerettek itt lakni. Falusi hangulat volt, a kert nyújtott némi szabadságot, és helyet a pihenésre. Miután kiszellőztette a fejét, bement a házba és készített még egy kávét. Időközben kinyitotta a laptopját és megnyitotta a levelezését. Látta persze a telefonján is, hogy kitől kapott levelet vagy ki kereste, de azt csak jelzésként használta, mert jobban szerette a laptopjáról megválaszolni a leveleket. Kitöltötte a kávét, megkérdezte a feleségét, hogy ő is kér-e. Nemleges válasz után leült dolgozni. Válaszolt a levelekre, elolvasta a levélben kapott rövid és középtávú elemzéseket. Piaci kitekintőket olvasgatott.

Saját társaságuk hírleveleit is minden alkalommal elolvasta, fel is volt iratkozva rá. Észre sem vette, hogy mikor felnézett a monitorról, a gép jobb alsó szélén lévő óra 16 órát mutatott. Atyaég, hogy elszaladt az idő! Felállt az asztaltól, és elindult megkeresni Anitát. A házban nem találta, így kiment az udvarra. Meglátta a ház mögött. Három új virágágyást látott, amik körül tüsténkedett a felesége. Anita szerette a virágokat, és szerette a szabadban rendezni a kertet és az udvart.

– Helló, szépasszony – szólalt meg Péter. – Ma nem lesz ebéd?

– Miért? – kérdezett vissza a felesége. – Nem főztél ma semmit?

– Oké. Akkor rendelek – válaszolt Péter.

– Rendben.

Visszament a házba, mobilján tárcsázta az egyik népszerű éttermet, amely házhozszállítással is foglalkozott. Leadta a rendelését. 50 perc. Ennyi idő múlva lesz itt az ebéd. De az már inkább vacsora lesz. Erre a gondolatra elmosolyodott, és visszaült a gépéhez.

Nem tudta, mennyi idő telt el, amikor a csendbe, mint valami légoltalmi sziréna, úgy hasított bele a ház csengője. Péter összerezzent. Biztosan a futár az. Kiment a kapuhoz, kifizette, majd az ételt a konyhába vitte. Anita még mindig a kertben volt. Megterített, majd kiment a házból.

– Ebéd – szólt hangosan.

– Nem inkább vacsora? – hallatszott a válasz.

– De. Akkor vacsora – monda Péter kissé bosszúsan.

Anita bejött, átöltözött. Kézmosás után leültek enni.

– Mit csináltál kint? – kérdezte Péter.

– Vettem új virágmagokat, azokat tettem bele az egyik ágyásba, és még tettem el sárgarépát, karalábét és fehérrépát – válaszolta a felesége.

– Nagyon ügyes vagy – dicsérte meg a férje.

– Igen, tudom – szólt vissza a felesége –, de ez a hajlongás az én derekamnak sem tesz jót –folytatta –, úgy érzem, leszakad.

– Vacsora után pihenj le! – biztatta a férje.

– Igen, azt fogom tenni, mert nagyon érzem, hogy van derekam – mondta Anita.

Közben végeztek a vacsorával. Péter kérdezés nélkül nekiállt elpakolni, elmosogatni. Rendet rakott, kivett egy palack rozét a hűtőből, valamint két poharat a tálalóból, így ment be a nappaliba.

– Kérsz? – kérdezte a feleségét, aki a kanapén már kényelembe helyezte magát.

– Igen, de csak egy pohárral – válaszolta –, nagyon elfáradtam.

Péter kitöltötte az italokat. Az egyik poharat átnyújtotta a feleségének, ő pedig visszaült a gép elé. Nekiállt összerakni a jövő heti programját.

Anita valami kora esti filmet kezdett el nézni, de nem igazán értett belőle semmit, mert az esze nem a filmet követte. Nagyon jólesett neki egész nap a friss levegőn lenni, és szeretett is pepecselni kint, magának készíteni virágos- és zöldségeskertet. El is fáradt rendesen. De egész álló nap Laci járt a fejében. Mit is akar igazából ettől a férfitól? És ha megkapja, hogyan tovább? Hiszen Laci már mondta, hogy jóval többen gondolkodik, mint egy szerelmi kapcsolat. De ő most nem akar ennél többet. Ha ezt is akarja egyáltalán. Valami vadság volt a férfiban, ami vonzotta. Régóta nem érezte ezt a sóvárgást, ami a férfi után hajtotta. Péter nagyszerű ember volt, mint ahogy nagyszerű szerető is. Sok mindent kipróbáltak, és Péter mindannyiszor csak a felesége boldogságát kereste, és mindent megtett, hogy szexben se szenvedjen hiányt. Nem is szenvedett. *De akkor most mi van velem?*, tette fel a kérdést önmagának. Mióta csak hazahozta kocsival, azóta nem hagyja nyugodni a gondolat. Miért kellett beszállni az autójába? Miért engedett neki? Nem tudta önmagának sem megmagyarázni. Hosszú tépelődés után nem volt jobb magyarázata, mint hogy most engedett az ösztöneinek. Mint kultúremberek, megtanultunk uralkodni rajta. Elnyomjuk, háttérbe szorítjuk, jelzővel illetjük (állatias), és úgy tekintünk rá, mint valami rossz dologra. Hiszen racionálisan gondolkodó lények vagyunk. Igen. Ez igaz. Mindaddig, míg az ösztön nem győz az értelem felett. Akkor pedig minden hormont ezerszeresen indít be, ami az ösztönös érzéshez kapcsolódik. Igen, valami effélét érzett Anita is.

Nem akart szeretkezni a férfival, hanem azt akarta, hogy minden gátlást levetkőzve, ösztönösen, ahogy jön, tegye a magáévá, ahányszor csak tudja. Nem kell a finomság. Nem kell az érzékiség, csak maga az ösztönös testiség kell, ami magában hordoz valami őserőt. Igen, erre vágyott. Ezt érezte a férfiban, és ezt akarta tőle. Egyszer. És soha többet. De egyszer nagyon. Szerette Pétert, jó férje volt, de ezt most nagyon akarta. Érezte, ahogy az ösztöne napról napra egyre jobban hajtja a férfi karjaiba. Miközben e gondolatok jártak a fejében, azt vette észre, hogy a bugyija nedvesedni kezdett. Ugye?

Folytatta a gondolatmenetet. Ez az ösztön ilyen. Ránézett a telefonjára, már későre járt. Férje még mindig a nappali asztalánál ült, belemélyedve a laptopjának a monitorába, észre sem véve az idő múlását. Úgy döntött, hogy nem fekszik le Péterrel, csak amikor a Lacival való kalandnak vége. Majd a nyaraláson. Ott mindent visszaállít, mindent helyre fog tenni, Laci pedig csak egy kaland marad, amit eltemet a lelke legmélyére, hogy Péter soha az életbe meg ne tudja. *Igen*, gondolta, *ez talán így lesz jó.* Nem lesz hosszú kaland, csak kaland lesz. De nagy szükségét érzete ennek a kalandnak. Kikapcsolta a TV-t. Felkelt a kanapéról és elindult a hálószoba felé.

– Elfáradtam, lefekszem – szólt oda a férjének.

– Renden. Jó éjt, szívem – hangzott a válasz.

Péter még dolgozott egy órát, majd ő is elment aludni. Így ért véget a vasárnap.

5. FEJEZET

CÁPÁK KÖZÖTT

„Minden nap egy új élet. Néha csak annyit tehetsz, hogy figyelsz, és megteszed, ami tőled telik."
(Dan Millman)

Hétfőn reggel nem az irodába kellett bemennie, hanem a központba. Zoltánnal megbeszélték, hogy a kijelölt időpont előtt az elnök titkárnőjénél fognak találkozni. Péter autójának rendszáma előre le lett adva a székház biztonsági szolgálatának, hogy a reggeli parkolás ne okozzon gondot, hiszen senki sem tudta, meddig fog tartani a reggeli megbeszélés.

Sokat járt be a székházba, amióta kezdtek jól menni a dolgai, időnként oktatásokat tartott kezdő ügynököknek, de ő is vett részt különböző tanfolyamokon. Miközben ezeken gondolkodott, odaért a teremgarázs lejáratához. Bekanyarodott a lehajtóra. Sorompó állta az útját. Beleszólt az ott elhelyezett hangszóróba, bemondta a nevét. Kisvártatva a sorompó felnyílt, ő pedig lehajtott. Bekormányozta az autóját a vendégeknek fenntartott helyre és leparkolt. A garázsból lifttel ment fel a hetedik emeletre, ahol az elnök irodája volt. Kilépve belőle egy tágas előtérben találta magát. Járt már itt egy alkalommal. A szoba – vagy helyiség – teljes bal oldala üvegből volt, a padlótól a plafoni. Így a látogatóknak kilátása nyílt a városra.

Egy nagy, társalgó jellegű tér lett kialakítva hatalmas, bőrből készült fotelek és kanapé társaságában, központi helyen egy nagy, üvegből készült dohányzóasztallal. Itt foglaltak helyet és várakoztak mindazok, akik valamiért az elnökhöz akartak bejutni. Vagy valamiért hívatták őket. Ez a második opció nem kecsegtetett sok jóval. A jobb oldalon mahagóni fa borította a falat teljes terjedelemben. Időnként ajtók törték meg a fal egyhangúságát. Péter Zoltán elmondásából tudta, hogy mögötte rejtőzik egy rendes konyha, ha az elnöknek kedve támad itt ebédelni, vagy prominens ügyfeleket vendégül látni diszkréten, a nyilvánosság és a kíváncsiskodó szemek elől rejtve. A szakács főállásban dolgozott itt. Állandóan rendelkezésre állt. Természetesen egy ízlésesen berendezett kis étkező is a rendelkezésre állt, ahol hat főre lehetetett teríteni. A terem végéből nyílt a tárgyaló. A társalgó végét egy nagy üvegfal zárta le. Mögötte lehetett látni két hatalmas íróasztalt, rajtuk szintén hatalmas monitorokkal, modern telefonközpontokkal. Az egyik asztal mögött egy szikár, ötvenes éveiben járó hölgy foglalt helyet. Amikor Péter kilépett a liftből, dobott felé egy mosolyt, ő pedig egy hellóval válaszolt. Legalábbis Péter ezt vélte leolvasni a szájáról. Úgy emlékezett, hogy valamilyen Zsuzsának hívják, és ő az elnök személyi asszisztense.

Csak rajta keresztül lehet bárkinek is bejutni a nagy emberhez. Még a mobilját is Zsuzsa veszi fel. Az e-maljeit, a levelezését, mindent Zsuzsa végez. A másik asztalnál egy harmincas, csinos nő foglalt helyet, aki az általános asszisztensi feladatokat látta el. Mögöttük volt található egy nagyon magas, dupla szárnyas ajtó. Az volt az elnök szobája. Az egész emelet magában hordozta a multinacionális nagyvállalat vezetőjének státuszát a cég piacon elfoglalt helyének és szerepének jelentőségének a kihangsúlyozásával egyetemben. Aki belépett, az azt érezte, hogy itt egy nagyon nagy hatalmú ember dolgozik; látható volt a pénz, mert ők ketten – mármint a pénz és a hatalom – kéz a kézben jártak.

Péter látta Zoltánt, aki az előtérben valami vicceset mondhatott a fiatal asszisztensnek, mert az a fejét hátrahajtva nevetett. Kisietett az üvegajtón, és széles mosolyra húzódó szájjal üdvözülte Pétert.

– Jó reggelt. Hát itt van a mi nagymenőnk! – kiáltotta kissé tréfásan.

– Jó reggelt – felelte Péter kissé bosszúsan. Nem szerette maga körül a felhajtást, zavarta.

– Kávé? – kérdezte Zoltán.

– Igen, kérek – válaszolta.

Zoltán leadta a rendelésüket az asszisztensnek, majd elirányította Pétert az elnöki tárgyaló irányába. Az ajtó mágneskártyával nyílt. Zoltánnak volt belépője. Miután bementek, Zoltán mutatta, hogy hová üljenek le.

– Szóval lesz itt ma egy-két ember, akin sok múlik, de ez téged ne zavarjon, mert én is itt leszek – kezdett bele Zoltán. – Te csak add elő mindazt, amit nekem mondtál. De a nevéről, vagy hogy ki ő, egy szót sem – folytatta. – Megértetted? Ez nagyon fontos.

– Mire ez a nagy titkolózás? – firtatta Péter.

– Nézd, majd meg fogod látni, hogy mennek itt a dolgok. Nem voltál még itt. Bízz bennem – kérte Zoltán.

A fiatal asszisztens libbent be, kistányéron hozta a kávéjukat. Mindketten a gondolataikba merülve itták a forró italt, amikor kinyílt az ajtó és az elnök lépett be rajta. Tiszteletük jeléül felálltak, zakójukat gyorsan begombolták, és úgy fogadták a köszönését.

– Jó reggelt, uraim – kezdte az elnök energikusan. – Itt a két legjobb emberem – nyújtotta a kezét üdvözlésre először Zoltán, majd Péter felé.

– Jó reggelt, elnök úr – válaszoltak szinte egyszerre.

– Nos, Péter – fordult felé az elnök –, felkészültél?

– Igen, Uram – válaszolta Péter.

Az idősebb asszisztens nyitott be, és halkan átnyújtotta az elnöknek a csésze kávét. Az elnök fejbiccentéssel jelezte, hogy foglaljanak helyet. Mindhárman csendben kortyolták a kávét.

– Még öt perc – szólalt meg az elnök.

Kinyílt az ajtó, és Péter számára ismeretlen emberek jöttek be. Riadt tekintet ült az arcukon, láthatóan zavarban voltak, hogy az elnök már bent volt.

– Jó reggelt kívánok, elnök úr – hadarták gyorsan. – Elnézést – folytatták.

– Még időben vagytok – nyugtatta meg őket az elnök.

A főnök felállt és megszólalt:

– Kilenc óra van, uraim – szólalt meg –, kezdjük el, mert nagyon fontos ügyben kértem, hogy gyertek el ma.

– Péter, kérlek, állj fel! – szólította meg Pétert.

– Aki nem ismerné, annak bemutatom Szőllősy Pétert, aki Zoltán irányítása alatt dolgozik, és a társaságunk egyik, hogy is mondjam, nagymenő üzletkötője – fordult Péter felé.

– Ugye nem haragszol a titulusért? – kérdezte.

– Nem, uram, dehogy – szabadkozott Péter.

– A többiek majd menet közben mutatkoznak be neked, Péter – folytatta az elnök –, ne is húzzuk az időt, tiéd a szó.

Péter felállt, és üdvözölte a jelenlevőket, majd röviden öszszefoglalta, hogy miért is vannak ott. Elmondta, hogy egy meglévő régi ügyfele ajánlásából felvette a kapcsolatot egy leendő ügyféllel, akinek elég speciális kérése volt. Megemlítette a hatmillió eurót, az egyéves befektetési időtartamot, azt, hogy az ügyfél nagyon jól tájékozott befektetési oldalon, és maga akarja a portfólióját összeállítani. Péter rátért a konkrét kérdésre:

– Nos, uraim, hogy tudjuk letenni úgy a pénzét, hogy kielégítsük a kívánalmait is? – fordult a jelenlévők felé.

– Tudjuk, hogy ki az ügyfél? – tette fel a kérdését egy hatvanas éveiben járó, kopaszodó férfi, aki háromrészes öltönyben volt. – Kovács Béla vagyok, Péter, a társaság vezető aktuáriusa – mutatkozott be.

– Természetesen én személyesen is ismerem, hiszen folytattam vele megbeszélést – mondta teljesen komoly arccal Péter.

Miközben az elnök arcán egy halvány mosoly suhant át. Péter figyelmét sem kerülte el.

– Értem, hogy te ismered, de mi hogyan fogjuk megismerni? – szólalt meg egy alacsony, kopaszodó, negyvenes férfi, akin nem volt nyakkendő, csak zakóban volt, az ingje nyakát kihajtva viselte. – Kiss Tamás vagyok, a társaság befektetési alapkezelőjének az igazgatója.

– Sehogy – válaszolta Péter. – Az ügyfél személye a megbeszélés jelen szakaszában nem releváns, a megoldás, amit kértem, kivitelezhető vagy sem – folytatta célratörően Péter. – Csak ez ma a kérdés, és nem az, hogy ki ez az ember.

– Rendben van, megértettem – folytatta az alapkezelő vezetője –, gyakorlatilag nincs semmi akadálya, ha elutalja az öszszeget és megérkezett hozzánk, hogy mi azt befektessük. De szükségszerű lenne mégis egy személyes találkozó az ügyféllel a portfólió összeállítása, illetve annak a megbeszélése végett. Nem gondolod, Péter? – erősködött tovább.

– Nem gondolom – válaszolt határozottan Péter. – Az ügyfél meg sem fog jelenni itt a székházban. Csak én, Zoltán és az elnök úr tudja, hogy ki is ő, és ez így is fog maradni. Az elnök úr tarja majd vele a kapcsolatot, reprezentál, illetve éreztetjük az ügyféllel, hogy mennyire fontos számunkra és mennyire respektáljuk. Mert ha ezt jól abszolváljuk, akkor nagyobb összeget is hajlandó nálunk elhelyezni – dobta be Péter az aduászt. Halk morgás támadt.

– Mégis mekkora a többi összeg? – kérdezte az aktuárius.

– Nézd, még ezt a feladatot sem oldottuk meg számára, akkor szerinted tegyem fel a kérdést, hogy hé, a hatmillió euró után mennyit szeretnél befektetni? – folytatta Péter. – Nem érzed kínosnak egy kissé a kérdést? – nézett kérdőn az aktuáriusra.

– De, igazad van. Ne haragudj – válaszolt az.

– Miért nem beszéljük át vele a befektetési portfóliót? Tudnám tájékoztatni, bemutatnám neki az alapokat – kérdezte az alapkezelő vezetője.

– Azért, mert az ügyfél ismeri a befektetési alapjainkat, az azok múltban elért teljesítéseit, a lehetőségeinket, és nagyon képben van. Érti ezt a világot – válaszolta Péter. – Végül, de nem utolsósorban, igyekszem távol tartani a társaságtól a felelősséget, mert így az ügyfél választott, az ő stratégiája, az ő üzlete, nem a mienk. Ha valamiért esés lesz, és beüt a baj, minden kockázatot ő visel, és nem mi – mondta Péter.

– De amennyiben ez nem felel meg neked, akkor javaslom, hogy fordulj az elnök úrhoz ez ügyben – mondta kissé bosszúsan.

– Uraim! – szólalt meg az Elnök. – Akkor összefoglalom. Mi ezt a pénzt tudjuk kezelni. –Ugye tudjuk, Tamás? – fordult az alapkezelő vezetője felé.

– Igen, uram, tudjuk – hangzott a válasz.

– Kockázatot nem viselünk, ha jól értem.

– Ugye nem, Béla? – fordult az aktuárius felé.

– Nem, főnök, nem viselünk.

– Rendben – folytatta az elnök.

– Akkor mindenki a dolgára. Péter, te vedd fel az ügyféllel a kapcsolatot, tájékoztasd a helyzetről, és tedd le az asztalra a szerződést. Kérdés van? Ha nincs, akkor jó munkát – szólt az elnök, majd mielőtt kiment a teremből, kezet rázott Péterrel.

– Gratulálok – szólt, és elvonult.

Az alapkezelő vezetője odament Péterhez.

– Tudunk beszélni négyszemközt? – kérdezte.

– Persze, gyere csak – mondta Péter és félrehúzódtak.

– Ne haragudj, hogy annyira nyomultam, de nem minden nap jön szembe egy hatmillió eurós ügyfél. Öregem, nagy vagy – kezdett bele.

– A lényegre – hűtötte le Péter.

– Amikor az ügyfél elhelyezte a pénzt a befektetési számlákon, 20 millió jutalékot fogok neked kifizetni, ez a sztenderd ekkora összegnél – folytatta.

– Rendben, és köszönöm – válaszolta Péter. A szeme sem rebbent az összeg hallatán.

– Jó, rendben – mondta az alapkezelő vezetője, és kezét nyújtva elköszönt. A vezető aktuárius már hamarabb elviharzott. Ketten maradtak Zoltánnal.

– Egész jól ment – mondta Péter.

– Igen, egész jól – erősítette meg Zoltán.

– Te, figyelj, van még itt valami, amit meg kell beszélnünk. Az elnök rám bízta – kezdett bele Zoltán.

– Mi lenne az? – nézett rá kíváncsian Péter.

– Tudod, ez a befektetés már elérte az a nagyságot, ahol szükséges az elnök személyes részvétele és az én személyem, a folyamatos védelmed miatt – kezdett bele Zoltán.

– Milyen folyamatos védelem miatt? – értetlenkedett Péter. – Ez nem egy maffiózó, baszki, akinek mossuk a pénzét – folytatta. – Nem is értem, miről beszélsz. Lehetne úgy, hogy én is értsem?

– Rendben. A jutalékodon osztoznod kell az elnökkel és velem. Ez van, most már érted? Elég világos? – mondta Zoltán.

Péter egy pillanatra úgy érezte, nem jól hall. Osztozni a jutalékon? Miért? Övé az ügyfél, ezek itt nem csinálnak semmi mást, mint ami a dolguk. Neki kifizetik azt, ami szerződés szerint jár. Ja, hogy nem gondoltak arra, hogy jön egy fickó, aki csinál ilyen nagy üzletet, és annak is fizetni kell. Nem, nem gondoltak rá. És most itt a valóság, hogy egy üzletkötőnek egy kisebbfajta vagyont kell kifizetni. Na, azt már nem! Vagy részesednek belőle, vagy nem kapja meg? Büdös disznók.

– Tehát ha jól értem, vagy megosztom és lesz jutalékom, vagy nem osztom meg, és nem lesz semmim? – kérdezte Péter.

– Pontosan – válaszolta Zoltán.

– Ez zsarolás, baszki! – háborodott fel Péter. – Én melóztam ki a belem, hogy ez létrejöjjön. Fényesre nyaltam ezeknek a gazdagoknak a seggét, hogy amikor pénzt akarnak valahová tenni, ne jusson más az eszükbe, csak én – folytatta.

– Megcsinálom az életem buliját, erre jöttök ti, hogy „öcsi, adj a pénzből"? Nem is értelek, Zoltán – folytatta. – Hol van mindaz, amit tanítottál?

– Ma is tanulsz valamit.

– Mégis mi a faszt? Már ne is haragudj.

– Azt kis barátom, hogy a vízben mindig van nálad nagyobb cápa. Vagy megosztozol a zsákmányon, vagy felfalnak a zsákmányoddal együtt. Jól jegyezd meg – mondta Zoltán.

– Azt hiszem, ez nagyon drága tanítás lesz – mondta Péter. – Halljam, mit találtatok ki az elnökkel.

– A jutalékod 70 millió lesz, plusz az alapkezelőtől a húszmillió. A tízmillió megy az elnöknek, tíz nekem, és hetven a tied. Ez a leosztás – mondta Zoltán.

– Ez már a végleges? Nincs beleszólásom? – kérdezte Péter.

– Igen, ez a végleges, és igen, nincs beleszólásod. Vagy aláírod a jutalékmegosztó nyilatkozatot, vagy nem lesz jutalékod – mondta Zoltán.

– Nincs más választásom. Aláírom – mondta beletörődve Péter.

– Jól döntöttél. Hidd el. Azt hiszed, hogy én nem osztottam meg jutalékot vele? – folytatta Zoltán. – Mit gondolsz, az eredményeimen kívül mi juttatott ide, és mi stabilizálta a pozíciómat ennyi éven keresztül? He? Azt hiszed, itt mindenki keresztes lovag? Az alapkezelő szemrebbenés nélkül elvette volna az ügyfelet, ha bemutatod neki. Addig beszélt volna neki, míg az ügyfél nem utal. Addig nem ereszti. Igazi cápa. Akkor nem lenne olyan problémád, hogy osszál-e jutalékot vagy sem, mert nem lett volna mit megosztani. Itt, barátom, ezen a szinten, ahová jutottál, már csak a pénz számít. Csak az mutatja meg, ki vagy, hogy mekkora üzleteket hozol. Üdv a klubban – fejezte be Zoltán.

Péter fejében kavarogtak a gondolatok. Kap hetvenmillió forintot, ami egy vagyon. De elvesznek tőle húszmillió forintot, ami szintén egy kisebbfajta vagyon. Csak azért, hogy dolgozhasson, hogy őt ünnepeljék a szerződés megkötése után, mint nagymenő üzletkötőt. Ja, és ez húsz millióba fáj.

– De fel a fejjel, öcsi! – szólalt meg Zoltán. – Miután lezártad ezt az üzletet, elmegyünk a jövő héten három napra továbbképzésre. Az egész csapat. A második napon le fog jönni az elnök és ott lesz bejelentve hivatalosan is, hogy te fogod vezetni az irodát.

– Egy kis fájdalomdíj? – kérdezte Péter.

– Tekintsd annak, aminek akarod – folytatta Zoltán. – Nagy pénzt fogsz keresni, új életed lesz. Mit akarsz még? Anitát a világ bármely pontjára el tudod vinni nyaralni, ahová csak akarod.

– Oké. Akkor menjünk melózni – fejezte be Péter. Gondolataiba merülve elhagyta a tárgyalót és elindult a lift irányába.

Beszállt az autójába, de még nem indított. zsongott a feje a hallottaktól. Mérges volt, hogy egy vagyonra leveszik, és persze örüljön, mert ki lesz nevezve, és majd ő is levehet másokat, mert Zoltán szerint ezen a szintem már csak így megy ez.

– A picsába! – kiáltotta hangosan.

Majd arra gondolt, hogy ezzel az egy üzlettel annyi pénzt keres, amit azóta se, amióta itt dolgozik. Lesz miből elvinnie Anitát nyaralni, és végre lecserélheti az autót is. Szóval ha megvonja a mérleget, akkor valahol pozitívan jön ki a buliból, de elmennek a francba akkor is. *Szemetek,* gondolta, majd indított, és csikorgó gumikkal kihajtott a garázsból.

Az irodába ment. Mivel Zoltán még nem volt bent, így Kata azonnal kitüntette a figyelmével, ahogy meglátta.

– Szia, szépfiú – üdvözölte. – Hol jártál? Bent voltál a nagyfiúkkal kávézni?

– Nem kávéztam, és most, hogy szóba hoztad, szeretnék egyet kérni. – Ha lehet – mondta Péter.

– Neked, bármit lehet, édes – válaszolt Kata, és elsietett a főzőkonyha irányába.

Kis idő múlva Péter asztala mellett állt a gőzölgő csészével.

– Tedd csak le ide – mondta Péter. – Köszönöm.

– Körítést is kérsz, vagy csak kávét simán? – kérdezte kacéran Kata.

– Ne hülyéskedj – mondta –, még csak délelőtt 11 óra van. Ne karmold le az agyam – szólt Péter, miközben egy kissé elpirult Kata kérdésétől.

– Jól van, na. Azt olvastam, hogy 11-kor a legjobb a szex, mert a férfiak akkor vannak a bioritmusuk csúcsán, meg akkor teljesítenek a legjobban. De te, édes, ahogy így elnézlek, azt hiszem mindenkor csúcson vagy – mondta búgó hangján, és ellibbent Péter asztalától.

Elkortyolta a kévét, közben pedig előkereste az ügyfél telefonszámát a mobiljából. Mekkora szemetek, jutott eszébe a reggeli megbeszélés, simán lenyúlták volna az ügyfelét. Na ja, 50 millió az ötvenmillió testvérek között is. Megitta a maradék kávét, kortyolt a vízből, amit Kata minden egyes alkalommal hozott a kávéja mellé, és tárcsázott. A második csengés után egy ismerős hang szólalt meg:

– Halló? Tessék.

– Itt Szőllősy Péter beszél a biztosítótársaságtól – kezdte.

– Üdvözlöm. Vannak hírek? – kérdezte az ügyfél.

– Igen, vannak, ezért is telefonáltam, no meg megígértem, hogy három nap múlva hívom. Ez a harmadik nap – folytatta Péter.

– Ö, igen? Ja, találkozó – rebegte a kagylóba az ügyfél.

– Igen, találkozni szeretnék önnel, mert mint mondottam volt, nem adok tájékoztatást telefonon. Természetesen, csak ha még áll az ajánlata – mondta Péter, kissé lekezelő hangsúllyal a hangjában.

– Természetesen, még áll. – Némi ingerültséget vélt kihallani a másik fél hangjából.

– Át kell néznem a napomat, és visszahívom – hallotta Péter.

– Rendben. Várom a hívását – mondta az ügynök, majd letette.

Azon gondolkodott, hogy most csak tesztelte az ügyfél, vagy tényleg komolyan is gondolja? Nem tudta volna megmondani most. Nem volt benne kétség, majd meglátja. Nem nyúlt már máshoz, ezt az ügyfelet akarta lezárni, mert hétvégén, pénteken az egész iroda továbbképzésre indul egy kis hangulatos erdei fogadóba, ahol a térerő is ritka, mint a fehér holló. Ezért már nem akart új tárgyalást nyitni.

A kinevezése járt a fejében. Zoltánnal persze nem olyan régen már beszélgettek erről, hogy mivel ő feljebb lép, így valakinek vinni kell az irodát, és a kezdetek óta mellette van, mindenki az ő tanítványaként tartja számon, csakúgy, mint Zoltánt az elnök tanítványként. Vannak ilyen egyértelmű dolgok. De ezek szerint az is egyértelmű, gondolta Péter, hogy meg is kell ezért fizetni. Mellbe vágta, hogy így, egyértelműen megmondták, hogy fizetnie kell, vagy elbukja az üzletét. Az jutott az eszébe, hogy az idő múlásával ő is ilyen könyörtelen cápává fog válni, amikor pénzről lesz szó? Itt tartott, amikor gondolatait telefonjának éles csengőhangja robbantotta szét. Ránézett a kijelzőre – az ügyfél volt az.

– Tessék, Szőllősy –szólt bele a telefonba.

– Itt én – hallotta az ismerős hangot.

– Figyelek – válaszolt Péter.

– Napközben eléggé elfoglalt vagyok, de este nyolcra jöjjön a New York Palace bárjába, a körúton. Ott fogom várni – majd elnémult a vonal.

Ez marha jó. Mennyi ideje is van még? Legalább hat órája van. Akkor egy gyors telefon. Tárcsázta Anitát. Kicsengett, hosszasan. Péter kitartó volt. A tizedik után szólt bele a felesége.

– Szia. Fontos? Eléggé elfoglalt vagyok.

– Csak azt akarom mondani, hogy nyolckor kell találkoznom egy ügyféllel és arra gondoltam, hogy elmehetnénk vacsorázni előtte – kezdett bele Péter.

– Sajnálom, de nekem is túlóráznom kell, majd máskor, drágám – hallotta a felesége hangját, aki bontotta a vonalat.

Mi a fene? Kezdett dühös lenni. Teker itt, mint valami országúti kerékpáros, hogy el tudjanak menni a világ bármely pontjára, hogy jó élete legyen, á, a fenébe is! Kifújta magát. Elindult Kata asztala felé.

– Van egy kólád? – kérdezte.

– Persze, hideg kell?

– Igen, az jó lesz.

– Valami baj van? – kérdezte aggódva Kata.

– Nem, nincs semmi baj. Csak azt hiszem most egy kicsit összejött minden, és egy kissé feszült vagyok – folytatta Péter.

– A feszültségre van orvosságom, szépfiú – hallotta Kata búgó hangját.

Rámosolygott, de nem válaszolt. Kisétált az irodából az emeleti teraszra. Ki akarta szellőztetni a fejét. Érezte, hogy az utóbbi időben nincs minden rendben Anita és közte. *Biztosan sokat dolgoztam*, gondolta, de úgy döntött, hogy ha vége lesz ennek a továbbképzésnek és a kinevezés is megtörténik, készít egy meglepetésvacsorát, ahol bejelenti, hogy ő lett a főnök, és oda utazhatnak, ahová csak akarnak. Megfordult, és körbetekintett az irodán. Négy nap múlva mindenki főnöknek fogja szólítani, és ő fog felelni értük. Ő, a legnagyobb kihívás. Megörökli Katát Zoltántól, vagy sem? Na, ez egy nehéz kérdés. Mert ha igen, akkor beszélnie kell vele, és meg kell húznia a határokat egyszer és mindenkorra. Szereti Anitát és nem fogja csalni a titkárnőjével, na, azt nem.

Ez nem fordulhat elő. Úgy döntött, hogy visszamegy, átnézi a levelezését, megválaszolja mindet, nem hagy függőben semmit. Ja, papírmunka. *De utálom*, gondolta, de beletörődve sorsába visszament az asztalához és nekiállt dolgozni.

Anita azután, hogy Péterrel beszélt, üzenetet küldött Lacinak. Már régóta használták a social media egyik áldását, és itt gyorsan tudtak üzenni egymásnak.

A: Szia.

L: Szia.

A: Ma későn jön haza a férjem. Tali?

L: Sajna dolgozom.

A: Azt sajnálhatod is. A piros van rajtam. Neked vettem fel.

L: Jaj, ne húzd az agyamat! Mikor látlak már?

A: Ma is láthattál volna.

L: Na, ezt most fejezd be. Dolgozom. Nem tudok veled talizni.

A: Oké, ne húzd fel magad.

L: Dehogynem. Már egy ideje csak húzol. Figyu, ha ott leszek a bugyid közelében, nem lesz megállás, ezt gondolom te is tudod?

A: Nem, nem tudom. Mégis mi lesz?

L: Le fogom szaggatni a rongyot is rólad, és mögéd kerülök, téged előrehajtalak, és nem lesz kímélet, keményem meg foglak dugni hátulról.

A: Alig várom, szívem. De most mennem kell dolgozni.

L: Mikor?

A: Szombat este a tiéd vagyok. Meglátom, mennyire vagy vadember, vagy csak a szád van.

L: Szombat este szétkaplak, mint a biciklit. Remélem, szád az neked van, de jó nagy.

A: Pá, édes.

L: Szia.

Már a gondolat is izgalomba hozta, ahogy Laci ecsetelte, hogy mit is tenne vele. Péterék pénteken mennek, és csak vasárnap jönnek haza, valamikor kora délután. Övék a szombat este. Izgalommal gondolt a Lacival való találkozásra. Addig még foglalnia is kell. De majd megoldja.

Péter időközben szépen lassan feldolgozta a levelezését, válaszolt mindenkinek. Tovább tartott, mint gondolta. Már csak páran lézengtek az irodában. Volt még három órája a találkozóig. A gyomra jelzett, hogy ma még a kávén kívül nem látott semmit. Előrement Katához.

– Mit csinálsz munka után? – kérdezte tőle.

– Na mi van, szépfiú, stresszoldás? – kérdezett vissza kacéran.

– Nem igazán. De elhívlak vacsorázni, és közben dumálunk. Nyolcra megyek ehhez a nagymenőhöz – folytatta Péter.

– Rendben, benne vagyok, csak még van egy kis dolgom. Nem tart soká, 15 perc – válaszolta Kata.

Péter összepakolt a táskájába. Nem hordott magánál különösebben semmit, csak a laptopját és a bőrkötésű naptárját. Azt nagyon szerette. Szeretett jegyzetelni. Írni. Időközben Kata is elkészült.

– Mehetünk – libbent Péter elé.

– Ide megyünk az étterembe? – kérdezte.

– Nem kifejezetten erre gondoltam – kezdett bele Péter. – Ha tudsz valamit, ami útba esik feléd, akkor rád bízom magam. De nekem nyolcra a New York Palace-ban kell lennem – mondta.

– Oké. Mit szólnál, ha elvinnél haza? Van egysaroknyira a lakásomtól egy hangulatos kis étterem. Ott tudunk vacsorázni, és vissza is érsz időben a megbeszélésre – ajánlotta Kata.

– Mehetünk.

A lifttel lementek a garázsba. Péter minden nővel udvarias volt, így Katát megelőzve nyitotta ki a kocsi jobb oldali ajtaját.

– Köszönöm, uram – szólalt meg Kata. – Te igazán rendes pasi vagy.

– Tudom – mondta Péter mosolyogva, miközben beült a volán mögé.

– Mondd a címet – kérte Katát.

A címet már ismerte. Nem volt még Katánál soha, de lazítani akart, így beírta a telefon GPS-be, hogy ne kelljen nagyon figyelnie. Tizenöt perc autózás után meg is érkeztek. Péter le tudott parkolni az étterem mellett. Bemenetek. A pincsér egy hangos „helló"-val köszöntötte őket, látszott, hogy Katát ismerik itt. Helyet foglaltak.

Máris jött a pincér.

– Étlapot parancsolnak? – kérdezte azzal a tónussal, amit lehet, hogy tanítanak a vendéglátóiskolában.

– Igen, kérünk – válaszolt Péter.

– Italt mit hozhatok? – folytatta a pincér.

– Én egy vizet kérek – mondta Péter.

– Én pedig egy pohár fehérbort – mondta Kata.

Mindketten belemerültek az étlap tanulmányozásába. Miután sikerült választaniuk, Péter az asztalhoz hívta a pincért és leadta a rendelést.

– Milyen érzés, hogy főnök leszel? – hangzott el a kérdés Kata részéről.

– Már te is tudod? – nézett rá csodálkozva Péter.

– Szépfiú, abban az irodában amiről én nem tudok, az nincs is – mondta Kata.

– Veled mi lesz? – tette fel a kérdést Péter. – Zoltán visz magával, vagy maradsz?

– Azt mondta, hogy a héten eldönti. Pénteken megmondja. Ha maradok, örökölsz – nevetett fel Kata.

– Tudod, hogy akkor beszélnünk kell – válaszolt Péter.

– Hiszen most is beszélünk – mondta Kata –, és ne félj, nem erőszakollak meg az iroda közepén.

– Nagyon bírlak, ugye tudod? – kezdett bele Kata. – Nem dobnálak ki az ágyamból, csak azt nem tudom még, hogy hogyan húzzalak bele – mondta mosolyogva. – De félre a tréfát, tudom, hogy Anitát szereted. Ha szétmennétek, amit nem kívánok, akkor én itt leszek neked – mondta. – Nem szoktam ilyet csinálni, most is csak háromszor: először, utoljára és soha többet – kezdett komolyra váltani. – Szeretlek. Az első percben, amikor Zoltán mellett megláttalak az irodában, beléd szerettem – folytatta a vallomását Kata. – Felnőtt nő vagyok, de beléd szerettem az első pillantásra. Tudom kezelni a helyzetet – mondta. – De tudnod kell, ha te nem tudod tartani a két lépést, ne csodálkozz, hogy letolom a gatyádat. Megértettél? – fejezte be Kata.

– Igen, meg – válaszolt meglepetten Péter.

A pincér közben kihozta a rendelésüket, és nekiálltak enni. Péter most érezte, hogy igazából milyen éhes is volt. De nem csak az ételt kellett megemésztenie, hanem azt is, amit Kata mondott. Neki még nő nem vallott szerelmet. Soha. Jó, ez így nem igaz, mert Anita vagy 15 éve igen, de amúgy meg nem. Zavarban volt, hogy egy ilyen jó nő, ahogy a közvélekedés tartja, mint Kata, ilyen nyíltan bevallja neki, hogy szerelmes belé. Sok ez most így... A kinevezés, egy kisebbfajta vagyon, itt van Kata, Anitával egy nyaralás, továbbképzés. Á, ez most így sok. *Csak mindent szép sorjában, mert ebből nagy balhé lesz*, gondolta Péter.

Nézte Katát, ahogy evett. Erről a nőről sütött az élet élvezete. Bárki, aki csak ránézett, egy életvidám, nagyon csinos nőt látott, aki csak a pozitív dolgokra figyel, és úgy is éli az életét.

Az emberek szerettek a közelében lenni, mindenkihez volt egy jó szava, és mert a vidámsága átragadt a környezetében lévőkre. Senki nem tudott úgy kérni tőle, hogy ne segítsen neki. Egyszóval mindenki imádta. De volt egy határ, amit nem léphetett át senki. Volt meglepetés az ifjú titánok között, akik először félreértették Kata vidám és nyitott személyiségét.

Akik átlépték a határt, azokat Kata olyan természetesen oltotta le, hogy megszégyenülten kullogtak el. Szóval belevaló csaj volt, na.

Végeztek a vacsorával.

– Lassan mennem kell, mert el fogok késni – kezdte Péter.

– Tudom, majd fizetem az én részem – mondta Kata.

– Most hülyéskedsz velem? – kérte ki magának Péter.

– Én hívtalak. Vagy nem emlékszel? Lehet, a jövő héttől a főnököd leszek. Helló – mondta tettetett felháborodással Péter.

– Vagy nem hívhatok meg egy csinos hölgyet vacsorára? – folytatta.

– Köszönöm szépen – mondta Kata.

Kimentek az étteremből. Kata egy puszit nyomott Péter arcára és elköszönt.

– Pá, szépfiú – mondta, majd átsietett az út túlsó oldalára, és hazafelé vette az irányt.

Péter beült a kocsiba és a New York Palace felé vette az irányt. Sikerült a körúton leparkolnia.

Bement az épületbe. Bent a hallban nyüzsgő turistákon vágta át magát. Most érkezett egy csoport. A hátsó részen volt a bár. Annak is a hátsó részén látott egy ismerős arcot. Kezét nyújtotta üdvözlésre.

– Jó estét – szólt.

– Jó estét, Péter. Minden rendben? Meghívhatom valamire? – hangzott el a kérdés.

– Egy narancslevet kérek – mondta Péter.

Megvárták, míg a pincér kihozta a rendelést, majd Péter belekezdett. Tájékoztatta, hogy a kérését hogyan tudja megvalósítani. Beszélt arról, hogy hogyan tartja az ügyfél nevét a lehető legnagyobb titokban, és belekezdett a szerződéskötés és a pénz utalásának technikai részleteibe. Beszéltek a portfólióról. A súlyozásról. A diverzifikálásról. Az ügyfél átadott Péternek egy papírlapot, amin a portfólióválasztása volt. Kérte, hogy tekintse át, és mondjon véleményt róla. Péter gondolkodóba esett. Azt mondta, hogy neki nem kell tanács, akkor most vizsgáztatja? Nincs menekvés. Átnézte a befektetési alapokat. Rövid idő múlva megszólalt.

– Nos, én sem választottam volna mást – kezdett bele –, de az utolsó helyett ide tennék... á, – mondta, és ráírta tollal az alap nevét.

– Az arányokat pedig, a súlyozást, másként tenném meg ennél a két alapnál – folytatta, majd az ügyfélre nézett.

– Remek. Kíváncsi voltam, hogy mennyire van képben – folytatta az ügyfél.

– Ne haragudjon a kis vizsgáztatásért – mosolyodott el az ügyfél. – Bár a közös barátunk ajánlotta önt erősen, de kíváncsi voltam – mondta.

– Elnézést még egyszer – szólt –, beszéljük át a technikai részleteket.

Péter átadott egy lapot.

– Ezen minden információ rajta van – mondta.

– Amikor a szerződés megköttetik, rákerül a szerződés száma és lehet utalni. Ennyi – mondta Péter.

– Mikor tudjuk megkötni? – kérdezte az ügyfél.

Péterbe belebújt a kisördög. Igen, faszikám, na, akkor figyelj!

– Most. Most megkötjük, félóra az egész, nem egy nagy dolog. Csak a nyilatkozatot kell aláírnia, és a szerződésszámot ráírom a papírra. Holnap utalhat – mondta el egy szuszra Péter, majd ránézett az ügyfélre és elhallgatott.

Az ügyfél felvette Péterrel a szemkontaktust. Egymást nézték. Péter arra gondolt, hogy akkor sem fog megszólalni, ha a kelő nap itt éri, ebben a fotelben. Nem tudta, mennyi idő telt el, egyszer csak megszólalt az ügyfél:

– Csinálja. Most – mondta.

Péter elkérte az okmányait, és nekiállt a szerződést kitölteni. Miután végzett, odaadta az ügyfélnek a laptopját, hogy ellenőrizze le az adatokat. Az, miután rendben találta, aláírta a nyilatkozatot.

– Befejeztük. Gratulálok a szerződéséhez, uram. – mondta Péter. – Ön jó döntést hozott.

– Kérem a lapot, amit adtam – szólt Péter.

Ráírta a szerződésszámot.

– Ezt a „közlemény" rovatban tüntesse fel, hogy a könyvelés le tudja válogatni, melyik szerződére kell tenni.

– Van még, amit el kell intéznünk? – kérdezte az ügyfél.

– Nincs. Viszontlátásra – köszönt el Péter.

– Viszontlátásra – nyújtotta a kezét búcsúzásul az ügyfél.

Péter távozáskor a szeme sarkából látta, hogy két jól szituált, üzletembernek kinéző pasas telepedett le ahhoz az asztalhoz, ahol nemrég még ő ült. De szája széles mosolyra húzódott arra a gondolatra, hogy most tett be a táskájába egy hetvenmillió forintos szerződést. Ennyi a jutaléka, hogy most az ügyfél aláírt. Cápa lett ő is. Kint a körúton már javában zajlott az élet. Emberek siettek, ettek, zajongtak, kezdődött az éjszaka. Péter beült az autójába, indított és hazafelé vette az irányt. Egy kicsit, azaz nagyon büszke volt magára.

Az autó órájára pillantott, már 22 óra múlt pár perccel, de ez ebben a szakmában csak támpont volt ez az információ, nem mérvadó. Tárcsázta Zoltánt. Az ötödik csengetésre vette fel.

– Szia, Péter – szólt bele. – Mi nem várhatott reggelig? – kérdezte.

– Szia – köszöntötte Zoltánt. – Most jöttem el a New York Palace-ból, találkoztam az ügyféllel – folytatta Péter.

– Igen? Akkor megbeszélted vele a részleteket? – érdeklődött Zoltán.

– Nem, nem beszéltem meg vele – mondta Péter.

– Hogyhogy? – vonta kérdőre Zoltán. – Csak nem visszalépett? Mert akkor jó nagy szarban vagyunk, kis barátom. Tudod-e? – kezdte magát hergelni Zoltán. Behallatszott Péter nevetése.

– S te még ezen jót is szórakozol? Felhívsz este tízkor, és nevetsz rajtam? – kezdett bele a dühöngésbe Zoltán.

– Lehiggadnál egy percre? – vágott közbe Péter.

– Igen. Parancsolj. Ne haragudj – szólt Zoltán.

– Megkötöttem a pasast – mondta Péter.

– Mit csináltál? – kérdezte Zoltán.

– Megkötöttem a pasast – felelte Péter.

– Azt akarod mondani, hogy a New York Palace bárjában aláírattál vele egy olyan egyszeri díjas szerződést, amiben az ügyfél hatmillió eurót fektet be nálunk? – kérdezte hitetlenkedve Zoltán. – És a szerződés nálad van?

– Igen, azt. Holnap utal – mondta Péter –, itt van a táskámban.

– Azt a büdös francot! – ordította Zoltán. – Hát megcsináltad. Mekkora egy nagymenő vagy, baszki! Holnap kapsz tőlem egy huszonegy éves Nikka Taketsurut. Megérdemled – folytatta lelkendezve Zoltán. – Ezt nem hiszem el. A bárban egyszerűen aláírattad vele. Hogyan? Mesélj. Ne hagyj ki egy részletet sem! – kérlelte Zoltán.

Péter belekezdett onnantól, hogy megérkezett, a megbeszélésen keresztül a pillantáspárbajon át az aláírásig.

– Nem voltál szívbajos, hogy egy milliárdost ott hagytál főni a levében – mondta. – Van vér a pucádban. Ráadásul a kivagyiságát fordítottad ellene, „na mi van, nagymenő, itt írj alá, ha mersz". Nagyon jó, tetszik, de tényleg. Tökös egy fickó vagy – ömlengett Zoltán.

– Holnap akármikor jöhetsz, ne kapkodj. Aludj jól – fejezte be a beszélgetést.

– Te is – búcsúzott Péter.

Egy 21 éves Nikka Taketsuru whisky. Az egyik legjobb japán whisky. Egy hétdecis palack ára 195 990 Ft, baráti áron. *Na ja,* jutott Péter eszébe, *tízmillióból már vehet egy jó whiskyt nekem.*

Mire ideért a gondolataiban, az autója reflektora házának a kapuját világította meg. Beállt a garázsba és bement a házba. Csend volt, Anita már aludt. Levetkőzött, beállt a tus alá, forró vízzel verette le a nap verejtékét a testéről. Nem tudta kiverni a fejéből Kata mondanivalóját, és mindazt a szenvedélyt, ahogy azt a nő előadta. Megijesztette az érzelmek ilyen formájú megnyilvánulása, és az, hogy ezt kendőzetlenül tárta elé, de egyben hízelgett is a férfiasságának, hogy egy olyan jó nő, mint

Kata, szerelmes belé. De tudat alatt tudta nagyon jól, hogy ez
még konfliktust fog okozni az életében. Kezdenie kell ezzel a
helyzettel valamit.

Visszajövök a nyaralásból, és helyre teszek mindent, fogadta meg
önmagának. Elzárta a csapot, szárazra törölte magát és bement
a hálószobában. Anita az ágyukban feküdt féloldalt, egyik lába
felhúzva. A takaró lecsúszott a derekáról, csipkés fehérneműje,
amely formás, kemény fenekét takarta, kilátszott.

Péter megigazította a takarót, betakarta feleségét, és ahogy
lefeküdt, egy perc múlva már álomba is szenderült. A falon az
óra számlapja világított. Éjfél múlt egy perccel. Kedd lett.

Kinyitotta a szemét, oldalra fordult az ágyban, de már csak
a felesége hűlt helyét látta. Felnézett az órára: nyolcat mutatott.
Kiment a konyhába. A kávéfőzőn egy cetlit talált: „A kávé be van
készítve. Szeretlek". Anita írta ki. Kedves tőle, gondolta, és bekap-
csolta a készüléket. Bement a nappaliba, elővette a laptopját és
beüzemelte. Sípoló, szörcsögő hang jelezte, hogy elkészült a kávé.
Miután elkészítette a kávéját, belekezdett a reggeli sajtószemlé-
be, elsősorban a gazdásági híreket szemezgette. Nem kell ma si-
etnie. Ez mosolyt csalt az arcára. Olyan, mintha szabadnapon len-
ne. Miután átnézte a legfontosabb híreket, a tőzsdét, és elolvasta
a friss hírleveleket, úgy döntött, hogy itthon reggelizik. Ki is vo-
nult a konyhába, és nekiállt készíteni egy rántottát négy tojásból.
Kell a kondi, gondolta, és elmosolyodott. Szép sárga lett, nem túl
kemény, inkább egy kicsit folyósabban szerette. Hideg narancs-
lét töltött és egy friss kifli, no meg egy csemegeuborka társasá-
gában nekiállt falatozni. Miután végzett, elmosogatott és főzött
még egy kávét. Miközben a kávéra várt, megszólalt a telefonja. *Ki
lehet az?*, gondolta, és elindult a készülék irányába. Az elnök volt.

– Jó reggelt, uram – köszöntötte Péter.

– Jó reggelt, Péter – üdvözölte az elnök –, hallottam az éj-
szakai kalandodról. Gratulálok. Nagyszerű teljesítmény volt.

– Köszönöm, uram. Csak kihasználtam a kínálkozó lehető-
séget. Minek húzzam még?

– „Minek húzzam még?" Ez jó. Ezt megjegyzem – folytatta
az elnök. – A továbbképzésen találkozunk. Szervusz.

– Viszhall – mondta Péter az üres vonalnak, mert mire kimondta, az elnök már letette a telefont.

Faszkalap, gondolta Péter. *A kávé!*, jutott eszébe, és kisietett a konyhába. Ezt már nagy élvezettel fogyasztotta el. Gyorsan letusolt, felöltözött, és elindult az irodába.

Mikor felért, az első, amit meglátott az Kata sugárzó arca volt, amin mintha némi büszkeséget vélt volna felfedezni. Mintha azt látta volna rajta, hogy „na, ez az én pasim, és mekkora király, hogy ekkora üzleteket tud összehozni". *Képzelődöm*, gondolta, *még a végén a fejembe száll a dicsőség. Jó lesz észnél lenni.*

– Szia, szépfiú – köszöntötte –, hallottam az éjszakai kalandodról – folytatta.

– Persze mindenki halott róla, szóval nem maradt titokban – mondta Kata.

– Csak az a baj, hogy nem velem volt a kalandod – jegyezte meg pajkosan, majd ment a dolgára.

Péter lepakolt az asztalára. Az irodában lévő kollégák kezdtek sorban odamenni hozzá, és gratuláltak neki. A férfiak kezet nyújtottak, a nők két puszit adtak neki. Kérték, hogy mesélje el, hogy történt, hogyan tárgyalt egy milliárdossal, miként hozta létre az üzletet. A csoportosulásra Zoltán is megjelent.

– Kollégák, kollégák! – szólt hozzájuk. – Hagyjuk most Pétert! A továbbképzésen kellő idő áll majd rendelkezésünkre, és ott majd feltehetitek a kérdéseiteket neki – folytatta. – Meg is kértem Pétert, hogy beszéljen majd nektek a VIP-ügyfelekkel való bánásmódról, illetve a velük való tárgyalási stratégiákról. Ez is lesz a továbbképzésen – mondta –, most kérlek, menjetek dolgozni.

– Te pedig gyere be – fordult Péterhez.

– Szia – mondta, miután Péter becsukta az ajtót.

– Szia, főnök – válaszolta Péter.

– Kata megkapta az utalásról szóló faxot az ügyféltől, szóval a pénz úton van. Ez jó hír.

– Igen, ez jó hír – erősítette meg Péter.

– Meg szeretnélek kérni valamire – fordult hozzá Zoltán.

– Parancsolj velem.

– A képzésig már csak három nap van. Ne fogj bele már eza-
latt semmibe, hanem készítettem egy beosztást, menj el a kol-
légákat mentorálni, segíteni a felkészülésükben, a tárgyalás-
kor, és a zárásban.

– Persze, nem probléma. Kivel kezdek? – kérdezte Péter.

– A lista ott van Katánál, kérd el tőle.

– Rendben.

Péter kifele menet megkapta Katától a listát, és megkereste
azt a kollégát, aki első volt a sorban. Nekiálltak a közös mun-
kának. Átnézték a napot, hogy kivel fog megbeszélést folytatni.
Péter töviről hegyire kikérdezte, hogy mit tud arról az ügyfél-
ről, akivel tárgyalni fog. Mivel foglalkozik? Cégvezető? Tulajdo-
nos, vagy csak alkalmazott? Ha alkalmazott, ki a tulajdonos?
Ahhoz hogyan jutnak el? Mi a kedvenc hobbija? Mi a kedvenc
étele, itala? Miért akar befektetni? Jó, a pénzért persze, de mire
kell a pénz? Egy új házra? Egy új kocsira? Van nője vagy pasija?
Menne nyaralni? A kolléga csak nézett, hogy Péter annyi min-
dent kérdezett tőle. Természetesen a nagy részére nem is tu-
dott válaszolni.

– Mire ez a nagy ismeretség? – kérdezte tőle kissé szemre-
hányóan. – Odamegyünk és vagy köt, vagy nem köt – folytat-
ta a kolléga.

– Igen, értelek, ez is egy megközelítés – kezdett bele Péter –,
de hogyan akarsz kötni, amikor azt sem tudod, hogy mit akar
az ügyfeled? Hogyan akarod irányítani a tárgyalást, ha nem is-
mered? Csak sodródsz? Hogyan akarsz vele tárgyalni, ha te nem
vagy naprakész gazdasági, alapvető tőzsdei információkban? Ho-
gyan leszel számára hiteles? – tette fel kérdéseit sorban Péter.

– Na de ez nagyon sok, és nem is biztos, hogy megéri vele
foglalkozni – mondta a kolléga.

– Biztos vagy benne? – kérdezett vissza Péter.

– Hát, biztos – folytatta.

– Oké. Akkor szerinted én miért tartok itt? – kérdezte Péter. –
Azt hiszed, hogy szerencsém volt, de ki kell hogy ábrándítsalak.
Ez, barátom, kőkemény meló. Beszélgess vele, elemezz, készíts
stratégiát, és máris nyerő vagy – szólt vidáman.

– Ha figyelsz és engeded, hogy segítsek, és megfogadod a tanácsaimat, akkor ez egy jó hónap lesz neked – biztatta Péter. – Kezdhetünk? – kérdezte.

– Vágjunk bele! – szólt csillogó tekintettel a kollégája.

Anita reggel bekészítette a kávéfőzőt Péter számára, még egy kis cetlit is hagyott ott neki. Ezen mosolyra derült – mindig üzentek így egymásnak. Volt, hogy szerelmes üzeneteket ragasztottak a hűtőre vagy a fürdőszobatükörre, vagy a beépített szerénybe. Kellemes emlékek, hová tüntetek, hová illant mindez el? Emiatt a Laci miatt változott meg minden, vagy Péter lett nagyon elfoglalt, vagy a kettő együtt? Vagy ő vonzódik ehhez a férfihoz, vagy csak egy utolsó kalandot akar? Mennyi kérdés, és egyre sem tudja a választ. De határozott nő volt és tudott dönteni. Megvizsgálta érzésit és arra jutott, hogy ez a férfi nagyon vonzza. Nem tudott szabadulni a gondolattól, de nagyon izgatta, és szeretkezni akart vele. Pont. Ezt tudta. De azt is tudta, hogy bármilyen is lesz (remélte, hogy azért jó lesz), nem lesz folytatása, bármit is akarjon Laci. Ezt határozottan közli vele vasárnap reggel. Szép volt, jó volt, de ennyi volt. Felejtse is el. Nem lesz sem telefon, sem e-mail, sem social media, sem szex chat, semmi. Péterrel akarja folytatni, rendbe akarja tenni az életüket. Úgy tűnik, van már elég pénzük, élhetnének csendesebb életet is, nem kell már annyit hajtani. Úgy döntött, hogy vasárnap ezt meg is beszéli Péterrel. Nem tudta, hogy mi vidította fel; az, hogy szombaton lefekszik Lacival, vagy az, hogy rendbe szedi az életét Péterrel, vagy mindkettő? Nem tudta eldönteni.

Villogott a jelzőfény a telefonja tetején. Üzenete jött. Megnyitotta.

L: Szeretlek, baby.

A: Kívánlak, te barbár.

L: Mennyire?

A: Nagyon.

L: Mennyire nagyon? Bármi mehet szombaton?

A: Bármi is, meg nem is.

L. Bármi?

A: Konkrétan mire gondolsz? Mert bármi azért nem.

L: Tényleg? Csak vicceltem.

A: Majd menet közben megbeszéljük, hogy mi fér bele és mi nem.

L: Rendben.

A: Akkor szombaton látlak.

L: Igen, szombaton. De addig még olyan sok van hátra.

A: Megéri várni. Hidd el nekem. Majd kárpótollak.

L: Igazad van. Várok rád.

A: Mint mindig. De most mennem kell. Pá, édes.

L: Szeretlek.

Ez szerelmes, majd le kell erről szoktatnom, gondolta Anita, de most dolgoznia kellett.

Péter átnézte az ügyfélanyagot, felkészítette a kollégát a tárgyalásra, amire el is kísérte. Az ügyfél egy jól menő Kft-nek volt az egyedüli tulajdonosa, két gyerkőccel. Péter szerint a legjobb ügyfél. A kolléga döcögősen indított, ráadásul ez már a második megbeszélés volt, ahol illik lezárni a dolgokat. Péter hagyta még egy kicsit a kollégát vergődni, majd mielőtt az üzlet elúszni látszana, átvette a kezdeményezést.

– Ne haragudjon, uram, de meg szeretném kérdezni, hogy tudja-e, mi a különbség a Kft vagyona és az ön magánvagyona között – tette fel a kérdést Péter.

– Persze, minden az enyém – válaszolta az ügyfél nevetve.

– Nos, majdnem – nevetett Péter, majd így folytatta: – Engedje, meg hogy bemutassam, mit is ír elő a jogszabály abban az estben, ha ön meghal.

A *meghal* szó hallatán az ügyfél kissé elképedt, de Pétert ez egy cseppet sem érdekelte. Elmagyarázta, hogy mi a különbség a vállalati vagyon és a magánvagyon között; hogyan lehet kivenni a cégből vagyont, hogy az ne legyen törvénysértő; milyen kockázatokkal néz szembe, mint cégvezető, mi lesz a gyerekeivel, hogyan tudja finanszíroztatni a biztosítóval a magánegészségügyi ellátását. Mennyi pénzt takarít meg neki éves szinten az adóból.

Az ügyfél kapkodta a fejét.

– Erről nem is volt tudomásom – felelte álmélkodva.

Péter érezte, hogy megvan, nyomogatta még a gombot az adókkal meg a gyerekekkel, majd rátért a lényegre.

– Szóval akkor kérdezem, hogy milyen szerződésekkel csökkentsük az önre és cégére leselkedő kockázatokat, uram? – mondta, majd elhallgatott. Ránézett a kollégára, finoman jelezte, hogy maradjon csendben. Így hallgatták az ügyfél légzését. A kolléga nagy levegőt vett, de Péter az asztal alatt egy határozott mozdulattal bokán rúgta. Tekintetét pedig az ügyfélen tartotta. Az nyelt egyet, majd megszólalt:

– Ön mit tanácsol? – kérdezte segélykérően.

– Nos, uram, akkor sorolom – kezdett bele Péter.

Péter felszólította a kollégáját, hogy kezdje kitölteni a szerződést. Addig, míg a kolléga a szerződést töltögette, Péter a hétvégi rangadóról beszélgetett az ügyféllel.

– Minden rendben? – kérdezte.

– Igen, minden rendben – válaszolta az ügyfél.

– Akkor, uram, itt írja alá! – mutatta meg Péter az ügyfélnyilatkozaton.

– Gratulálok a szerződéséhez – folytatta –, a technikai részleteket a kollégámmal tudja megbeszélni.

Péter felállt, ezzel jelezte, hogy vége a tárgyalásnak. Elköszöntek és a kolléga kocsijához mentek. Beültek, a kolléga indítani akart, de Péter nem engedte.

– Mi a büdös francot csinálsz te tárgyalás közben? – kérdezte kissé indulatosan? – Nem vagy felkészülve a jogszabályokból, nem ismered egy vállalkozás általános működését, nem ismered, hogy a szerződéseket mire lehet alkalmazni. Ráadásul hamarabb akarsz a zárás előtt megszólalni, mint az ügyfél – folytatta egy szuszra Péter. – Ne csodálkozz, hogy annyit keresel, amennyit. Tudod, hogy most mennyit kerestél, tudod? – kérdezte.

– Még, ö... még nem számoltam – válaszolt bizonytalanul a kolléga.

– Pontosan 720 ezer forintot. Érted? 720 ezer forint egy céges ügyféltől. Mennyi volt az elmúlt havi jutalékod? – tette fel a kérdést Péter.

– 380 ezer forint.

– Akkor el kellene gondolkodnod azon, amit mondtam, és azon, amit láttál és hallottál. Nem? – folytatta.

– De igen. Igazad van – válaszolta.

– Akkor most menjünk vissza. Ezt a szart meg kapcsold ki, kérlek. A rádióra gondoltam – utasította Péter.

Az irodáig már nem szóltak egymáshoz. Bent Péter kért egy kávét Katától. és kint a teraszon fogyasztotta el. *Mekkora egy pöcs*, gondolta magában. De hétfőtől ő a főnök, és neki kell ezeket tanítani. *Szép kilátás*, mosolyodott el. *Majd megoldom ezt is*, gondolta, és visszavitte a csészét Katának.

Közben Zoltán kikísérte a kollégát az irodából és Péterhez fordult.

– Látod, ezért leszel te a főnök. Gábor el volt ájulva tőled. A felkészülőségedtől, és ahogy tárgyaltál az ügyféllel – folytatta Zoltán.

– Mindketten tudjuk, hogy ez nem ördöngösség, hanem tanulható – válaszolta Péter.

– Neki is tanulnia kell, ha vinni akarja valamire.

– Igen, de ez már a te problémád – nevetett fel Zoltán, és visszament az irodájába.

Ja, az én problémám valóban, gondolta, és visszament az asztalához.

A telefonjára pillantott és mikor meglátta mennyi az idő, úgy döntött, hogy hazamegy.

Nem hívta Anitát, mert nem akart csalódni, hogy megint nem tudja hazahozni, inkább eljött egyedül. Miközben hazafelé hajtott, a rádióból a Filharmonikusok koncertje szólt. Szerette a klasszikus zenét. De még jobban az operát, élt-halt az olasz operáért. Ó, Verdi! A Mester. Amikor olaszul énekeltek (Péter nem beszélt olaszul, csak angolul), azt nagyon szerette. Volt is otthon több operakiadványa, amit elég gyakran hallgatott. Hazaérkezett.

Anita még nem volt otthon. Szétnézett, hogy mi van a hűtőben, amiből valamit lehet készíteni. Nem telefonált, csak egy SMS-t küldött.

P: Mikor jössz?

Nem is várt gyors választ. Addig is zöldséget pucolt, húst szeletelt, serpenyőt tett a tűzhelyre. Húst sütött párolt zöldségkörettel. Rezgett a telefonja a konyhapulton.

A: Később. Annával találkozom.

Akkor később, jól van. Mindenesetre a vacsorát elkészítette, egy személyre terített. Töltött magának egy pohár bort és leült vacsorázni. Evés közben Anita járt a fejében. No nem volt féltékeny (mi oka lett volna rá?), csak zavarta, hogy az utóbbi időben mintha megváltozott volna valami kettőjük között. Ezt az ágyban tudta lemérni. Már három hete, hogy nem is szeretkeztek. Anita is mintha kerülné a dolgot. Oké, biztos megjött neki, az is kitolja az időt, de mostanában nem is úgy alszanak el, ahogy régen szoktak. Közös takaró alatt, szorosan összebújva. *A fenébe is*, gondolta. Lehet, hogy csak rémeket látok. Most sok volt a meló, nem volt időm rá, és lássuk be, fáradt is voltam. Ezekkel a gondolatokkal nyugtatta önmagát. Miután végzett, elpakolt. A vacsora maradékát betette a hűtőbe, egy kis cetlire kiírta Anitának hogy hol találja, és bevonult a nappaliba.

Kikereste a lemezei közül (mert volt hanglemez-lejátszója) Puccinitól a Tosca című operát. Bekészített egy pohár bort – az első elfogyott a vacsora alatt –, elhelyezkedett a kedvenc foteljében, feltette a sztereó fejhallgatóját és bekapcsolta a zenét. Átadta magát a műélvezetnek. Csodálatos dallamok, a férfi főszerepet Luciano Pavarotti énekelte. Csodálatos hang. Vége lett a darabnak, a bor is elfogyott, de Anita még nem volt sehol. Úgy döntött, hogy nem fogja ellenőrizni. Ha nem kérte, hogy várja meg, nem teszi. Gyorsan letusolt, és lefeküdt aludni.

Anita munkaideje lassan a végéhez közeledett. Ma Annával mentek moziba, egy vígjátékot néznek meg. Már pakolászott, amikor rezgett az asztalán a telefonja.

P: Mikor jössz?

Elolvasta az üzenetet és kissé bosszús lett. *Elmondtam már egy hete, hogy Annával megyünk moziba. Ezt is elfelejtette?*, járt a fejében a gondolat, ami kicsit fel is dühítette. A rektor hívatta. Miután kijött tőle, és lebonyolított pár hívást, visszaüzent a férjének.

A: Később. Annával találkozom.

Legyen ennyi elég. Majd rájön, hogy nem ér haza, és egyedül fekszik le. De megérdemli, mert ezt is elfelejtette. Eszébe jutott Laci, nyúlt is a telefonért.

A: Szia, édes. Mi van veled?

L: Szia. Dolgozom.

A: Merre jár most az én vademberem?

L: A nyíregyházi vonalat kaptam, még két napig.

A: A szombat rendben van?

L: Igen, de egy nappalos műszakot meg kell csinálnom, ami 16-ig tart, de mivel azon a vonalon dolgozom, amin együtt járunk haza, így hamar ott tudok lenni, ahol csak mondod.

A: Rendben. Én elintézek mindent, neked csak jönnöd kell.

L: Ott leszek, hidd el. Sietni fogok.

A: Pá, édes.

L: Szeretlek.

Úgy döntött, hogy most nem megy bele a szombati randi előtt, hogy nincs szerelem. Még lehet, hogy megsértődne... majd csak vasárnap hajnalban. Hopsz. Már ennyi az idő? Sietni kell, még a végén el fog késni. Összepakolt és sietősre vette a lépteit. Anna már a mozi bejárata előtt várta.

– Majdnem lekéstük az előadást – szólt méltatlankodva Anna.

– Ne haragudj, de sok volt a dolgom, alig bírtam elszabadulni – felelt Anita.

– Oké, de most már menjünk be – mondta Anna.

Jó helyre szólt a jegyük. A Mamma Mia című filmet nézték meg – sztárparádés szereposztás, jó dalok, egyszóval jól szórakoztak. A mozi után beültek a kedvenc bárjukba. Rendeltek egy pohár fehérbort és beszélgetni kezdtek.

– Ma is be fog nézni a barátod? – kérdezte kissé félszegen Anna.

Anita Annára emelte a tekintetét és az jutott eszébe, hogy nem is beszéltek még Laciról, és arról sem, hogy mit tervez vele. Megbeszélje Annával, vagy sem? Hiszen gyerekkoruk óta barátnők. Már sok próbát kiállt a barátságuk, ezért úgy döntött, hogy igen, megbeszéli.

– Nem, ma nem fog benézni, ugyanis dolgozik – felelte Anita.

– Van köztetek valami?

– Nézd, kezd kialakulni, de nem engedem szárba szökkenni – kezdett bele Anita. – Nagyon vonzódom a pasihoz, és azt hiszem, le fogok vele feküdni, még ha te el is ítélsz engem ezért, de egyszerűen vágyom rá, akarom – folytatta Anita.

– A barátnőd vagyok, nem a bírád, ezt tudhatnád – felelte kissé sértődötten Anna. – Mi lesz utána? Mi lesz Péterrel? Elváltok – záporoztak a kérdések.

– Nem lesz utána – nézett Anna szemébe Anita. – Semmi nem lesz. Meg fogom mondani neki is. Nem fogok elválni, Pétert szeretem, és vele akarom leélni az életemet. Vele akarok megöregedni, valahol egy kis ház tornácán nézni, ahogy a hegyek mögött lebukik a nap, miközben egymás kezét fogjuk. De ezt most úgy érzem, meg kell tennem. Ne kérdezd meg, miért. Magam sem tudom. Lehet, hogy olyan erős az ösztön bennem, hogy nem bírok neki ellenállni. Ha túl leszek rajta, akkor igen.

– Mi van, ha a pasi mégsem tud leállni. Ha ő nem így gondolja? – folytatta Anna.

– Megoldom, hidd el – válaszolt Anita. – De most inkább beszéljünk rólad. Mi van azzal a szemüveges rendezvényszervező pasival? Volt már randi? Mesélj! – kérte Annát.

Annát nem kellett kérni, lelkesen számolt be, hogy a pasas randevúra hívta, és szombaton ők is találkozni fognak. Ez most egy színház lesz, és utána egy vacsora.

– Szigorúan – mondta Anna, majd mindketten hangosan felnevettek. Így telt el az idő. Anita az órájára nézett.

– Nemsokára megy a vonatom – mondta.

– Rendben, menjünk – válaszolta Anna.

– Akkor hétfő? Csajos nap? – kérdezte Anna. – Lesz mit megbeszélnünk – folytatta, és nevetve, az elkövetkező randira gondolva indult ki-ki haza…

Mire Anita hazaért, a ház már sötétbe burkolózott. Az előszobába belépve felkapcsolta a villanyt. Letette a táskáját, papucsot húzott a lábára és kiment a konyhába. A hűtőszekrényen egy cetli várta: „Vacsora és a bor a hűtőben. Szeretlek." *A kis romantikus*, gondolta, és mivel nem vacsorázott, megnézte, hogy

Péter mit készített. Miután elfogyasztotta a vacsorát és rendet rakott a konyhába, letusolt. Miközben törölközött, arra gondolt, hogy két nap múlva egy idegen férfi szája fogja csókolni a testét, és belé fog hatolni, mint egy vadember. A gondolatra libabőrös lett. Gyorsan befejezte a törölközést, átöltözött és befeküdt az ágyba. Péteren a takaró keresztbe volt vetve, a hátán feküdt, arca kisimulva, ártatlanul, mint egy gyermek aludt. Befeküdt mellé, de nem túl szorosan. Az előbbi, fürdőszobai gondolataitól egy kis lelkiismeret-furdalása támadt. Így érte az álom. A falon lévő óra, 00:16-ot mutatott. Szerda volt már.

Péternek a következő két nap hasonló ritmusban telt. Kollégákat mentorált. De inkább ő tárgyalta le helyettük a szerződéseket, és azok addig soha nem látott jutalékra tettek szert. Zoltánnak ódákat zengtek Péter hihetetlen simulékony és zökkenőmentes tárgyalásairól, sokoldalúságáról, mivel mindenhez hozzá tud szólni, a nagy tudásáról és felkészültségéről, amivel a tárgyaláson szinte tarol. Egyszerűen elkezdték a kollégák sztárolni. A többieket is érdekelte, hogy milyen volt Péterrel együtt dolgozni. Igaz-e, hogy ilyen nagymenő? Hogyan csinálja? És még számtalan kérdés merült fel, amit a mentorált kollégák nem győztek a többieknek megválaszolni. Így rajzolódott ki nagyon gyorsan a nagymenő, de szerény, nagy pénzt kaszáló ügynök képe. Majdhogynem legenda lett hirtelen. Egyre jobban kezdte zavarni ez a nem kívánt népszerűség. Úgy döntött, hogy majd a továbbképzésen erről is ejt egy-két szót. Így telt el a szerda és a csütörtök.

Madárdalra ébredt. A hálószoba ablaka nyitva volt, így hallatszott be az ének. A friss reggeli levegőt beszívta, majd lassan kifújta, és felkelt az ágyból. Anita mellette feküdt, de a hátát mutatta neki. Betakarta, meg ne fázzon. Kiment a konyhába, feltett egy kávét főzni. Hát, ez a nap is eljött. Nem a továbbképzés izgatta, azt egy jó edzésnek fogta fel, hanem a szombat volt a fejében, amikor is az elnök meg fogja őket látogatni és bejelenti azt, amiről már mindenki pletykál: hogy ő lesz a főnök. Ízlelgette a szót. Főnök az indiánoknál van. Főnök... Ő vezető akar lenni, akit az emberei a tudásáért, azt értük vállalt felelősségért, segítőkészségéért, és emberi oldaláért kövessenek. *Na, meg is van az ars poeticám*, mosolyodott el magában, miközben a kávéfőző hangos sziszegéssel vetett véget a magvas gondolatoknak. Lehunyt szemmel kortyolt a fekete forró italba, érezte, ahogy végigfolyik a nyelőcsövén, szétárad a testében a koffein, és kezdi beindítani a motort. Végigpörgette a listát a fejében, hogy mindent bepakolt-e a három napra. Bár este Anita segített neki, de szerette maga összekészíteni a dolgait. Nem talált hiányzót, így elindult rendbe szedni magát. Gyors tusolást követően könnyű nyári öltözéket választott: fehér vászoninget, kék farmernadrágot és vászoncipőt vett fel. Mielőtt a cipőjét felvette volna, lábujjhegyen belopódzott a hálóba, és egy csókot lehelt felesége arcára. A cipőt felhúzva csendesen bezárta maga mögött az ajtót és távozott.

A hely, ahová a továbbképzést szervezték, a város túlsó oldalán volt egy kis erdei fogadóban, egy hangulatos rönkházban. Csak nekik lett lefoglalva, egyedül ők lesznek ott, és persze jönni fog még valami nagymenő tréner egy nagyon profi csapattól; Zoltán személyes ismerőse.

Lehúzta az ablakot, hogy a meleg szél simogassa az arcát. Nem sietett, nem volt hová. A napszemüveg segített, hogy ne vakítsa el a fény, halkan szólt a zene a rádióból, jól érezte magát. Egyórányi autózás után pillantotta meg a táblát, ami jelezte az utazóknak, hogy az erdei fogadóhoz itt kell letérni jobbra, és még 400 métert megtenni a célig. Péter követte a táblán szereplő utasításokat. Három perc múlva beállt egy murvával felszórt parkolóba. A parkoló mögött emelkedett egy kétszintes, rönkökből épített épület, uralva a tisztást, ahová építették.

Zsalugáteres ablakai biztosították a pihenni vágyók hangulatát. Skandináv hangulatot árasztott a robusztus kinézetével. Péternek nagyon tetszett a látvány. Kivette a csomagtartóból a táskáját. Látta, hogy már előtte is érkeztek, mert két autó állt már a parkolóban rajta kívül. Ruganyos léptekkel vette célba a fából készült lépcsőket, és azon közelítette meg a bejáratot.

6. FEJEZET

OKTATÁS

„Ideje van a keserűnek, és ideje van az édesnek: váltakoznak, mint a nappal és az éj."
(Dan Millman)

Belépve a fogadóba stílszerűen egy nagy és vastag fa törzséből készült recepciós pult fogadta, ami mögül egy fiatal lány üdvözölte széles mosollyal:

– Helló. Üdvözlöm az erdei panzióban – szólat meg mosolyogva, de hivatalosan.

– Üdvözlöm. A nevem Szőllősy Péter, és egy céges hétvégére érkeztem – mondta.

– Á, igen, itt is van – felelte a kislány. – Szőllősy Péter igazgató. Az első emeleten van a szobája, természetesen egyedül fog lakni, mint az ilyen fontos emberek általában – folytatta a kislány, – a 122-es szoba – és nyújtotta is a kulcsot.

– Köszönöm szépen – mondta Péter.

– Egy welcome drink, uram? – hangzott az udvarias kínálás.

– Lepakolok, elfoglalom a szobámat és utána, ha nem bántom meg – szabadkozott Péter.

– Várom szeretettel – hangzott a válasz, de a tekintete már az előtte lévő vendégkönyvet bújta.

Péter felsétált a fából készült lépcsőkön. Körben a falat fából készült faragások borították, főleg valamiféle vadászjelenetek. Az emeletre felérve a szobája mindjárt a lépcsőfeljárótól nem messze volt. Kinyitotta a nehéz faajtót, belépett. Egy kis előtérben talált magát, amiből nyílt egy elég nagy fürdőszoba, vécével. Volt benne kád és külön zuhanyzó is. A szobába belépve a központi helyet az ágy foglalta el. Dupla ágy, az elején és a fejrésznél egy tömbből kifaragott ágyláb, stílusosan, hatalmas párnákkal és régi dunyhával. Mint a nagyinál régen. Fa dohányzóasztal két nagy, fából készült fotellal, aminek az ülőlapjára párnát tettek. A plafonon látszódott a fa gerendázat. Nagyon hangulatos volt a szoba, nagyon tetszett Péternek. Hogy is mondta a kislány? *Az igazgatónak.* Nofene, már így tartják számon? Jó lesz hozzászokni, hétfőtől úgyis az lesz. Ezen jót mosolygott, majd gyorsan kipakolta a ruháit fogasra, a piperét a fürdőszobába, és elindult a földszintre.

Leérkezve látta, hogy a recepció előtt áll Zoltán, és nini, Kata állt mellette. Észrevette Pétert, és pajkosan kacsintott. *Ajaj, lesz baj,* gondolta magában. Lesz baj. De most széles mosolyt vett fel, és hangosan köszöntötte őket.

– Isten hozott benneteket ezen a gyönyörű vidéki rezidencián. – Kezét üdvözlésre nyújtotta Zoltánnak, Kata arcára egy-egy puszit nyomott.

– Szia – válaszolta Zoltán. – Nézd csak, kit hoztam.

– Nincs elég bajunk, Zoltán? – kérdezte Péter, és ezen mindketten, mint a cinkosok, hangosan felnevettek.

– Oké, ügynökök gyöngyei – szólalt meg Kata –, meglesz még ennek a böjtje – és fülig érő szájjal elmosolyodott.

– Lepakolunk, és mindjárt visszajövünk – szólt Zoltán. – Addig ne igyál semmit. Várj meg. Hallod?

– Oké, megvárlak. Közös szoba? – nevette el magát hangosan.

– Ne reménykedj, szépfiú – mondta komoly arccal Kata.

Miközben a lépcsőn lépkedett felfelé, csípőjét ringatva mutatta Péternek formás hátsóját, megmutatva magát és a lehetőséget Péter számára. Szeme rátapadt Kata ringó csípőjére, és tapasztalásból tudta, hogy mit rejt a formás combok közötti terület. *Lesz baj, lesz baj.* Csak ez járt Péter fejében. Majd megpróbál viselkedni. De azonnal bekapcsolt az emlék, az a vacsora Katával és az, amit mondott neki. Izgalom kezdett erőt venni rajta. De ez a gerinc legmélyéről jelentkezett, és Péter tudta, hogy ez minek a jele és hová fog vezetni, ha utat enged neki. De most továbbképzés lesz, és a szakmai munka el fogja terelni a figyelmét Katáról. Míg Zoltánékra várt, tekintetét a recepció plafonjára emelte. Ott is, mint a házban mindenütt, jól látszódtak a gerendák, ezzel is egy erőd benyomását keltve, ami a legnagyobb viharoknak is ellenáll itt, az erdő kellős közepén.

A lépcsőn cipők kopogása hallatszott, Kata és Zoltán jöttek le rajta.

– Na, akkor kezdjünk hozzá, míg a többiek meg nem érkeznek – adta ki az utasítást Zoltán.

Bementek a bárba és letelepedtek egy nagy, kör alakú asztalhoz. A pincér azonnal megjelent.

– Whisky kólával – szólt Péter.

– Nekem is – folytatta Zoltán.

– Vodkanarancs – rendelt Kata.

– De vagány valaki! – jegyezte meg Péter.

– Tudod, ha iszom, nem bírsz velem – búgta Kata Péter fülébe. A pincér közben kihozta az italokat.

– Elég volt a turbékolásból! – vágott közbe Zoltán. – Egészségetekre.

– A kinevezésedre, igazgató úr – jegyezte meg Kata.

– Tényleg. A kinevezésedre – csatlakozott Zoltán.

– Köszönöm. Egészségetekre – válaszolt Péter.

– Pincér? Még egyszer ugyanezt kérem – rendelt Péter –, és fizetem is.

– Nem fizetsz itt semmit, kis barátom – szólt egyszeriben Zoltán –, sem te, sem senki. Itt mindent én fizetek. Megkerested az árát – kacsintott Péterre.

Ja, meg baszd meg, gondolta Péter. Akkor igyunk! A pincér kihozta a következő kört, és ők ugyanazzal a lendülettel, mint az elsőt, felhajtották. Időközben sorra érkeztek be a kollégák, akik elfoglalták a szobáikat, majd csatlakoztak Zoltánékhoz a bárban, ahol egy kisebbfajta beszélgetős társassággá verődtek össze. Az asztalokat egymásnak tolták, és a székekkel körbeülték azt.

–Emlékszel az első MDRT-rendezvényre? – kérdezte Zoltán Pétert.

Péter lehunyta a szemét és igyekezett felidézni, amikor Zoltánnal először vett részt ilyen rendezvényen. Ősz volt. A nap még próbálkozott, de ereje már nem volt. Fényében igyekeztek a kongresszusi központ felé, ahol Péter az első MDRT-rendezvényen fog részt venni. Fogalma sem volt, hogy ez mi a fene, csak azt tudta, hogy ez valamiféle elit klub a jól dolgozóknak. És hogy azért hozta el őt Zoltán ide, mert a teljesítménye alapján valaki úgy döntött, hogy itt kell lennie. Igazából nem értett semmit az egészből. Neki ez csak egy újabb előadás volt a sok közül. A fő előadó Tony Gordon volt, egy angol pasas, aki az elnöke volt a társaságnak. De mi is volt ez az MDRT?

Az Egymillió Dolláros Kerekasztal (The Million Dollar Round Table – MDRT) a pénzügyi szakértők első független és nemzetközi szervezete a világon. Több mint 31 500 tagja van, amely egy százaléka az összesen 80 nemzet 464 pénzügyi és biztosítási társaságánál dolgozóknak. Az MDRT-tagok kivételes szakmai tudásukról, szigorú etikai normáikról, és kimagasló ügyfélkapcsolatukról tesznek tanúbizonyságot. Nemzetközileg elismertek, az értékesítés kiválóságai az életbiztosítási és a pénzügyi üzletágban.

1927-ben 32 kivételes képességű életbiztosítási tanácsadó, akik összesen 1 millió dollár értékben értékesítettek életbiztosításokat, megálmodták, hogy idejük egy részét annak szentelik, hogy fórumokon fogják elősegíteni a kiváló minőségű és professzionális életbiztosítási értékesítést és szolgáltatást. Az alapítók hitték, hogy az értékesítési ötletek cseréje szolgálhat a növekedés alapjául, és ennek függvényében a koncepciójuk a következő volt: „Ha másoknak adsz ötleteket, akkor abból neked is lesz személyes nyereséged."

Ez az álom ihlette az Egymillió Dolláros Kerekasztalt, mint független és nemzetközi szervezetet, hogy képviselje a világ legjobb életbiztosítási értékesítőinek és pénzügyi szolgáltatóinak az érdekeit.

Az MDRT pozitív hatású az életbiztosítási és pénzügyi szektorra. Gazdag tradíciói, tagjainak tudása fejlesztik az ügyfélkapcsolatok kialakítását mind a szolgáltatók, mind pedig a társaságok vonatkozásában.

Az Egymillió Dolláros Kerekasztalnak három szintje van: az alaptagság (Membership), a középső szint (Court of the Table) és a legfelső szint (Top Of the Table). A Court of The Table tagoknak háromszorosan, a Top of the Table tagoknak hatszorosan kell teljesíteniük az alaptagság szintjét. A Top of the Table szint mindösszesen a regisztrált tagok 5 százalékát foglalja magába, 750 tanácsadó, illetve pénzügyi tanácsadó társaság képviselteti magát ezen a szinten.

Az Egymillió Dolláros Kerekasztal évről évre Észak-Amerika egy-egy nagyvárosában rendezi az éves konferenciáit. A rendezvényen általában 7 000 tanácsadó képviselteti magát a világ minden pontjáról. A konferencián négy napon át különböző értékesítési, marketing és vállalkozásszervezési előadások hangzanak el, amelyek közül a résztvevők kedvük és igényük szerint választhatnak.

Elnökük mindig amerikai állampolgár volt, kivéve 2001-es évet, amikor is egy angol származású, Tony Gordon nevű személy volt az elnök, az első tengerentúli az MDRT 75 éves történetében. Szóval ez a Tony volt a főszereplő ezen az összejövetelen. Természetesen még mások is részt vettek és előadtak, de Péter csak az ő nevét jegyezte meg.

Hatalmas felhajtás, zene, színpad. Péter még életében nem volt ilyen rendezvényen, így csak a jólneveltsége tartotta vissza, hogy el ne tátsa a száját a sok öltönyös, fogpasztareklám mosolyú pénzes cápa között.

Hallgatta az előadásokat, látta a képeket a szebbnél szebb házakról, autókról, nyaralásokról, és folyamatosan azt mondták, hogy akik most itt újak, azok ezt mindezt elérhetik, mert az első lépést már megtették azzal, hogy itt vannak. A legjobbaktól fognak tanulni, hogy egy napon majd ők is itt állhassanak a színpadon és elmesélhessék, hogy milyen volt az első MDRT-rendezvényen részt venni, és milyen most a színpadon állva lelkesíteni az itt lévő újoncokat. Az egész rendezvény az újakról szólt. Péternek kezdett tetszeni, hogy itt az összes nagymenő azért van itt, hogy belőle, és persze a többi újoncból, nagymenőt faragjon. Tetszett neki ez az élet, ez a stílus, amit látott.

A nagyszínpadi előadások után kiscsoportos beszélgetések voltak, rengeteg helyzetszituációval és élménybeszámolóval. Hogyan kell kezelni gazdag és fontos ügyfeleket; mi az ismérve egy nagymenőnek; mik a szabályok, amiket minden esetben

be kell tartani, ha sikeres akarsz lenni. Kezdve az ígéretek meg-
tartásától a pontosságon át, a folyamatos szakmai felkészülé-
sen át a munka iránti alázatig. Itt hallott egy mondatot, amit
soha nem felejt el:

„Az a nap, amikor a tükörbe nézve azt mondod, hogy *nagy-
menő lettem és már nekem nem kell tanulnom semmit*, na, az a nap
a bukásod napja." Ezt egy életre megjegyezte.

Amikor vége lett a rendezvénynek és késő este távoztak, Zoltán
megkérdezte, hogy érezte magát, és mi a véleménye az egészről.

Péter elmondta, hogy most zsong a feje a sok információtól,
amit itt hallott, de nagyon jó érzés töltötte el. Tetszett, amit lá-
tott, és nagyon szeretne egyszer ő is erről a színpadról magya-
rul szólni az újakhoz, általa is bizonyítva, hogy nincs lehetetlen.
Csak azt nem tudja, hogy ki lesz az MDRT-s mentora, mert azt
nem mutatták be neki. Ekkor Zoltán hátravetett fejjel jóízűen
felnevetett, hogy még a könny is kicsordult a szeme sarkából.

– Oké, hogy most vagyok itt először, de szerintem nem kéne
kinevetni, ha valamit nem értek – szólalt meg Péter kissé sér-
tődötten.

– Nem rajtad nevetek – felelte Zoltán –, hanem a szituáci-
ón – folytatta kuncogva.

– Ember. Ki hozott el ide téged? – kérdezte Pétert.

– Te, mert te vagy az igazgatóm – válaszolt Péter.

– Nem tűnt fel neked, hogy csak tagok kapnak meghívást? –
kérdezte Zoltán.

– Akkor... Te... tag vagy? És te... – hebegte Péter.

– Igen, úgy van. Tag vagyok, és én leszek a mentorod – foly-
tatta Zoltán.

– Így indult el a mi közös munkánk – fejezte be Péter, és fel-
hajtotta az italát. Majd Zoltánnal összekacsintva jót nevettek
a zöldfülű történeten.

Időközben befutott egy negyvenes éveinek közepén járó
férfi. Magas, vállas egyén, látszott, hogy ad magára. Rövid bar-
na haja volt, de a tekintete a szemüveg mögött szúrós. A recep-
ciónál áll, amikor körbefordulva szétnézett, és észrevette Zol-
tánt az emberek között.

– Helló, Zoli! – kiáltotta hangosan.

– Megjött András, a tréner – súgta oda Péternek –, intézem, te addig tartsd itt a frontot – majd felállt, és elsietett a recepció irányába.

– Szia, Andris – kiáltotta Zoltán. – Ezer éve, barátom, hogy nem láttalak.

Különféle sztorik kerültek elő, a kollégák egymást szórakoztatták. Péter csak figyelt, hiszen az elmúlt félórában ő tartotta szóval a társaságot, most hallgató volt. Az asztal alatt érezte, hogy egy láb kalandozásba kezdett. Széjjelnézett és Kata buja tekintetét látta, amint ránézett. Mimikával jelezte, hogy ez most nem a legjobb ötlet, de mivel egy asztalnál ültek és a többiektől nem tudott mozdulni, kénytelen volt hagyni magát. Kata ezt pontosan tudta. Lábfeje finoman, érzékien simogatta Péter lábát. Mivel közel ültek egymáshoz, a következő pillanatban Péter egy kéz simogatását érezte a belső combján s tudta, hogy ez a kéz nem fog megállni ott. Mivel az asztal nagy és kerek volt, és többet toltak össze, a fotelek pedig ölmagasságban be voltak alá csúszva, így csak az láthatta meg a műveletet, aki vagy Kata, vagy Péter háta mögött állt közvetlenül. De ilyen személy nem volt, így Kata szabadon folytatta a garázdálkodást.

Közben az egyik kolléga valószínű, hogy valami vicceset mondott, mert mindenki nagy hanggal hahotázott, de Pétert az akció kötötte le. Katára pillantott, hogy egy kis szünetet kérjen tőle, de a nő még csak rá sem nézett, úgy izgatta és simogatta a férfiasságát az asztal alatt, miközben bele-bele szólt a beszélgetésbe. Péter egyre kellemetlenebbül érezte magát, mert egyre kellemesebben érezte magát. Az előtérben ekkor feltűnt Zoltán alakja, mellette a tréner ballagott. *Van Isten*, gondolta magában Péter. Az asztalhoz értek, és Zoltán egy kis figyelmet kért. Ekkor Kata elvette a kezét, miközben Péterre nézett, és kéjesen megnyalta az alsó ajkát. *Rohadt dög*, gondolta Péter. *Ha elkaplak, laposra keféllek már csak azért is. Büntetésből*, fogadkozott magában.

– Kollégák. Egy kis figyelmet kérek – szólalt meg Zoltán. – Engedjétek meg, hogy bemutassam Tóth Andrást, aki ebben a három napban a segítségünkre lesz.

– András régi jó ismerősöm, tapasztalt tanácsadó, sokáig dolgozott a szakmában, majd úgy döntött, hogy ezt a sok tapasztalatot átadja mindazoknak, akik igényt tartanak erre a nem mindennapi tudásra – folytatta Zoltán.

– Most arra kérek mindenkit, hogy egy félóra múlva legyen a vadászteremben, hogy el tudjuk kezdeni a z oktatást, és hogy minél hamarabb be tudjuk fejezni az esti parti miatt – nevette el magát Zoltán.

Gyorsan elhagyták a termet, mindenki felment a szobájába. Péter is gyorsan lezuhanyozott hideg vízben, mert Kata partizánakciója egy kissé felhevítette, és elvitte a gondolatait más irányba. Na meg az italt is ki akarta mosni a fejéből. Miután végzett, átöltözve, kezében a bőrkötésű noteszével lesiettet a lépcsőn. A recepciós kislánytól kérdezte meg, hogy merre találja a vadásztermet, hiszen még soha nem volt itt. Az útbaigazítást követően hamar ott találta magát. A helyiségben csak Zoltán és András tartózkodott, egy jegyzettábla mellett állva beszélgettek.

– De jó, hogy te jöttél elsőnek – szólította meg Pétert.

– Engedd meg, hogy bemutassam Szőllősy Pétert, aki hétfőtől az utódom az igazgatói székben – mutatta be.

– Üdvözöllek. Nagyon örülök, hogy megismerhettelek. Tóth András vagyok – nyújtotta üdvözlésre a kezét.

– Zoltán már nagyon sokat mesélt rólad – folytatta.

– Remélem, csak rosszat – nevette el magát Péter.

– Ellenkezőleg. Azt állította, hogy talált egy igazi gyémántot, amit elkezdett csiszolni, és érdemes volna nekem is beszélned veled – mondta.

– Na, ez érdekes, de azt hiszem, erre való ez a hétvége, vagy nem? – folytatta Péter.

– Dehogynem – mondta András. – Este majd négyszemközt jobban tudunk beszélgetni egy ital mellett.

– Benne vagyok – nyugtázta Péter.

Miután a csapat minden tagja megérkezett, Andrással szemben ültek le U alakban, és csendben figyelték.

– Még egyszer bemutatkozom, Tóth András vagyok, és Zoltán kért fel, hogy a tanácsadó, értékesítői vénátokat tovább he-

gyezzem. Először szeretnék egy pár szabályt megbeszélni itt
most – folyatta.

– A jelenlévő hölgyek engedélyét szeretném érni, hogy te-
gezhessem őket. Lehet? Igen? Köszönöm. A férfiaktól, gondo-
lom, nem kell, de ha valaki mégis igényt tart rá, természetesen
megteszem. Kell? Nem? Köszi, srácok.

– Igazából nem fog más történni, mint amit már otthon is csi-
náltatok. Helyzetszituációkat fogunk gyakorolni, csak egy kissé
másképpen. Nem kell megijedni, rajtunk kívül nincs itt senki,
szóval, ahogy mondják, közöttünk marad – mondta.

– Ez így rendben van? Ja, és bármi történik, senki se sértődjön
meg, ez egy tréning. Nem ismerlek benneteket, és az én felada-
tom, hogy itt és most a legjobbat hozzam ki belőletek – mondta.

– Kezdhetünk? – tette fel a kérdést.

– Kérek egy önként jelentkezőt – hallatszott a felszólítás.
Nem igazán akarózott senkinek, így hát Péter jelentkezett.

– Majd én megyek – szólt.

– Igazán kedves tőled, Péter, de egy kissé tapasztalatlanabb
kolléga segítségét kérem –folytatta András.

– Akkor én – hallatszott egy bizonytalan hang.

– Egy nagy tapsot a bátor jelentkezőnek. Szabad a nevedet? –
kérdezte András.

– Erika.

– Erika. Nagyon szép neved van. Nagyszerű. Én András va-
gyok, akkor vágjunk is bele.

– A táblára fogok jegyzetelni, ennek a végén jelentősége lesz –
hívta fel a figyelmet –, de most arra kérek mindenkit, hogy fi-
gyeljen.

– Alaphelyzet, ott vagy az ügyfélnél, Erika. Oké? Én vagyok
az ügyfél – kezdte. – Rajta.

– Üdvözlöm. Novák Erika vagyok, a biztosítótársaság tanács-
adója, és a megbeszélt időpontra jöttem – kezdte egy kissé bá-
tortalanul. – Alkalmas időben jöttem?

– Mire alkalmas az idő? Napozni?

– De uram, megbeszéltük, kérem.

– Ja igen, hogy jön. Itt van, én is itt vagyok. Tessék.

– Szóval, mint mondtam, a biztosítótársaságtól jöttem.

– Elsőre is hallottam, nem vagyok süket. A lényeget, ha lehetne, mert mindjárt jön a meccs.

– Fel szeretném mérni, hogy milyen biztosításra lenne szükségük?

– Nekem? Semmilyenre. Magának szüksége van rá?

– Tudja, én ott dolgozom, és igen, gondoskodom a gyerekeimről, ha már én nem leszek.

– Na, engem ez pont nem érdekel, gondoskodjanak magukról.

És ez így ment még vagy 10 percen keresztül. Andrés folyamatosan kötekedett, Erika pedig erre rosszabbul tudta a helyzetet kezelni. Akik nézték, már azok is feszengtek a székben, ők is kényelmetlenül érezték magukat. Aztán megkegyelmezett. De ekkor már Erika remegett a feszültségtől, és mikor abbahagyták, kitört belőle. Elsírta magát. Andrást ez annyira nem hatotta meg, most egy fiút kért, és újból nekivágott. Most gyorsabban haladt, mivel mindenki tudta, hogy nagyjából mire számíthat, így elfogytak az udvariassági körök, és nagyon hamar belezavarodtak a mondandójukba. A gyakorlat végére mindenki nagyon feszültté és idegessé vált. András tíz perc pihenőt engedélyezett. Mindenki kiment a teremből, addig ablakot nyitottak, hogy a következő szakaszban újra friss levegő legyen bent.

A szünetben közös álláspontra helyezkedett a csapat, hogy ez a fickó egy nagyképű, hülye fasz. Ebben tökéletesen egyetértett mindenki.

Ha ez volt a cél, mármint hogy a csapat összekovácsolódjon egy cél érdekében, akkor ez sikerült. Vége lett a szünetnek, mindenki újra elfoglalta a helyét.

– Nos, hogy éreztétek magatokat az előző körben? – tette fel a kérdést. – Nem jól, ugye? Miért is volt ez? Mert egy kekk ügyfél voltam, én uraltam a beszélgetést, és te nem tudtad átvenni az irányítást. Nem bennetek volt a hiba, ne is keressétek magatokban, direkt húztam a végsőkig, hogy érezzétek a tehetetlenségeteket. De meg kell hogy érezzétek, mert ez lesz az alap, ahonnan csak felfelé vezet az út. És most jól figyeljetek, és aki akar, jegyzeteljen.

Majd a jegyzetlapra felvázolta a tárgyalás menetét. Példák-
kal illusztrálta, hogy hol és hogyan lehetett volna átvenni a tár-
gyalás irányítását, visszautalt, hogy mennyire nem figyeltek
arra, hogy mi a fontos az ügyfélnek, például említette az ügyfél,
hogy mindjárt kezdődik a meccs. Milyen meccs? Itt már lehetett
volna vele közös pontot találni. Focicsapat, magyar? Külföldi?
Ki akar menni egy jó BL-meccsre? Igen? Honnan lesz rá pénze?
Tegyen félre. És máris helyben vagyunk, és nem biztosításról
beszélgetünk, hanem arról, hogy hogyan jut el a kedvenc csa-
pata mérkőzésére. Gondolkozzunk problémamegoldóként: ma-
gadat add el. A többi megy magától. Ekkor kezdték megérteni,
mire is gondol, és egyre jobban jegyzeteltek. Kezdett kialakul-
ni egy szakmai beszélgetés, esetenként vita, parázs kis megbe-
szélés kerekedett belőle. Nem is figyelték, mennyi idő telt el,
hiszen még mindenkinek annyi mondanivalója akadt. Zoltán
törte meg a vitát.

– Kollégák, nagyon élveztem azt a szakmai beszélgetést, ami
a képzés második szakaszában kialakult. Köszönöm Andrásnak
és nektek a mai napi közös munkát, de itt be kell fejeznünk,
ugyanis jelzett az étterem, hogy kész a vacsora. Természetesen
vacsora után a kötetlen beszélgetések már magánalapon tör-
ténnek. Jegyezzétek fel a kérdéseiteket, és Andrással holnap
igyekszünk megválaszolni. A legfontosabb, ez egy céges tovább-
képzés, szóval amit a bárban vagy az étteremben fogyasztotok,
azt a cég állja. Megérdemlitek. Egészségetekre a vacsorát – fe-
jezte be a mondandóját.

Ennek a bejelentésnek volt a legnagyobb sikere a nap során.
Bementek az étterembe, Pétert Zoltán az asztalához invitálta.
Kata már ott ült, ő nem vett rész a továbbképzésen. Péter Zol-
tán és András között foglalt helyet – biztos, ami biztos. Ren-
deltek ételt és italt is.

– Hallom, nagymenő ügyfelekre tettél szert – kezdte a be-
szélgetést András.

– Felétek is elhallatszott? – kérdezte Péter kissé gyanakvóan.

– Kicsi ez a piac – folytatta –, hallani ezt-azt, főleg ha feltű-
nik egy ifjú titán, aki szárnyal.

– Megtisztelő, hogy így vélekedsz rólam, de én csak jövök-megyek, telefonálok, beszélgetek, és néha kötünk egy két szerződést – mondta Péter.

– Na, azért nem kell az álszerénység – folytatta András. – Az MDRT-ben is téma lettél, a főnököd nem is mondta? – fordult Zoltán felé.

– Nem, még nem említettem neki – szabadkozott Zoltán –, a holnapi nap volt megcélozva a jó hírek bejelentésére.

– Bocsáss meg, Zoli. Lelőttem a poént – kért elnézést András.

– Nem tesz semmit.

Közben a pincér kihozta az ételt, és ők nekiálltak enni. Péter a gondolataival és azzal volt elfoglalva, amit hallott. Az MDRT-ben is téma? Azért az már nem semmi. Talán a következő rendezvényen majd köszöntheti az új tagokat? Lehet, hogy kap egy tanítványt ő is, mint Zoltán? Ez a feladat lázba hozta egy kicsit. Miután befejezték a vacsorát, az italt már a teraszon fogyasztották el. Beszélgettek üzletről, szakmai fogásokról. András vagy két alkalommal akarta még megtudni Pétertől, hogy kik a nagymenő ügyfelei, de Péter mindkét alkalommal tréfával ütötte el. András ebből érzékelte, hogy Pétertől soha az életben nem fogja megtudni a nevüket. De ez így is van jól. Ezt kérték tőle az MDRT-sek, hogy tegye próbára Pétert több alkalommal, főleg ha már fogyasztottak alkoholt, hogy megered-e a nyelve, és a dicsekvés erőt vesz-e a hallgatáson. Kiállta ezt a próbát is.

Az este további részében Péter Zoltán és András régi történeteit hallgatta, és csak nevetett a vicces sztorikon, miközben elfogyasztott egy pár italt. A tornácon felkapcsolták a lámpát, a társaság összekeveredett, mindenki beszélgetett mindenkivel, ahogy ilyen helyen szokás. Az ital jól fogyott, főleg, hogy Zoltán fizette az egészet. Időközben Péter azt vette észre, hogy Kata mellett áll, és kissé idétlenül nevet az egyik női kollégájának a történetén. Olyan vicces volt, ahogy nevetett, hogy a többiek azon kezdtek el nevetni, hogy ő hogyan nevet. Na, ebből lett is aztán egy közös nagy röhögés, sokuknak a könnye folyt bele. Egyszóval jó hangulatban telt az este. Péter érezte, hogy már elég volt az italból, és egy kissé fáradt is. Elköszönt Andrástól és Zoltántól, majd a lépcsőn felvonult a szobájába. Az ajtót kinyitotta, a kulcsot belülre az ajtózárba tett, de nem fordította rá, csak becsukta az ajtót maga után. Volt olyan kolléga, aki a teraszon cigizett, érezte a füstszagot a ruhájában. Levetkőzött, a ruhákat és az alsónadrágot és a zoknit is egy erre rendszeresített zacskóba tette. Kiment a fürdőszobába és megeresztette a vizet. Forróra állította. Miközben zuhogott a hátára a víz, egyszer csak azt érezte, hogy két kéz karolja át hátulról. Ijedtében gyorsan megfordult. Kata állt előtte anyaszült meztelenül.

– Nyitva hagytam az ajtót – szólt kissé riadtan Péter.

– Tudom, én zártam be – felelte nevetve Kata.

– De Kata...

Nem tudta a mondatot befejezni, mert Kata szája rátapadt az ő szájára, s mint az éhező, szívta, harapta, tépte, miközben a finom női kezek a lába között ágaskodó férfiasságát vették kezelésbe.

Péter agyát elborították az érzelmi hullámok. *Na, most megfizetsz mindenért, te dög.* És a keze becsúszott Kata formás combjai közé. A víztől síkos szeméremajkak már szétnyíltak az első érintéstől, és hívogatóan tágultak. De Kata nem véletlenül volt az, aki. Elengedte Pétert, letérdelt előtte, és férfiasságát a szájába vette. A férfi ettől azt sem tudta, hol van. A szemben lévő üvegfalnak támasztotta mindkét kezét, hátát verte a forró víz, miközben a farka valami eszement érzéki világban volt.

Érezte a nő nyelvét a makkján, remegés futott át a testén, ezt Kata is észrevette. Közben a kezével is simogatta, először a belső combjait, majd a heréit, miközben a szája meg nem állt, és Péter már kezdte érezni a gerincében felfutó érzelmi hullámot, egyre jobban előlökte csípőjét Kata irányába, hátát kezdte megfeszíteni, és mikor kilövellt, abban a pillanatban Kata belenyúlt egy kicsit a férfi ánuszába. Péter úgy érezte, hogy a farka egy atombomba, ami most robbant fel. Ez a robbanás pedig olyan lökéshullámot, azaz érzelmi hullámot gerjesztett orgazmus formájában, amit még soha, senkivel át nem élt. Csak állt a tusolóban, lábai remegtek, mint aki most futott le egy maratont. Kata már előtte állt, és mosolyra húzódó szájjal mosdatta meg. Elzárta a csapot és Pétert kézen fogva bevezette a szobába, ahol nemes egyszerűséggel belökte az emeletesre formázott dunyhák közé.

Péter még az élmény hatása alatt állt, de már kezdett magához térni. Hátára fordította Katát, látta formás mellbimbóit az égnek meredezni. Leheletfinoman kezdte a nyelve elérni ezeket a bimbókat. Lassan, nagyon lassan végignyalogatta őket, miközben keze becsúszott Kata combjai közé. Széttárta őket, hogy még jobban hozzáférjen. Érezte duzzadó csiklóját, nedves szeméremajakait, és a vágyat, ami arra várt, hogy Péter kielégítse. *De még büntetnem kell*, gondolta, miközben feje lecsúszott a combok közé, és Kata szeméremajkai hívogatóan köszöntötték. Finoman, a nyelve hegyével megérintette Kata duzzadt csiklóját. Felnyögött, és egyben azonnal megemelte a csípőjét, jelezve, hogy befogadásra készen áll. *Nem lesz ez ilyen sima, kisasszony*, gondolta Péter, és folytatta a nyelvével a barangolást. Hol a szeméremajkai közé, hol a hüvelyébe dugta, hol a csiklójával játszott. Kata a hajába markolva próbálta magára húzni, de Péter csitította: még várj. Majd amikor már érezte, hogy Kata sem bírja tovább, az ujjai is beszálltak, s miközben megemelte a csípőjét, Péter megnyalta az ánuszát is.

Hatalmas sikoly hagyta el Kata száját, Péter arcát pedig egy nagy adag folyadék terítette be: Kata szabályosan ejakulált, amikor egy nagyon jó orgazmusa volt. Csakhogy miközben Péter Kata orgazmusával volt elfoglalva, nem maradt érzéketlen, és a forró, síkos kéjtől remegő hüvelybe döfte. Kata száját egy újabb sikoly hagyta el. Ameddig lehetett, addig nyomta a hüvelybe a kardját.

Ránézett Katára, aki hálás pillantással nyugtázta a tényt, hogy a férfi teljes terjedelmével benne van. Mindketten érezték a másik forró testét, amiben szabályosan lüktetett a vér. Kata a lábaival átkulcsolta Péter derekát, aki a térdein állva megfogta Kata csípőjét és egy vad táncban forrtak össze. Kata, ahogy közeledett a csúcshoz, úgy vált egyre hangosabbá, amikor is egy nagy sikoly hagyta el a száját, és Péter érezte, hogy megint ejakulált. Megpihentek. Egymás mellett feküdtek, Kata kezébe fogva tartotta Péter férfiasságát, aki finoman simogatta a nő melleit és csiklóját felváltva. Amikor kicsit megnyugodtak, kimentek tusolni.

A tusolásból visszatérve Péter ágaskodó férfiassága jelzett, hogy tőle akár folytathatnák is. Kata egy csókot lehelt rá, majd hanyatt feküdt az ágyon, de Péter megkérte, hogy térdeljen fel, és álljon négykézláb. Kata megfogta a férfit, magához illesztette, aki csak becsusszant, de ez nem ment hang nélkül, mert Kata sikoltott egyet. De Pétert ez annyira begerjesztette, hogy a csípőjét fogva nagyon nekiveselkedett. Minél jobban sikongott Kata, Péter annál jobban mozgott, míg ki tudja mennyi idő elteltével teste megfeszült, fejét hátrahajtotta, csípőjét keményen Kata fenekének tolta, és remegés futott végig az egész testén. Nem tudta, mennyi ideig tartott, de azt érezte, hogy sokáig.

Azt mondják, a férfiaknak csak addig van orgazmusuk, míg ejakulálnak. Mondják azok a férfiak, akiknek még nem volt orgazmusuk. Mert akkor tudnák, hogy eltarthat egy percig is, vagy tovább. Nos, Péter pontosan ezt érezte. Miután a remegés elmúlt, ráborult Kata hátára. Az izzadság belepte egész testét. Kata lassan kicsúszott alóla, megfordult, hogy szemben legyen a férfival és úgy feküdt alája, hogy csókjaival el tudja halmozni. Soha így még férfi ki nem elégítette. Volt már egy-két pasival dolga, de azok egy-, max – ahogy a lányok mondják – kétlövetűek voltak, és lássuk be, ha már 10 percet bírtak, az nagy dolog volt.

De ami ma, most itt, este történt... Rápillantott a falon lévő órára. Atyaég, már több mint két órája szeretkeznek, és újra érzi a combján a férfi kedvét, hogy még nem lankad. Mi lesz még itt? Péter vett egy mély levegőt és ránézett Katára. Nem kellett mondania semmit, mert a nő szó nélkül tárta szét a combjait, hogy Péter hozzáférjen.

Péter érezte a forróságot, a vágyat, ami újra feltámadt, mint egy főnixmadár. Keményen és gyorsan mozgott. Olyan gyorsan, hogy Kata ilyet még életében nem érzett, az egyre gyorsuló és gyorsuló mozgás meghozta az eredményét: Kata átkulcsolta a férfi derekát, úgy szorította, miközben egymást spriccelték le. Nem mozdultak, ki tudja meddig. Kata kelt fel elsőnek.

– Megyek fürdeni, szépfiú, és aludni – mondta.

– Nem maradsz itt? – kérdezte félálomban Péter.

– Jól is néznék ki, ha holnap reggel ilyen szétkefélt fejjel jönnék ki a szobádból – válaszolt.

– Aludj jól.

Csókot lehelt Péter szájára és kiment a szobából. Péter már nem hallotta az ajtó záródását, álomba zuhant.

Arra ébredt, hogy csend van. Olyan csend, hogy már szinte fáj a fülnek. Felkelt az ágyból, az ablakhoz ment. Kitárta a zsalugátert, beengedte a reggeli csípős erdei levegőt. Remélte, ettől még jobban felébred. Kibámult, az erdőt nézte, és a tegnap éjszakára gondolt. *Nem mondom, nem volt rossz,* gondolta, *de nem is volt helyénvaló, amit tett.* Lelkiismeret-furdalást érzett, hogy megcsalta Anitát. Viszont jó érzés töltötte el, hogy lefektette Katát. Akkor ez most hogy van? Hétfőn, az első munkanapomon meg kell beszélnem Katával a kialakult helyzetet, ennek nincs, és nem is lehet folytatása. Igen, megtörtént, és igen, nagyon jó volt, de ennek kettőjük között jelen állás szerint nincs jövője. Igen, ezt fogja tenni. Ez a legkevesebb, amit megtehet. Igyekszik Anitát kárpótolni mindenért, amit az utóbbi időben elmulasztott. Igen, ezt kell tennie.

Most, hogy így rendbe rakta a gondolatait, elindult tusolni.

Csend volt. A nyitott ablakon csak egy madár dala hallatszott be a szobába. Anita kinyitotta a szemét, és úgy hallgatta a madár énekét. *Fel sem hívott. Biztosan jót enyelgett a kis kurvájával, azzal a Katával. A szemét. Most, hogy ilyen nagymenő lett, meg ennyi dolga akad, mintha nem is érdekelném. Pedig van, akit én is érdeklek. Biztosan jól beittak, az meg rámászott, le sem szállt róla reggelig. Minden pasi egy szemét.* Így hergelte magát, egyre jobban belelovalva a részletekbe, amiről tudomása sem volt, de szerinte biztosan így történt, hogy már a válás körül forgott a gondolata. *Jaj, mi a fenét csinálok én itt?*, tette fel magának a kérdést. Lehet, hogy későn végzett, és már nem tudott telefonálni. És mintha azt mondta volna, hogy ott a térerő nem valami jó. Nem számít. Kifújta magát, és a mai napra gondolt. Szombat van. Már előre lefoglalta a szobát, Laci úgy 16 óra körül végez. Mire minden elintéz, úgy fél hat, hat felé ott lesz. Onnantól kezdve vasárnap reggelig övék az éjszaka.

Felkelt az ágyból, és kiment a konyhába kávét főzni. Bekapcsolta a rádiót, valami slágert sugároztak. Mindegy, csak szóljon valami. A kávéfőző hangosan kísérni kezdte a slágert, de nem voltak szinkronban. Na, ez is le kell hamarosan cserélni, gondolta, és kitöltötte a forró kávét a csészébe. Bement a nappaliba, összekuporogva leült a kanapéra, szemét lehunyva kortyonként élvezte ki a zamatát. Miután végzett, visszament a konyhába.

Péter a tusolást követően felöltözött, az ágyat bevetette, és elindult a lépcsőn lefelé, hogy szerezzen magának egy jó erős kávét. A recepciónál egy másik lányt talált.

– Jó reggelt – szólt halkan.

– Jó reggelt, uram. Miben segíthetek? – hangzott a válasz.

– Egy jó kávét szeretnék inni. Találok itt valahol? – fogta viccesen könyörgőre.

– Tessék befáradni az étkezőbe, már le is van főzve – irányította a kávé felé a recepciós kislány.

– Köszönöm – rebegte hálásan, és az étkező irányába indult.

Kitöltött egy nagy adagot az ott található csészébe, elkészítette, ahogy szerette, és kivonult a teraszra élvezni az erdei reggelt, no meg a forró kávét. Hallotta, hogy mások is ébredeznek, és lassan többen is a fekete reggeli italt keresik. Egyre többen kerültek elő. Volt, aki elég viseletes állapotban volt; az előző este és az elfogyasztott italok mennyisége nem múltak el nyomtalanul.

Egyszer csak Kata jelent meg a teraszon, kávé a kezében, feléje indult.

– Jó reggelt – köszöntötte Péter.

– Jó reggelt, szépfiú, neked is – válaszolta.

– Hogy aludtál? – folytatta Péter.

– Soha jobban – hallotta a választ, miközben egy kacsintás is érkezett felé.

Megjelent Zoltán, szemével Katát kereste. Elvonultak, látszólag valami feladatot kellett megoldani, mert Kata bőszen bólogatott, később elővette a telefonját, és abba jegyzetelt. Miután befejezték, Kata sietve távozott az emeletre.

– Jó reggelt mindenkinek – üdvözölte Zoltán a csapatot.

– Jó reggelt – hallatszott innen is és onnan is a válasz.

Péterhez ment.

– Jó reggelt neked is – köszönt.

– Jó reggelt – válaszolta Péter.

– Hogy aludtál? – érdeklődött kaján vigyorral az arcán.

Péter ránézett, és nem tudta eldönteni, hogy most tudja, vagy nem tudja? Az orrára biztosan nem fogja kötni.

– Köszönöm, jól – válaszolt.

– Igen, azt hallottam – nevetett fel Zoltán –, de nyugi – folytatta – ez Las Vegas. És tudod, mi a szabály Las Vegasban?

– Nem, nem tudom – felelte Péter.

– Ami Las Vegasban történik, az ott is marad – felelte nevetve Zoltán.

– Most induljunk reggelizni, mert az elnök tízre fog jönni.

Elindultak reggelizni, időközben Kata is előkerült és jelezte Zoltánnak, hogy minden rendben, majd leült az asztalukhoz reggelizni ő is.

Anita reggelit készített magának. Két tükörtojást és egy pirítóst készített, természetesen a pirítós teljes kiőrlésű kenyérből volt. Hozzá narancslevet ivott. Kényelmesen, ráérősen reggelizett, hiszen nem sietett. A készülődést sohasem szabad elsietni, abból nem születik jó végeredmény. Ehhez tartotta magát. Miután megreggelizett, elmosogatott és rendet rakott a konyhában. Ezután kivonult a fürdőszobába, hogy felkészüljön a mai estére. Nagyon jól akart kinézni, szerette volna egy kicsit elbizonytalanítani a férfit. Csak egy kicsit. Levetett minden magáról, és először szőrtelenített. Nem akarta, hogy szőrösen lássa a férfi. Miután végzett, beállt a tus alá, megmosta a haját, majd azt követően letusolt.

Kilépett a zuhanyzóból, szárazra törölte a testét. Majd a kedvenc testápolójával bekente magát, hogy estére a bőre puha és finom illatú legyen. Körmeire vörös színű lakkot tett, ez a szín jól kihangsúlyozta szabályos ujjait és szép rajzolatú kézfejét. Amikor végzett, újra megnézte magát a tükörben. Megállapította, hogy a melle még mindig ruganyos és feszes. Időnként nem hordott melltartót. A csípője asszonyosan telt volt, amiért a férfiak bolondulnak. Majd a hajával kezdett el foglalkozni. Megszárította, és próbálta kitalálni, melyik viselet lenne az előnyösebb ma? Egyik kezével összefogta a haját és hátul felemelte, hogy megnézze, így hogy nézne ki? Majd leengedte, a válla alá omlott és félrehúzta, hogy az egyik oldala az arcának szabad legyen, majd összefogta az egészet hátul, és így nézegette magát. Nem tudta eldönteni. *Majd a végén, indulás előtt kitalálom,* gondolta és bement a hálószobába. Kinyitotta a szekrényét és gondba került. Milyen színű fehérneműt vegyen fel? A pirosat? Az olyan kurvás, nem? A feketét? Az szexi? A fehéret? Az ártatlant? A kéket? Az olyan izgalmas. Vagy a rózsaszínt? Áh, az olyan snassz. Tangát, vagy francia bugyit? Legalább egy félórát hezitált, miközben a fehérneműeket nézte. Hosszú hezitálás után a fekete mellett döntött, és francia bugyi, nem tanga. *Ezzel meg is volnánk. De mit vegyek fel? Nincs egy rongyom sem,* jutott eszébe, és újra gondba merült. Nadrág vagy szoknya? Blúz vagy ing?

Mivel a fehérneműben a választás feketére esett, így egy fekete nyári ruhára esett a választás a hozzá való cipővel. Miután felöltözött, kevés sminket tett fel (ha szex közben elkenődik, nehogy megrémüljön a partner). Úgy döntött, a hogy haját félrehajtva feltűzi, majd egy kevés parfümmel fejezte be a készülődést. Az előszobában található nagy tükörben még egy utolsó ellenőrzést hajtott végre, és elégedetten nyugtázta a végeredményt. Kilépett a házból, az ajtót bezárta maga után, és elindult a randevúra.

Meglepetést tervezett. Úgy gondolta, hogy korábban megy a bérleménybe, mint este hat óra, ő lesz az első, és várni fogja Lacit.

7. FEJEZET

LEZÁRÁS

Reggeli után az egész csapat visszament a vadászterembe, elfoglalták a tegnapi helyüket. Éppen hogy elkezdődött volna a tréning, kinyílt az ajtó és az elnök lépett be rajta.

– Jó reggelt mindenkinek – köszönt hangosan –, maradjatok csak a helyeteken.

– Ne haragudjatok, hogy megzavarom az oktatást, de egy nagyon fontos dolgot kell bejelentenem itt, mindenki előtt – folytatta.

– Hétfőtől, mint ahogy azt már gondolom mindenki sejtette, Szőllősy Péter fogja átvenni Zoltán helyét az iroda vezetésében. Gratulálok, Péter! Gyere ide mellém, kérlek. – Majd folytatta:

– Zoltánt sem kell nélküzlznötök, csak kevesebbet fogtok vele találkozni, ugyanis hétfőtől a társaság stratégiai igazgatójává nevezték ki. Gratulálok, Zoltán! Gyere te is ide mellém. Így ni. És most engedjétek meg, hogy sok sikert kívánjak tiszta szívemből nektek – mondta az elnök, majd hátralépett tőlük és tapsban tört ki. A többiek is megtapsolták őket.

Zoltán szólalt meg először.

– Köszönjük szépen. Én arra kérem a volt kollégáimat, hogy ugyanúgy segítsék Pétert, mint ahogy engem segítettek – folytatta, majd Péter felé fordult. – Téged, Péter, pedig arra, hogy a megszerzett tudással és tapasztalattal segítsd az itt lévő kollégákat, hogy olyan sikeresek legyenek ebben az üzletben, amilyen te vagy. Nektek pedig köszönöm a munkátokat – majd előrelépett és megtapsolta a volt kollégáit.

Az elnök magához intette Pétert.

– Figyelj, nem kell itt maradnod tovább – mondta. – Menj haza, elég hajtós időszakon vagy túl. Mondd el a jó hírt az asszonynak, vidd el valami puccos helyre vacsorázni, és érezzétek jól magatokat. Hétfőn 10-re legyél az irodámban – mondta.

– Ha nem bánnád, maradnék – szólalt meg Péter.

– De bánnám – mordult rá az Elnök. – Most még Zolit tekintik a főnöküknek, és nem téged. Semmi szükségem arra, hogy este kialakuljon egy olyan konfliktus, ami már az elején rányomja a bélyegét a munkára. Különben pedig nagyon sokat melóztál. Te is és a feleséged is megérdemlitek, hogy lazítsatok. Szóval lelépni.

– Oké, akkor indulok.

– Szevasz. Hétfőn 10-kor várlak.

– Szevasztok. Ott leszek.

Péter felsietett a szobába, gyorsan összepakolta a holmiját. Leellenőrizte, hogy mindene megvan-e és leviharzott a lépcsőn. Leadta a kulcsot. A parkolóban Kata állt az autója mellett.

– Szó nélkül itt hagynál egy ilyen éjszaka után, szépfiú? – kérdezte búgó hangon.

– Az elnök elküldött. Azt akarja, hogy pihenjem ki magamat hétfőre – mondta Péter.

– Értem. És velünk mi lesz? – kérdezte Kata.

– Nézd, most hazamegyek. Hétfőn bent találkozunk és megbeszéljük, hogy velünk mi lesz. Oké? – mondta Péter.

– Oké. Szia – mondta, majd közel hajolt, és Péter arcára adott két puszit.

A kocsi csomagtartójába tette a táskáját, beült, indított és elindult. Fejben azt számolta, hogy most, szombaton az út kb. egy óra, tekintettel a gyér forgalomra. Bekapcsolta a rádiót, kedvenc adójára hangolt, ahol jazzt játszottak. Az idillt hirtelen a telefonjának hangos csörgése szakította széjjel.

– Halló – szólt bele a telefonba.

– Jó napot. A borkereskedésből beszélek, megérkezett az a borkülönlegesség, amit rendelni tetszett– hallatszott egy vékony férfihang a vonal túlsó végén.

– Á, nagyszerű. Köszönöm szépen. Éppen hazafelé tartok, beugrom érte az üzletbe.

– Rendben, várni fogom.

– Viszhall – szólt bele a telefonba, és bontotta a vonalat.

Még jobb lett a kedve. Megérkezett az a bor, amire már hónapok óta vadászott, ez igazán jó hír. Nagyszerűnek ígérkezik ez az este. De ha nem akar nagy kerülőt, akkor az üzlettel szemben a síneken túl kell megállnia, különben még 2 kilométert kell autóznia, gondolta végig az utat az üzlethez. Leparkol, és gyorsan elintézi a vásárlást. Van ott a gyalogosoknak átkelő a vasúton, ha jól emlékszik, igen, van, és most nem akart időt elpazarolni. Így ezt választotta. A kerülőút helyett a gyalogosátkelőn gyorsabban tudja elintézni a vásárlását. Emlékei szerint van ott parkoló, majd ott hagyja a kocsit. Most, hogy fejben mindent elrendezett, feljebb csavarta a hangerőt, élvezte a zenét és az autó motorjának erejét, ahogy a kocsi repítette az úton hazafelé. Majd azon járt az esze, hogy hogyan fogja kiengesztelni a feleségét az elmúlt hónapok miatt. *Nem fogom hívni*, gondolta, *legyen meglepetés az érkezésem.*

Anita a peronon várta a szerelvényt. A vonat pontosan érkezett. Felszáll, és a legközelebbi kupéban foglalt helyet. *Van egy félórám, míg beérek*, gondolta, és elővette a könyvét, amit mindig magánál hordott, s kifejezetten utazás alatt olvasta. Nemsokára a vonat fékezett, felnézett a könyvből és látta, hogy beérkeztek a végállomásra, és a vonat lassan megállt. Délután három órát jelzett az állomás nagy órája.

A hely, amit Laci lefoglalt, egy lakás volt a belvárosban, két megállóra volt a vasútállomástól metróval. Elküldte Anitának a házba való bejutáshoz szükséges információkat, a kapukódot, és hogy a lakáshoz tartozó levélszekrényében lesz a kulcs. Megtalálta a címet. A kapott kóddal bejutott a lépcsőházba, de a levélszekrény üres volt. A lakás a földszinten volt. Anita próba szerencse alapon megnyomta a csengőt. Pár másodperc múlva kinyílt az ajtó, és Laci állt ott.

– Hát te? – kérdezte meglepetten.

– Hamarabb végeztem – felelte kissé fakó hangon. – Gyere beljebb – folytatta.

Anita belépett. Laci bezárta mögötte az ajtót. Szétnézett. Tipikus belvárosi egyszobás lakás volt, fürdőszobával, vécével, konyhával. A szobában egy dupla ágy, egy dohányzóasztal és egy kanapé volt. Egy szerénysor a falnál, amire egy televízió volt elhelyezve, ha valakinek mégis a tévéműsor a fontosabb. Nem volt valami eget rengető, de tiszta volt, mint ahogy az ágynemű is. Lepakolta a táskáját az előszobában és kilépett a cipőjéből.

Laci átölelte a karjaival, nyelvét a szájába nyomta, és a falhoz préselte. Anita az első meglepetés után kissé hátrébb tolta.

– Összenyomsz, hékás! – mondta, de nem bánta ezt a vadságot.

Laci nem szólt semmit, csak újra csókolni kezdte vadul és szenvedélyesen, közben az egyik kezével már hámozta le Anitáról a nyári ruhát. A nő érezte, hogy a férfi szinte egész testében remeg, ez jó érzéssel töltötte el, hogy még mindig ilyen hatással van a férfiakra.

De Laci kezei már a bugyi pántjába martak és tolták egyre lejjebb és lejjebb. Anita érezte kemény férfiasságát, és a forróság kezdett szétáradni az egész testében. Segített Lacinak, hogy a bugyija lekerüljön, az egyik lábával ki is lépett belőle.

A férfi abban a pillanatban a lábát a derekához emelte, és csípőjét előrenyomva jelezte a vágyát. Anita kioldotta a nadrágszíját, kigombolta és letolta a nadrágját. Az alsónadrágból már rég kibukkant Laci férfias hímtagja, remegve kereste Anita nyílását. Nem várt semmire, csak tolta magát előre, mint egy faltörő kos. Anita letolta a férfi alsónadrágját, megfogta a farkát és odahelyezte a combja közé, ahová kell. Mikor Laci megérezte a forró, lüktető hüvelyt, egy mozdulattal szinte felnyársalta Anitát a falra, akiből egy hangos sóhaj szakadt ki, de már nem volt megállás. A férfi oly erővel mozgott, hogy Anitának néha már durvának tűnt, ugyanakkor a gyönyör hullámokban kezdte elárasztani a testét. Érezte, hogy a férfi egyre gyorsul, így ő is segítette ezt a mozgást, aminek a végén egymásba forrva, rángatózva álltak az előszobában, kiélvezve minden percét a gyönyörnek. Kisvártatva Laci felszedte a földről a nadrágját, bement a szobába, ahová Anita követte.

– Bemegyek a fürdőbe – szólt a férfinak.

– Menj csak – hallotta a választ.

Gyors tusolást követően Anita anyaszült meztelenül állt a férfi előtt. Laci az ágy szélén ült, de már ekkorra ő is megszabadult minden ruhájától. Anita szétterpesztett lábakkal Laci ágaskodó férfiassága fölé helyezkedett, és szépen lassan beleült az ölébe. A férfi megmarkolta a mellét, kissé fájt is Anitának, de a folyamatosan mozgás egyre gyakrabban borított rá hullámokat, már nem is számolta az orgazmusait, csak élvezte, ahogy Laci csókolja, markolja a melleit, miközben Anita úgy nézett ki, mint egy dárdára feltűzött vad, amely vergődik az életéért. Ám Anita a kéjtől vergődött Laci dárdáján. Élvezte a folyamatosan érkező kis halált. Csak azt vette észre, hogy a férfi felnyögött, és elernyedt a lábai között. Laci hanyatt feküdt az ágyon, Anita ráhasalt, így feküdtek egy darabig. Majd Anita javasolta, hogy fürödjenek meg.

Közösen álltak be a zuhany alá. A férfi egy fejjel volt magasabb. Tusfürdőt folyatott a kezére, és szép lassan Anita nyakát kezdte bekenni. Anita megfordult, és a hátát mutatta a férfinak, aki a kezeit a melleire tette, és azokat kezdte finom mozdulatokkal és a síkos kezeivel izgatni. Nem is kellett az eredményre sokáig várni: a bimbók, mint a tavaszi rügyek meredtek a plafon irányába. Laci jobb keze becsúszott Anita combjai közé, szájával a nyakát csókolta, miközben egyik keze a nő mellét, a másik duzzadt csiklóját kezdte vadul izgatni. Anita hátranyúlt, és a férfi farkát a kezébe véve játszani kezdett vele. Laci egyre jobban begerjedt, Anitát előrehajoltatta, a nő szétette a lábát, Laci pedig hátulról hatolt be, amennyire csak tudott. Sikoly hagyta el a száját, Laci pedig gyorsított, mert érezte, hogy nem bírja tovább. Anita is folyamatosan sikongatott, ami még jobban begerjesztette Lacit, és egy kis idő múlva mindketten megremegtek. Laci csípőjét Anita fenekéhez szorítva tartotta, miközben időnként meg-megrándult. Talán két perc is eltelt így, állva. Szétváltak, Anita hosszan csókolta szájon a férfit, és most már gyorsan tusoltak. Szárazra törölték egymást és bementek a hálószobába. Lefeküdtek az ágyba és betakaróztak.

– Korábban jöttél, és nagyon szótlan is vagy – kezdett a beszélgetésbe Anita. – Történt valami?

Laci szótlanul bámulta a plafont, csak nagyon sokára szólalt meg.

– Tudod, vonatot vezetek – kezdett bele –, ma arra a járatra tettek, ami átmegy a faludon – folytatta.

– Az öregek meséltek róla, hogy ez megtörténhet, de míg nem te vagy az elszenvedője, addig nem tudod, ez mit is jelent – mondta.

– Mondd már, ne csigázz! – kérlelte Anita.

– Tudod, 12-kor van érkezése a vonatnak hozzátok – folytatta –, és van egy olyan vasúti átjáró még jóval az állomás előtt, ahol gyalogosan lehet a síneken átkelni. Nincs sorompó. A megengedett sebességgel jöttem, használtam a dudámat is. Egyszer csak nem tudom, hogy honnan, ott termett egy fickó a síneken. Vészfékeztem, de ez nem egy kerékpár, és elgázoltam a férfit. A mozdony 50 métert csúszott, csak azután állt meg. Hívtam a diszpécsert, jelentettem a balesetet. Öt perc múlva már a mentősök és a zsaruk is a helyszínen voltak. Megfúvatták a szondát, természetesen negatív lett, és azonnal leváltottak és hazaküldtek – mondta. – Így tudtam előbb érkezni.

– Ó, te szegény. Micsoda tragédia. És tudod, ki volt az az ember? – kérdezte Anita. – Hajléktalan, vagy kicsoda? Megnézted?

– Nem, nem néztem meg, azt nem tudtam. A zsaruk nem találtak nála iratokat, csak egy autó kulcsait. Hogy ki volt ő, azt nem tudom, de nem is szeretném tudni.

– Gyere ide, kicsim, majd én vigasztallak – mondta Anita és magához húzta Lacit, aki a fejét befúrta a két melle közé és ott is maradt.

Így feküdtek ki tudja meddig, amikor Anita azt vette észre, hogy Laci ütemesen szuszog. Elaludt. Nem csodálta. Elhelyezkedett, majd egy pár perc múlva őt is elnyomta a buzgóság.

Kint már égtek az utcai lámpák, amikor Anita kinyitotta a szemét. Valami zavarta, de elsőre nem tudta megmondani, mi lehet az. Majd újra meghallotta: a telefonja rezgett. Mire felkelt és az asztalról felvette, abbamaradt a rezgés. Ugyan ki volt az? Péter? Ő továbbképzésen van. Talán Anna?

Ránézett a kijelzőre: hat nem fogadott hívása volt. Ebből két alkalommal a főnöke kereste, négy alkalommal ugyanaz a szám. De volt üzenet is a főnökétől. „Ha ezt elolvastad, azonnal hívj vissza. Nagyon sürgős." Mit akar ez szombat este? Mi az a fon-

tos dolog, ami nem várhat hétfőig? Tárcsázott, kettőt csengett
ki, amikor beleszólt egy ismerős hang.

– Szia. Nem vagy otthon? – mondta valami különös tónussal.

– Szia. Nem vagyok. Miért kérded? –folytatta bosszúsan. Ne-
hogy már elszámoltassa a főnöke, hogy miért nincs otthon. Ez
még soha nem fordult elő.

– Ne is haragudj, de te ittál, hogy ilyeneket kérdezel tőlem? –
kérdezett vissza kissé sértődötten Anita.

– A telefonodban van nem fogadott hívás. Az, ami nem tő-
lem van. Azonnal hívd vissza azt számot – mondta, majd letet-
te a készüléket.

Mi a fene folyik itt? Na, most a végére jár. Tárcsázta a tele-
fonban lévő nem fogadott hívást, ami mögött a 4-es szám állt.
Kicsöngött, hosszan. A harmadikra felvették.

– Halló? Tessék. Kovács alezredes vagyok – szólt bele egy
hang a telefonba.

– Jó estét kívánok. A nevem Mosonyi Anita, és volt erről
a számról négy nem fogadott hívásom – folytatta kissé meg-
szeppenve.

– Jó estét, asszonyom. A nevem dr. Kovács Gyula. Rendőr
alezredes vagyok, a Pest megyei közlekedési osztály vezetője –
folytatta a hivatalos bemutatkozást.

– Igen, miben lehetek a segítségére? – kérdezte Anita, de a
félelem kezdte összeszorítani a gyomrát.

– Ismer ön, asszonyom, egy Szőllősy Péter nevű férfit? – kér-
dezte az alezredes.

– Igen, ismerek, persze, ő a férjem. De mi ez, kérem? A fér-
jem céges továbbképzésen van egy erdei hotelben – folytatta
kétségbeesett hangon Anita.

– Asszonyom, a férjét ma 12 órakor olyan súlyos vasúti sze-
rencsétlenség érte, hogy a baleset következtében leálltak az
életfunkciói, és a helyszínen életét vesztette. A kiérkező mentős
kollégák már nem tudtak tenni az életéért semmit. Nagyon saj-
nálom, hogy ezt a hírt nekem kell közölnöm. Őszinte részvétem.

– De mi történt? Ráhajtott kocsival valahol a sínekre? Mi
történt, mondja már! – kiáltotta bele a telefonba.

– A balesetet követően a kollégáim helyszíni szemlét végeztek. A férje a településükön, ahol laknak, a borkereskedésben vásárolt egy palack bort. Valószínűleg az autójához akart visszamenni, amellyel az átjáró túloldalán parkolt. Hogy miéért nem vette észre a közeledő vonatot, azt még vizsgáljuk, de sajnos a közeledő mozdony hiába fékezett, már nem tudta elkerülni a balesetet, és elgázolta a férjét. Legelőször a helyszínre érkező kollégák nem találtak semmilyen iratot a férjénél, csak egy autó kulcsát, ezért eltartott egy ideig, míg megtalálták, amit a kulcs nyitott. Az autóban aztán megleltük a férje tárcáját, benne az irataival, és így tudtuk azonosítani. Önt is többször hívtam, de sajnos nem értem el, bizonyára el volt foglalva – folytatta az alezredes.

Csak a súlyos csend hallatszott a vonal túlsó végén.

– Asszonyom. Ott van még?

– Igen, itt vagyok – hallatszott nem túl hangosan a válasz.

– Tehetek még önért valamit? Bármit? Bármikor hívhat ezen a számon. Viszonthallásra –fejezte be a beszélgetést az alezredes.

– Viszonthallásra – suttogta Anita, és a telefon a kezéből a padlóra zuhant.

Laci a hangos telefonbeszélgetésre ébredt fel. A szobába csak az utcai lámpa fénye szűrődött be. Anita háttal ült neki az ágyon, csak annyit látott, hogy a nő kezéből kiesik a telefon.

– Jól vagy, drágám? – kérdezte, és megsimította Anita hátát.

– Ne érj hozzám! – ordította Anita és úgy pattant fel az ágyról, mint akit kígyó mart meg.

– De hát mi a baj, édes? – fogta könyörgőre Laci.

Anitának nem jött ki egy hang sem a száján, csak tátogott. Eszelős tekintettel bámulta Lacit. Kis idő múlva robbant ki belőle a hang, vádolva a férfit.

– Megölted a férjemet. Gyilkos! – sikoltotta, majd egyszerűen összecsuklott az ágy mellett, mint akinek kiment minden erő a lábából.

Laci borzasztóan megijedt. Kit ölt meg? Mikor? Nem csinál semmit. Majd emlékezni kezdett a beszélgetés foszlányaira, amit Anita folytatott.

Uram, Istenem! A férjét gázoltam halálra.

Odaugrott Anitához, letérdelt a padlóra és a mellkasát kezdte masszírozni. A légzését már nem érezte, de a pulzusa még tapintható volt. Azonnal tárcsázta a mentőket. Az esetkocsi 10 percen belül kiérkezett, addig már Laci felöltözve nyitott , és Anitára is ráadta a ruháját.

– Mi történt? – kérdezte a mentős.

– Azt hiszem rossz hírt kaphatott és elájult – mondta Laci.

– Milyen rossz hírt? Mondja már, ember! – szólt rá a mentős.

– Azt hiszem, a rendőrök hívták, hogy meghalt a férje – felelte Laci.

– Baszki! – szisszent fel a mentőorvos.

Majd a szakszerű ápolás és egy injekció hatására Anita kinyitotta a szemét.

– Asszonyom, hall engem? – kérdezte az orvos.

– Dr. Kiss Tamás mentőorvos vagyok – folytatta. – Asszonyom. Ön ebben a lakásban összeesett, azt tudjuk, hogy rossz hírt kapott. Most hogy érzi magát? – kérdezte a doki.

– Jól – suttogta Anita.

– Fiatalember – fordult Lacihoz a mentőorvos –, bejön velük, vagy visszahívjuk, hogy a hölgyet melyik kórházba vittük?

– Hívjanak – mondta Laci, és meredten nézett a hordágyon fekvő Anitára.

– Asszonyom, most bevisszük a kórházba kivizsgálásra, ne nyugtalankodjon, minden rendben lesz – mondta az orvos.

De Anita ezt már nem hallotta meg. Messze járt. Már semmi nem lesz rendben. Elvesztette egyazon napon a férjét, aki egyben az élete is volt. Egyik percben még a mennyországban volt, most a pokolba zuhant. Csak ez zakatolt a fejében.

Hagyta, hogy a mentősök behelyezzék a mentőautó hátsó részébe. Mellé ült az orvos, és megfogta a kezét. A mentőautó szirénája felüvöltött, és csikorgó kerekekkel elindult a kórház felé. Szemei meredten bámulták a mentőkocsi fehér tetejét.

Gyorsan beértek a kórházba. A vizsgálóba vitték, ahol az ügyeletes orvos azonnal nekiállt kivizsgálni. Kérdéseket tett fel, amire Anita bágyadtan válaszolt.

– Asszonyom – szólt az orvos –, az elsődleges vizsgálatok
alapján nem tört el semmije, és nem látok szervi problémát
sem. Vettünk vért, a laborvizsgálatok után többet tudok majd
mondani – folytatta.

– Érez fájdalmat valahol? – kérdezte az orvos.

– Nem érzek semmit – felelte fáradt hangon Anita.

– Mi történt? – kérdezte az orvos.

– Hívtak a rendőrök és közölték, hogy elütötte a vonat a férjemet, aki meghalt. Többre nem emlékszem – folytatta bágyadt
hangon, és könnycsepp jelent meg mindkét szeme sarkában. Végiggördültek az arcán.

– Bent kell tartanom 24 órás megfigyelésre. Értesítsek valakit? – kérdezte az orvos.

– Nem, köszönöm. Nincs senkim – felelte, és elfordította a fejét.

– Akkor most bevisszük egy kórterembe, adtam nyugtatót, hogy nyugodtan tudjon pihenni az est – folytatta az orvos.

– Tehetek még önért valamit? – kérdezte.

– Igen – felelte Anita. – Kérem, adja ide a mobiltelefonomat.

Az orvos elment, és kisvártatva kezében hozta Anita telefonját.

– Parancsoljon – felelte.

– Köszönöm – válaszolta Anita.

Az orvos elsietett. Anita kezében rezegni kezdett a telefon.
Felemelte a kezét, hogy lássa a kijelzőt. *Laci.* Ez állt a kijelzőn.
Nézte egy darabig, majd a piros gombbal elutasította a hívást.
Feloldotta a készülék zárját, a névjegyzékben megkereste a nevet. *Laci.* Törölte. Biztosan törli? Igen.

Az ablak felé fordult. Kint apró cseppekben kezdett eleredni
az eső. Kopogtak az ablakon, mintha csak bebocsátást kérnének a szobába. Egyre nagyobb, és egyre gyorsabb iramban verték
az ablakot. Nézte a cseppeket, és az ablakon látni vélte, amint
megjelenik Péter arcképe, és mosolyra húzódó szájjal azt mondja
neki: „Minden rendben lesz, drágám. Isten veled, szerelmem."

Mint egy szökőkút, úgy tört fel belőle a zokogás. Vállai rázkódtak a teher alatt, amit a lelkében hordozott. Arcán patakokban folyt le a könnye a kórházi párna fehér huzatára. Csak a férje arcát látta maga előtt.

Időt nem érzékelt, nem tudta, mennyi ideje siratja élete legnagyobb szerelmét. A párna már csatakossá vált a könnyeitől, de a sírás sem segített azon a fájdalmon, amit a lelkében érzett, és tudta, hogy ezen már nem is tud segíteni senki.

Az átélt trauma, a sírás és nyugtató elegye megtette a hatását; egy óra múlva elapadt a könnye, de időnként még meg-megrándult a teste, végül a kimerültségtől mély álomba zuhant. Odakint az eső vigasztalhatatlanul esett, elmosva az utca szemetét, és az elmúlt nap minden bűnét.

Budaörs, 2020. 04. 12.

Értékelje
ezt a könyvet
honlapunkon!

www.novumpublishing.hu

A szerző

Peter Flower 1968. 07. 05-én született Ózdon.
Gyermekkorát a Bükk-hegység egyik kis falujában
töltötte. Tizennégy évesen kezdte a katonai iskolát,
tizennyolc évesen lett hivatásos katona. Szolgált
különféle beosztásokban Magyarországon: volt
ENSZ-katona, és a NATO-parancsnokságon is
szolgált. 2006-ban egészségügyi alkalmatlanság
miatt nyugdíjazták. Ezután volt biztosítási ügynök,
pénzügyi tanácsadó, futár. Jelenleg éjszakai sofőr-
ként dolgozik. Házas, két gyermeke van. Kedvenc
időtöltése a kerékpározás, olvasás, és a karate.